江湖

首部曲

楔子

和平暗影

乙寸筆

關於江湖

緣起於2000年，
隨著當年網際網路興起而匯集了一群嚮往著
「強中自有強中手、一山還有一山高」快意恩仇的武俠迷，
期盼在虛擬網路國度中共同打造一個「江湖世界」
——完全可由武俠迷自行創造人物角色、自由發揮的江湖舞臺。
筆者將大家所扮演之角色歷程撰寫成一部永續的武俠長篇小說，
虛擬轉化實體出版成冊，成為日後回首江湖路時最美的回憶。

當您翻閱【江湖】小說時，
不僅可以只用旁觀者的身分來閱讀這江湖故事，
亦可創造角色闖蕩這虛擬世界，並與嚮往的人事物互動交流，
更能自己創造、改變未來故事走向，進而主導成為當代風雲人物！

願在這無限想像的江湖虛擬舞臺上，
可以讓更多人嘗試扮演更多的角色、創造出更多經典人物、
流傳更多精彩的江湖傳奇，一圓大家心中的「江湖夢」！

主筆序

因緣際會之下，我收到「江湖創作團隊」的邀請，認識了「江湖」這個世界，經歷一場典型的，小說英雄歷練般的闖蕩旅程。我接下創作團隊所賦予的任務，將旅程中所見聞的一切，以小說形式介紹給現實世界的讀者們。《江湖：首部曲》便是這趟任務的第一份成果報告，然而，任務並未因此結束。

這本《江湖：首部曲》可概分為四部分：二大篇章「楔子」、「和平暗影」，加上一篇極短篇「間奏」，以及這當中諸多角色的「幕後花絮」。

第一篇「楔子」，我試著以一個普通小跑堂的角度，去記錄一場出乎意料的比武始末，藉此帶領讀者初步認識江湖的世界，以及往後串起江湖諸多大事的幾個重要靈魂人物。

第二篇「和平暗影」，故事格局更加擴大，我將曾發生的幾樁重要事件，歸結成兩件牽連全江湖的大案，「五絕案」和「霜嶽案」。在此，江湖小說的世界觀逐漸成型，設定較「楔子」更加完整。英雄俠女、派系糾葛、和江湖宿敵恩怨間的來龍去脈，益發清晰。

兩大篇章之間有一篇「間奏」，是一齣關於悟能大師最後決鬥的極短篇，落筆於今年年初，可謂「和平暗影」篇的起始，放在這本首部曲當中，做為紀念兼註解。

在主篇結束後，另外設有一個「幕後花絮」專區，讓參與到這首部曲當中的俠士俠女，和各位讀者說幾句話，讓讀者們能更加認識這群江湖的大小人物。

給初次接觸「江湖」或江湖小說的讀者，歡迎你造訪「江湖」這個瑰麗的武俠世界。這是一本很特別的武俠小說，當中的每一個人物、和牽動故事的每一個事件，都是在江湖世界中，真真切切存在的、發生過的事實。若你願意和我們一同進入這個世界，你所扮演的角色，無論是大俠、俠女、賢愚忠奸、魔頭甚至神怪，也有機會在後續的小說故事中，留下屬於你的，獨一無二的蹤跡。

給來自「江湖」的玩家和讀者、大俠和俠女，感謝你們的支持和信任，應允我以最大幅度的自由意志，詮釋各位所共創的這一趟冒險旅程、一場獨一無二的武俠夢。我盡己所能的去描寫大家所創造的角色，令他們在紙上活躍。在過程中，或有與各位當初設想有所出入的地方，和諸多不足之處，在此由衷感謝你們的包容。

感謝江湖創作團隊的知遇之情、和諸位活躍江湖世界中的俠士俠女，以及初次進入這場空前冒險的讀者——你。江湖幸甚有你們，還請多多指教，謝謝。

乙寸筆

目錄

輯二／和平暗影　123

目錄

輯一／楔子

楔子一

我初次認識江湖的世界，是在大約十歲左右吧！那一年，村子發生了一件大事：世稱江湖中人第一高手——「無始劍仙」，向另一位江湖人「独孤客」下了挑戰書，雙方約定某月某日，日出三刻，在村外的廣場一較高下！

為了這一紙流傳四方的公開挑戰狀，我的村子在那一年，陷入了無與倫比的瘋狂。

當時我對於江湖之間的事情尚懵懂無知，舉凡甚麼仇恨啦、利益啦、糾葛啦，都不過是村裡叔伯長輩在孩子們入夜熟睡後，拿來當作下酒菜的談資。偶爾我們會悄悄下床，隔牆偷聽，聽大人們談論江湖中的誰誰誰被殺了，誰誰誰被江湖衙門通緝三年了還沒被發現之類的，而最常出現的話題，無非是「誰才是當今江湖第一的大俠？」

只要說到江湖第一，大人們便如數家珍，一一覆誦那些孩子們亦耳熟能詳的名號：絕世雙燕「燕青」、「燕孤寒」、不敗奇人「無始劍仙」、絕逸名士「上官風雅」、天風浩蕩「山有木兮卿有意」……大人們每每為了這群俠風奇骨、高深莫測的江湖豪傑排名，爭到不惜吵醒孩子們也要拍桌互罵，非要在口舌上較勁個輸贏。

譬如住村長家隔壁第四間屋的打鐵師，他最引以自豪的就是「無始劍仙」手上那把名劍

「文殊劍」，劍柄那三枚「天地人」垂飾當中的一枚，正是劍仙本人委託他打造的。打鐵師因此自封為「無始劍仙」的天字第一號擁載者，逢人便說「無始劍仙」是當今江湖中碩果僅存的，被眾人封以「不敗」頭銜的無上大俠，以及他那把絕代名劍「文殊劍」，是仙人打造的劍身，能殺人於十步之外，當然還有他自己打造的那枚垂飾：「當年為了那枚玩意，可真是折煞老子啦！無始大俠求好心切，要老子那枚『人』字垂飾不但得一體成型，還要雙色並陳，不能染色！逼得老子發揮十成巔峰的功夫，使出失傳已久的『鑄蝕法』，刻出那個驚心動魄的『人』字……」

並不是村裡面的每個大人都愛聽打鐵師吹牛，村子東側的賣酒佬就看打鐵師不順眼。話說賣酒佬其實當年歲數也不過四十出頭，卻生得一張六、七十歲的老臉，村民私下都認為這是他飲酒過量，且過度工於心計的結果。打鐵師也討厭賣酒佬，不只一次的當眾恥笑他那張「奸佞小人的嘴臉」。

賣酒佬很有生意眼光，他有一處地窖，裡頭珍藏了上百甕好酒，當無始劍仙的挑戰狀一流傳出來，他立馬找村長出資，聘請鄰村知名的何工頭和李木匠，在地窖上蓋了一間三層樓的豪華客棧。他說：「江湖大俠的比武可是大事件，少不得有貴客光臨，要好好款待才是。」結果客棧落成一個月仍無人上門，他成了全村的笑柄，村長還氣得直揚言要撤資，否則就上縣城去告官。那一個月，賣酒佬走在路上總是低頭噤聲，好不窩囊。

沒想到一個月後，竟然真來了一大群江湖中人進住客棧，他們約莫二十幾人，個個是十七、八歲的俊美男子，穿著金銀綢緞裁剪的華貴衣服，扛著一大一小兩張轎子，就這麼在日正當中闖進客棧大廳。虧得賣酒佬當初把客棧的門面修得夠高大，才容得大轎子直接扛進來。

村民們從未見過如此大陣仗，紛紛擠在客棧外頭圍觀。這群美男子齊呼：「幫主貌美如花，幫眾練功廝殺！天風浩蕩，幫主吉祥！」

在呼聲中，幫眾掀開大轎子的轎簾，擁起一個頭插珠簪，身穿青紗，腰間配掛叮噹作響的玉串，還有滿身撲鼻花香的漂亮姑娘下轎。姑娘環顧四周，用鈴鐺似的盈盈笑聲道：「不錯，咱們來得夠早。」又對連連鞠躬哈腰的賣酒佬說：「這客棧的三樓客房給人家全包了。記住，不准任何人到三樓打擾，人家最討厭那些臭烘烘的江湖中人弄髒人家的香閨了。」

說完，她搖了搖手中摺扇，有個幫眾點頭示意，「蓬」的一聲，將小轎子的轎簾和轎頂一同掀開，轎頂下赫然露出一座閃閃發光的黃金山，照亮了陰暗的客棧大廳。村民和孩子們在外頭都看得呆了：那一山黃金，可是能買下十個村子的啊！

姑娘說：「一點小心意，應該夠人家這段日子的花費吧？記住，不准任何人打擾啊！」

賣酒佬瞪著成堆黃金，張大了嘴，口水都快流到地上了。直到另一個幫眾連咳兩聲，他才如夢初醒，連連巴結道：「是、是、一定、一定！」

從那天起，一批批江湖中人陸續造訪村子，全住進了賣酒佬的客棧。他們有的斜嘴歪鼻，有的濃眉大眼，偶爾穿插幾個面貌俊美的，但是同樣的大塊吃肉、大口喝酒，日擲千金而不惜、夜夜笙歌而不綴，為客棧賺進大把黃金。賣酒佬終於一吐悶氣，搖身一變成為村子裡的大人物，所到之處，村民們爭相巴結示好，甚至村長還不惜彎下腰，頻頻用自己的衣襬拭淨他的泥靴。

賣酒佬嘗到甜頭後，更擴大客棧營運，搬空地窖裡所有佳釀，把地窖改裝成次等客房。他又在村子裡四處聘人，雇了三個店小二日夜輪番招待客人，連在村子西側乞討的要飯仔都被他找來當廚工，我們這群孩子也給雇去服侍外場，收拾大廳裡吃剩的狼藉杯盤。賣酒佬還一連數天，買光了殺豬肥宰的豬、張老頭種的米和菜，這還不夠，他又到鄰村大肆搜購酒肉食材，並額外聘雇三個據稱待過御膳房的名廚，好應付這群貴客彷彿永無止盡的胃口。賣酒佬的名聲因此傳遍這一帶，甚至聽說好幾個村的村長一度密會，意圖共同舉薦賣酒佬擔任本地縣官。賣酒佬因此更加的神氣了。

賣酒佬越發神采飛揚，另一批人就越發不滿。做陶鍋的鍋頭李就不時私下跩著王傻子和陳狗子，低聲斥罵賣酒佬是如何跋扈、狗眼看人低，陳老樵也不滿賣酒佬當初包下他最好的木頭，如今卻還拖著欠款不還，婆婆媽媽們抱怨村子擠滿了江湖中人，四處吆喝鬧事，連江婆婆的媳婦出門洗衣也被幾個無賴調戲。而這裡頭最滿心怨恨的，非打鐵師莫屬了。打鐵師萬萬想不到，原本一個月前還被他當做笑柄的賣酒佬，如今卻踩在全村的頭上。而這群江湖中人為賣酒佬的客棧帶來鉅額生意，本應全村雨露均沾，皆大歡喜，唯獨打鐵師例外。他本冀望這些打打殺殺的豪俠會需要他打造武器，哪知江湖中人各自備妥武器，誰也看不上打鐵師的鐵舖。鐵舖生意仍舊門可羅雀，打鐵師的心情更鬱悶了。

然而，事隔一個月後，就在挑戰日七天前，村子又發生另一件大事。

事發當晚，我正忙著收拾前一批醉倒的客人留下的殘食剩羹，大廳裡又有另一批江湖人發酒瘋，彼此對罵，罵到拔刀相向，我和朋友小癩子見狀早躲進桌下，店小二硬著頭皮上前勸架，卻被其中一個黑鬍子，舉刀「唰」的一聲，硬生生被砍下右臂！

那個黑鬍子還帶著八分酒意，環顧四周吆喝：「格老子的全部讓開，老子今晚要大殺四方！」其他幾桌客人也拍桌大罵而起，亮出刀劍，叫囂聲此起彼落。我從桌下瞧見店小二衣服血跡斑斑，拿著自己的斷臂哀號著朝我這桌踉蹌而來。

我怕極了，緊閉眼睛，伏在桌下像隻縮頭烏龜半點也不敢動彈，只聽到桌上有副沉穩的女聲說：「別動，讓我看，還來得及。」

不一會，大廳突然靜了下來，叫囂聲乍然而止，店小二也不再哀號，反而不住的發出喘息聲。

「孩子，出來吧，沒事的。」

我們探出頭來，看見店小二的衣服血跡依舊，但是他的斷臂竟安然地接回身上，好端端的，就好像從不曾斷過似的。店小二雙膝跪地，顫抖地握住自己失而復得的右臂，睜圓了眼，喘息著說不出話。

其他江湖中人，不論醉著的或是醒著的，統統望向我身後的那位姑娘。那姑娘的歲數比我大不了多少，左耳上佩帶一只巴掌大的蝴蝶髮夾，她生得素雅沉靜，就像暮春盛開在後山坡的海芋花，她不帶笑顏，雙眼掃望四方，面對比她年長許多的江湖中人卻毫不畏懼，眼神帶著六分冷漠、四分傲氣。

眾人不發一語，卻看得出他們盯著那姑娘的眼神不一，訝異、驚恐、困惑、興奮俱有之，而且不知為何，我比剛才躲在桌下時更加害怕。

這時有個江湖中人站出來，收劍一揖，問：「姑娘救人的仙術真是難得一見，請問妳來自哪個幫會？」

那蝴蝶姑娘回了一個冷眼，默不做聲，兀自掏出一把銅錢給店小二，又問：「飯錢這樣夠嗎？還有，聽說這村子裡有個為無始劍仙做過武器的人，你可知是誰？」

店小二戰慄的連連點頭，卻答不出話來，我忍不住插嘴說：「是打鐵師吧？他住村長家隔壁第四間屋。」

蝴蝶姑娘轉頭看我，對我露出微笑，又掏出一枚銅錢說：「謝謝你，孩子。能否請你為我帶個路，去找這位打鐵師？」

我沒想到自己會被這些江湖中人盯上，睜大了眼，不敢言語，她見我不應答，又笑說：「我知道你這些日子見慣了黃金萬兩，這點錢實在不成敬意，只是我連日奔波，手頭正拮据，僅能表示一點心意，只請你領我到那打鐵師的家門即可。還請你幫個小忙。」

我茫然點頭，正要離開時，卻被剛才鬧事的黑鬍子擋住去路。黑鬍子看似酒意醒了三、四分，瞇起血絲雙眼，皮笑肉不笑道：「慢慢，小姑娘何故這麼急著要走，不先敬大夥一杯？」

蝴蝶姑娘的笑容乍然又退，對那黑鬍子冷言道：「沒錢。」

「沒錢？」黑鬍子睨了一眼，說：「沒錢也沒關係，有身子就好。來來，讓老子秤秤妳有多重。」

黑鬍子說完，就要去抱那蝴蝶姑娘，姑娘一步退開，抓起髮梢的蝴蝶，擺出架式。

這時黑鬍子的同夥嚇得面無血色，跳到一旁，不想被牽連。其他江湖中人冷眼旁觀，沒人打算出面解圍。眾人或直搓雙手，或咧嘴舔唇，滿心期待接下來的劇情。

「我來晚了！」

一陣如雷貫耳、令人渾身震攝的招呼打破了緊張的氣氛，眾人轉向大門，見到又一位風塵僕僕的大俠踏進客棧。大俠一進門就先脫下滿是飛沙的斗笠和斗篷，向蝴蝶姑娘點頭致意。

「少給老子瞎攪和！」黑鬍子把怒氣轉向新來的大俠，衝著他去，劈頭就是一刀砍下！

大俠稍稍側身就閃過這一刀，欺身一步就跨到黑鬍子眼前，順手拍了拍黑鬍子的胸膛，黑鬍子吃了這一奇襲，既訝異又忿怒，再次奮力揮刀，卻又落空，大俠早就又一個凌波微步，閃到蝴蝶姑娘身前。

大俠雙手一揖，向黑鬍子賠笑說：「兄台失敬，燕青請你吃酒。」

話一說完，大廳一陣譁然。

「燕青？」

「『絕世雙燕』的浪子燕青？」

「連他也來這等七天後的比武嗎？」

「但是，另一隻燕子呢？」

眾人交頭接耳，議論紛紛，莫不以見到當代絕世豪傑「燕青」的廬山真面目而感到亢奮。黑鬍子還想挑釁，被他的夥伴踐下，說了幾句，這才悻悻然收手。

燕青大俠掏出三碇拳頭大的黃金，找店小二叫了兩桌山產菜，又開四甕陳年好酒，朝大廳眾人行揖道：「燕青尚有要事在身，恕不奉陪。這酒菜是一點心意，請諸位壯士盡情享用。」

頓時大廳歡聲雷動，大家都不斷巴結燕青，誇他是當今江湖屬一屬二的絕世豪俠。燕青大俠不為所動，和那姑娘一起離開客棧，由我領著去打鐵師的家。

走在二更天晚的無人小路上，燕青突然低聲說：「我說灵蝶大小姐，您剛才也太衝動了。居然想用幻舞蝶對付那種貨色，妳就不能忍到我來？」

「是那個渾球先騷擾我的！」被喚做灵蝶的姑娘向燕青大俠抗議。

「算了，反正沒事就好。據我的消息，明天捕快就會進駐這裡了。」

「這麼晚？」灵蝶哀怨說：「這裡都快被剛才那群無賴給鬧成蛇鼠窩了，你瞧瞧這一路上，這些老實人家都用甚麼眼光在看著我們？」

「妳知道的，江湖捕快根本不在乎老實人。」

「那他們來是為了誰？無始？還是獨孤？」

「多半，」燕青突然一陣發顫，拉緊斗篷，「是為了『他』。」

灵蝶一臉陰鬱，不再答話。我不敢插話，只在心裡害怕的妄想：那個連名震江湖的浪子燕青也不願多談的「他」，到底是誰？

到了打鐵舖，灵蝶遞給我三枚銅錢作謝禮。燕青敲開打鐵舖的門，應門的打鐵師一臉倦意，不耐煩的問：「哪來的叫化子？走開！要錢去賣酒的客棧，老子沒錢！」

「打擾了，在下燕青。」燕青眼中冒出火光，問打鐵師：「聽說你為無始劍仙打造過兵器？」

一聽到燕青的名號，打鐵師頓時睡意全消，害怕的回答：「沒、沒這回事，只是、是只垂飾而已。」

「這也不要緊，只要你見過他的『文殊劍』就好，如果你還見過他本人，那就更妙了。」灵蝶顯露出獰笑，說：「看來我們找對人了，不介意讓我們借住你的鋪子幾晚吧？」

燕青轉過頭問：「我們？」

「當然是我們，燕大哥，難道你忍心讓我一個弱女子露宿野地？」

「去找妳那寶貝姊姊啊！」

灵蝶翻了一圈白眼，嘟囔著說：「鬼才要！」

說完，她雙手抱胸，促狹地問燕青：「幹嘛這麼不想和我同宿？難道堂堂的絕世大俠燕青，還會怕一個柔弱小姑娘夜半偷襲他？」

燕青嘆了口氣，揮手示意要我離開。當晚兩人就這麼在打鐵鋪住了下來，靜候七天後的那場決鬥。就在這七天，村子發生了更加翻天覆地的變化。

楔子二

當天晚上我躺在床上，翻來覆去就是睡不著，就這麼混到雞啼，只得拖著睡意，準時到客棧上崗。但我睡意實在太濃，不慎打翻了一碗湯，當下就被賣酒佬罵到臭頭，連每日三塊錢的工資都沒得領，就被趕出客棧大門。

我想：沒拿到錢就早早回家，肯定又會挨爹一陣痛打，不如趁這半日閒在村裡四處閒逛。可是好不巧，我又遇到昨晚那個黑鬍子。黑鬍子過了一晚仍渾身散發濃烈酒氣，笑笑著伸出一根手指，招呼我過去。

「來來，到你老子這邊，啊？」

明知他肯定沒安好心眼，但我又不敢不從他的話。一站到眼前，他就踐住我，語帶威脅說：「昨晚你可神氣嘛！啊？」

「放開那孩子。」

黑鬍子和我不約而同轉頭往聲音的方向尋去，見到一位年約二十多歲的男子，他面如璞玉，又貌似大病初癒，身材削瘦，像根多節的枯竹在風中揮舞著細枝，手持一把高聳方天戟，戟上又掛一面半身盾。

黑鬍子看著男子瘦不禁風的模樣，露出不屑一顧的蔑笑，放開了我，轉而針對他說：「瘦小子挺有骨氣的嘛！好啊，陪老子玩玩。看你這副病死鬼樣，能接下我三招刀法，就算你厲害。」

「三招夠嗎？」

黑鬍子聞言臉色一變，大喝一聲，揮刀襲去，眼看鋒刃就要斬下男子的右臂，男子頭不抬、眼不眨，伸出空手一彈指，竟然就把猛烈斬下的大刀「綳」的一聲撥開，黑鬍子出招力道太過猛烈，受了這記反制，連連踉蹌數步，差點就跌個狗吃屎。

「再兩招？」

黑鬍子吃了一驚，不及站穩，把刀一橫，砍向男子腰際。男子略退半步，動指將襲來的橫刀撥到地上，黑鬍子這次站不住了，撲倒在地，吃了滿嘴黃沙。

「到此？」

黑鬍子顏面盡失，長嘯怒吼，撲向男子，想用蠻力將他壓制。只見男子徒手抓住黑鬍子的手腕，一甩袖，黑鬍子碩大的身軀竟然被甩得半天高！

「哇啊啊啊啊！」

只見黑鬍子在空中一陣旋轉後「趴他」一聲落地，滾了好幾圈才停下。我在一旁看得呆了，那男子的武功之高強，光是空手就已制服了黑鬍子。

黑鬍子掙扎爬起，惱羞成怒而喊：「殺你千刀啊啊啊！」

「夠了，退下。」

一聽到這道嗓音沙啞的命令，黑鬍子臉色瞬間由紅轉白，慌忙打直身子，抱拳低頭，不敢動彈。

來了三、五個與黑鬍子同樣裝束的江湖中人，由一個枯瘦的刀疤臉帶頭。刀疤臉向那男子抱拳致意道：「暗滅兄，群英後進不識尊顏，有所忤慢，是雲雁教導無方，懇請暗滅兄見諒。」

男子也回禮說：「哪裡？習武之人彼此切磋，乃家常事也。請凌總堂主切莫在意。」

我大吃一驚，這個刀疤臉竟是「群英決」的總堂主凌雲雁！在浩瀚的江湖中，豪俠多如雨滴，幫會雜如叢林。而「群英決」正是江湖中屬一屬二的大幫派之一，據說裡頭群英匯聚，個個武功高強，其中又屬總堂主凌雲雁的武功最為高超，以一套「縱橫劍法」著稱江湖，配上一把舉世名劍「細雨斜陽」，令江湖敗類聞之喪膽，莫敢抵抗。

男子又笑說：「懇求總堂主賞光，讓在下做個東道主，為諸位群英兄弟洗塵。」

「恭敬不如從命。還請暗滅兄稍候片刻，待雲雁處置完那個渾小子。」

黑鬍子頭擺得更低，不敢瞧凌雲雁一眼。那個被喚做「暗滅兄」的男子趁機以手勢示意我：「好了，你安全了。」

凌雲雁用銳利的雙眼盯著黑鬍子，似笑非笑的動了動刀鋒般的薄唇，說：「你很神氣嘛，我叫你提前一晚來斥侯，結果你作了甚麼？」

黑鬍子唯唯諾諾回答：「不、不敢。」

「我問你作了甚麼啊！」凌雲雁雙眼一瞪，提高音量：「短短一天得罪江湖三大幫會，先是黑幫燕青，現在又是天風浩蕩！你可知你惹到什麼人？天風浩蕩『東方青龍』巨凶，暗滅沁殤！你那顆狗頭現在還連在身上，是你走狗運！」

黑鬍子瞪大眼睛看著懨懨病容的暗滅沁殤，和我同樣嚇得不知所措。「暗滅沁殤」，人稱江湖第一武學天才，據說他只花十日，就能精通一樣武術，可見其資質驚人！其中最高段的是他那方天戟法，七七四十九式，招招融會貫通，可生十二萬千變化。我經常幻想他是個如何高壯的豪俠，怎麼也想不到他外貌竟是這樣瘦弱，卻又這麼強大！

「堂主，我，我不知……」

「你不知的可多了，你不知自己還得罪了霜月閣，你十顆狗頭都賠罪不起！」

黑鬍子腳一軟，撲通跪地：「霜、霜月閣？怎麼……會？」

「怎麼不會？」凌雲雁打量著黑鬍子問道：「昨晚你不是很敢嗎？連霜月閣的人都敢調戲！你說，我該拿你捅的簍子怎麼著？等會我得先去見天風浩蕩的山幫主，我該帶些甚麼見面禮去賠罪呢？啊？」

黑鬍子頓時趴在地上，哀哀求饒說：「總堂主饒命！小的知道錯了！小的願意給各位磕頭，舔靴子也行！小的甚麼都願意！」

看到黑鬍子那可笑又可憐的模樣，凌雲雁低聲喝道：「聽著！現在給我去看守村子口，沒我的命令，不准再踏進村子一步！」

聽到命令，黑鬍子慌忙起身，連奔帶跑趕往村子口。暗滅沁殤則與群英決眾人一同談笑離去，留下我一個孩子愣在原地。儘管我明白自己是個江湖的局外人，這些蓋世豪俠才不會把我這個十歲的孩子當成一回事，但是在當下，我仍有一絲怏怏然的不甘和落寞。

這時小癲子遠遠的叫住我，說：「你在這愣啥？快回去客棧看啊，好厲害！有個江湖大俠乾了賣酒佬一整甕白乾哇！」

我聽了也嚇一跳，要知道賣酒佬最引以自豪的就是他那陳年白乾，不藏個三十年絕不開甕。據說曾有個自稱酒劍仙的食客要挑戰，結果光是聞到那濃郁酒氣就醉倒三天不起。如今竟然有人能喝乾一整甕！

我好奇地跟著小癲子回到客棧，客棧裡群俠正圍著一張小桌喝采。一個衣衫華麗筆挺的大俠一腳跨在小桌上，手捧喝空的酒碗，朗聲讚嘆：「好酒！不錯！我好久沒有微醺的感覺了！」

那一小桌除了那個漂亮豪邁的大俠外，還坐了三個人，大俠對面正是燕青，右邊是一個服侍大俠倒酒的漂亮姑娘，左邊還坐一個樂呵呵的胖和尚，腰旁放一只剛鉢，胸前那長串石頭佛珠每一顆都有拳頭大。

大俠盛著酒氣，向燕青打趣道：「燕兄，你真壞，私下伴著小蝶妹子到這麼個好地方，都沒先知會我一聲。」說罷，他突然轉頭問：「悟能大師您說，該當何罪？」

胖和尚悟能呵呵一笑：「嘩！貴幫要祭『家法』，貧僧豈敢置喙？」大俠聽完大笑。

燕青苦笑道：「少幫主責難，燕青自當領罪，先敬一杯。」說完，就把手中那杯濃烈的白乾一仰而盡，彷若無事。觀眾又是一片叫好。

悟能亦舉杯道：「貧僧以茶當酒，代表地門幫眾敬兩位。」又對倒酒的姑娘說：「阿樂，放下酒壺，妳也來敬黑木崖幫主。」

「是，護法。」

我正看得出神時，被賣酒佬擰住耳朵，跩進廚房裡幹活。廚房像座火焰山，三十張燒得通紅的大灶上，擺了三十鼎沸得冒泡的熱鍋。大廚子指揮著廚房的大夥上菜、燉肉、抬酒甕，我跟著要飯仔一起忙進忙出，偶爾試著偷聽那「少幫主」一夥人在談些什麼事。

燕青說：「比武的消息放出去那麼久了，還沒見到那兩人現身，奇怪。」

黑木崖少幫主說：「燕兄別急，主角自然是壓軸囉！沒這麼早上臺的。」

悟能幫腔：「心寬、心寬。任其自便。」

大廳正鬧騰時，暗滅沁殤和凌雲雁也到了，黑木崖招呼他們一同就座，舉杯道：「兩位前輩，令狐晚輩敬您們一杯。」眾俠舉杯同歡，酒過三巡，凌雲雁忽然說：「江湖諸幫派齊聚這場比武盛會，卻被天風浩蕩搶了頭香。暗滅兄，看來山有木兮幫主對這場比武甚為在意啊！」

「正是。山幫主原本已籌劃雲遊極東之都多時，為了這場比武，打消行程，早早來此，連在下也感到訝異。」

「確實叫人訝異。貴幫主熱愛美貌、美人、美景是出了名的，沒想到無始劍仙的名號竟能令其棄三美而親臨。」黑木崖說：「偶爾這樣熱鬧熱鬧也挺有意思的，只要別出什麼岔子就好。」

語罷，眾人忽陷入沉默。燕青意味深遠的看著暗滅沁殤，他淡然說：「確實，他最愛熱鬧，理應不會放過此江湖盛會。」

「三年了哪……」凌雲雁仰望大樑，突發感嘆：「在下猶記得事發當晚的慘狀，唉……」

「而且徜門在這三年間，一無所獲。」燕青說：「真不可思議，那個瘋子就像憑空消失了一樣。」

「人道他是條『鰻魚』，當然是滑不溜秋的難捉。」悟能說：「貧僧冒昧說句掃興話，越是熱鬧，越是危險。盡興之餘，謹慎為妙。」眾人聞之，頻頻點頭稱是，舉杯又過三巡，方始解散。

隔天，賣酒佬大早就在鬼吼，痛罵殺豬肥的豬肉晚了，本來昨天上午就該送來廚房的。店小二抓我當差，去找殺豬肥要豬肉。我樂得接下這個可以名正言順偷懶的差使，出了客棧，輕鬆漫步，經過打鐵舖時，看到灵蝶姑娘坐在鋪子口，凝望前方出了神。

待我走近，灵蝶發現了我，笑著招呼我坐下，說：「我還沒自我介紹呢！我叫灵蝶，你呢？」

在暖暖的陽光下，我不敢抬頭直視她，更不敢開口說話。於是她接著說：「你不回答，我就繼續叫你孩子囉！」

說完，灵蝶用手撐住身子，自在的晃著雙腳說：「這村子好漂亮，不像我現在住的地方，不管何時看，總是陰沉沉的，真要悶死人。」

我想起凌雲雁大俠說過的話，問道：「灵蝶姐姐，妳是從霜月閣來的嗎？」

灵蝶的笑顏轉而冷淡，漠然反問：「問這幹嘛？」

我看苗頭不對，趕緊道歉：「對不起。」

「沒關係。」灵蝶起身伸展四肢，問道：「難得機會，你再帶我四處逛逛吧！這附近有甚麼好地方？」

「現在海芋花開了，我可以帶你去村子後山坡上的一口湖，那裡的海芋花最漂亮了。」

「真的？現在就去？」灵蝶臉上綻開的笑容比海芋花更漂亮。

「不行，我還得去殺豬肥的豬舍。太晚去要豬肉的話，老闆會生氣的。」

「哦，那也挺有意思，不然先帶我去逛逛那個豬舍吧。」

「豬舍？很臭很髒欸，妳不會喜歡的。」

「不打緊，我不怕，總比待在這裡悶著要好。」

我拗不過灵蝶，只得帶著她一起去找殺豬肥。殺豬肥的家和豬舍都在打鐵舖後方一條小徑的盡頭，小徑長約四百步，兩旁沒有其他住家。到了殺豬肥的家卻找不到人，繞到豬舍，只見豬隻們有的躺在泥水坑打盹，有的圍著豬槽低頭猛吃。

我喃喃自語說：「有人餵豬，卻沒看到人，奇怪？」

「孩子，我問你，」灵蝶的聲音忽然變得冷酷，問說：「殺豬肥長甚麼樣子？」

「殺豬肥？他就很肥啊！哦，而且他是個禿頭，頭上還有粒長了毛的痣。」一想到殺豬肥頭上的那粒痣，我就忍不住發笑。

「嗯，待在這，別過來。」

灵蝶走近豬圈，俯身查看倒滿豬食的木槽，表情更加冷酷。我好奇心使然，悄悄跟上，往豬槽探一眼。

「唔噁！」

不看則已，一看，我頓時軟了腳，而且差點就要把早飯給吐出來。木槽裡剩殺豬肥半顆血肉模糊的禿頭，上面有粒長了毛的痣。彔蝶連忙把我踹進她懷裡，氣道：「別看！我不是叫你別過來嗎？」

我用雙手緊捂住嘴，深怕一鬆手就要哭號出來。彔蝶安慰我說：「不要緊，你幫我去找燕大哥來，或是……」

話還沒說完，她忽然抓緊我，一躍而起。

「小心！」

數支暗器「答答答」射中我們剛才的位置。彔蝶大喝：「出來！」

豬舍暗處走出數十個穿夜行衣的蒙面人，望了我們一眼，忽齊奔至眼前，同聲高喊：「納命來！」

彔蝶帶我縱身一跳，三兩步蹬上屋頂，這時又有三、五人躍出，灑下一排滋滋作響的爆彈。

「危險！」

我們後腳才跳離屋頂，「磅！」殺豬肥的屋舍就被爆彈轟然炸塌，豬隻嚇得到處亂竄號啼，泥水四濺，十分狼狽。

灵蝶雙腳甫落地，背後又湧上一波殺手，灵蝶抓起髮梢蝴蝶，向殺手一甩，那枚金屬蝴蝶竟在瞬間分化成十來支小蝴蝶，像是有生命般的飛去。只聽得「喀喀」聲響，每隻蝴蝶都命中殺手咽喉，殺手們悶哼一聲，倒地不起。

灵蝶趁機帶我往小徑逃去，我問說：「他們是誰？」

「死士。」灵蝶恨恨的說：「視死如無物的亡命殺手，他們的數量一定比這更多，我的『幻舞蝶』怕不夠用，你先逃去安全的地方。」

我逃往打鐵鋪，死士發現能以我牽制灵蝶，便朝我射出暗器，灵蝶趕忙奔來，擲出胸前蝴蝶，化做千隻小蝶，以飛快速度環繞我們，擋下各方攻擊。死士揮刀殺來，灵蝶每用「幻舞蝶」射倒一波，後面湧上更多。灵蝶見狀不妙，以「千蝶」護身，帶我快步疾馳，不敢周旋。我們奔走在小徑上，短短幾百步路，卻好像看不到終點。死士鋪天蓋地而來，我感覺自己深陷一場輪迴不盡的惡夢，卻無法從夢境醒來。

打鐵鋪終於映入眼前，灵蝶一掌推開我，喊道：「你快逃！我擋下他們！」說罷，她停下來反擊圍攻的死士們。我死命狂奔，快到打鐵鋪時，突又殺出一排死士，朝我扔出爆彈。

「哇啊啊！」我嚇得往回逃，但來不及了，爆彈落在我腳後，眼看就要爆炸。灵蝶飛躍到我背後，用身體護住我。

「轟！」

我被爆炸火花波及，燙傷手腳，灵蝶被震波震得口溢鮮血，全身也被破片劃傷。她勉強抱我，蹣跚往打鐵舖而行，沒有千蝶護身，她又中十幾招刀劍暗器，最後終於撐不住，鬆開我頹然倒下，眼看死士就要砍下她的頭，我只能無力哭喊：「住手！」

忽然一陣狂風吹翻死士，一個長袖飄然的仙風奇人擋在灵蝶前面，他信手數掌，便揮出陣陣狂嘯掌風，擊飛更多死士，這時打鐵舖有喊聲傳來，餘眾見苗頭不對，終於撤退。

仙人扶起灵蝶，灵蝶勉強睜眼，氣若遊絲道：「師傅，救那孩子……」

話未盡，她「哇」的一聲口吐鮮血，不省人事。

楔子三

我從死士的突襲中撿回一命，陪同那位救了灵蝶的仙人，和從打鐵舖趕來支援的燕青、暗滅沁殤等人，一起攙扶重傷的灵蝶回打鐵舖。

悟能和尚與阿樂姑娘正在打鐵舖裡等著我們，阿樂一見到灵蝶就驚慌喊道：「小姐，振作點！小的帶了霜月閣的靈藥在身上，小姐千萬要撐住啊！」眾人將灵蝶抬往打鐵舖的一間小偏房裡，我則獨坐鐵舖外的矮凳，心有餘悸，身體止不住的發抖起來。聽著鐵舖裡阿樂姑娘的哭喊聲和眾俠此起彼落的慌忙叫喊，我越聽越是心慌，只想把頭埋進雙臂間好好哭一場。

一股熱流這時浸入我的後背，那股熱流像是能令人鼓起勇氣的仙藥，如冬雪初融的溪水和緩流遍全身。我感到全身忽然又充滿了力量，帶著淚眼回頭，是仙人用掌心按在我的背上，用他的浩然真氣為我打氣。

仙人面露慈藹地對我笑說：「別擔心小蝶，為師比誰都了解她的能耐，她不會就這麼輕易走的。」

仙人剛說完，就看見阿樂姑娘硬是把一干大俠們推出鐵舖，尖叫說：「小姐要更衣換藥，大男人統統給我出去！」說完，碰一聲關上大門。

眾俠在屋外面面相覷，悟能打趣說：「嘩！女人發起飆來，連頂頭上司都要讓三分吶！」

燕青向仙人抱拳答謝道：「上官先生，感謝您先一步救出灵蝶，只怪我等太晚察覺，讓灵蝶陷入險境……」

當燕青正說著，我心頭又湧起一陣愧疚感：如果當初我沒帶她去豬舍就好了……如果當時她不是為了保護我……

這時悟能發現我淚水又要奪眶而出，趕忙安慰我說：「別介懷，小施主，這不是你的錯。」

燕青見狀也趕忙辯解：「難道你認為是自己拖累了灵蝶？不是的，灵蝶的武功本就適合護送要人，並不會因為有你在場而妨礙她施展。實在是這波死士的攻勢太過浩大，就算是我恐怕也招架不住……」

「燕兄說到了一個關鍵，」暗滅沁殤突然插話：「這波遣來刺殺靈姑娘的死士數量之盛，實在讓人起疑。」

「暗滅兄，此話怎講？」

「死士看錢辦事，要能雇用如此多的死士去殺一個人，那幕後黑手在江湖上必然有相當的勢力和財力。」暗滅沁殤思索道：「可是，如果是初出江湖的小角色，那就罷了，夠分量的江湖人物，誰不知道靈姑娘的身分，和她在霜月閣的地位？倘若明知如此，此人不惜與霜月閣和我天風浩蕩為敵，也要致靈姑娘於死地，其人其心之可議，可想而知。」

「暗滅兄所言甚是，」燕青也陷入沉思：「且此人躲在幕後，派出死士，顯然還不願被江湖人物給盯上，只怕他背後還有更大的陰謀，要將各大幫派統統捲入。」

「可惜線索太少，無論有甚麼陰謀，都是憑空揣測，徒亂人心，暫且就別提了。」暗滅沁殤感慨：「現在光是要怎麼秉告幫主這個壞消息，就夠在下煩心了。」

「無須煩心，暗滅。」

那一個多月前曾出現在客棧過的嬌媚女聲再度傳來。這次天風浩蕩的山幫主臉上充滿怒色，也不乘轎，安步當車，疾行而至，拋下一群幫眾在後面緊追著喊：「天風浩蕩，幫主吉祥！」

眾俠向山幫主行禮，山幫主一揮手，逕自就要闖進打鐵舖，遇著剛走出來的阿樂姑娘。

山幫主沉聲低喝：「閃開，阿樂。」

阿樂為難地勸說：「山幫主，小姐剛睡著，請您還是先迴避……」

山幫主擒淚怒斥：「本幫主要見她！擋我者，殺！」

「莫動氣，山有木兮，」上官仙人相勸道：「阿樂姑娘絕非故意阻擾妳見蝶兒，只因蝶兒傷勢還不穩，怕見到妳，心神不寧，亂了氣脈，反而不好。」
「本幫主說了，擋我者殺！」
山有木兮幫主抽出一把長笛，惡狠狠地說：「上官風雅，醜話說在前，本幫主可沒拜你為師，沒必要聽你的。」
仙人上官風雅微微皺眉，舉掌戒備，情勢劍拔弩張，天風幫眾盡皆失色，暗滅沁殤與燕青、悟能等人表情沉重，看來都在思忖該怎麼化解這一觸即發的危險局面。
這時忽然又出現一股清朗聲音說：「收起笛子，天風幫主。在此大動干戈，驚動傷患，絕非好事。」
聽到這聲音，眾俠似乎都鬆了一口氣。一個長相清秀的少年帶著一個隨從，走到山有木兮面前說：「在場諸位都和您一樣擔憂小蝶，但既然她現在歸屬霜月閣，且由我，霜月閣的代表，代為作主。除了地門巫女阿樂姑娘外，我希望其他人暫且迴避，只要小蝶傷勢一好轉，我一定立馬稟告各位。山幫主，請您寬心。」
山有木兮見情勢至此，自行緩緩收勢，帶著天風幫眾和暗滅沁殤離開，臨走前拋下一句：「不過堯兒長老，你來得還真是快。」
被喚作「長老」的少年堯兒說：「我比蝶兒晚一天出發，約好在此地會合。幸好來得及時。」

山有木兮哼了一聲，率眾遠去。上官風雅便向堯兒道謝：「還真多謝你來，我實在拿這任性的拗孩子沒輒。」

「上官先生不必客氣。」少年堯兒看圍觀村民漸增，向眾俠說：「這裡不好說話，請各位一同到客棧詳談今日之事。」

於是眾人一齊往客棧去，燕青也帶上我，要我說明早上的經過。打鐵鋪外剩下上官風雅一人坐守，打鐵師這時才露出臉來，慎惶慎恐的奉上清茶水說：「這這……這是本村名產……」

客棧裡依舊人聲沸騰，大俠們朗聲談笑、埋怨菜色、甚至有的發酒瘋砸椅子，彷彿早上的那場驚天動地的死戰絲毫不影響他們的興致。我們選了一張最偏僻的桌子，眾俠眼光一致落在我身上，要聽我講述早上的經過，我當下的心情是七分恐懼，夾帶三分飄然得意。同桌的還有凌雲雁和黑木崖幫主，凌雲雁聽完我的經過，亦感嘆說：「比武前夕竟有死士偷襲霜月閣的要角，實在不妙。就怕接著還有……」

話未竟，大廳起一陣騷動，黑鬍子和幾個群英幫眾慌忙闖入，直奔凌雲雁眼前單膝跪下。

凌雲雁怒斥：「你沒聽到我的命令？不准……」

「堂主，來了！」不等凌雲雁說完，黑鬍子喊道：「捕快來了！」

說時遲那時快，我人在客棧就看到遠方村子口掀起陣陣飛沙，一票約上百人的高大羅漢，身穿同樣深綠軟甲，腰配同樣環刀鐵盾，臂掛同樣粗布臂章，綉著同樣大小的一個「捕」字。他們踩著齊一步伐，直奔客棧，排開陣形包圍群俠。陣中站出一個貌似頭目的，攤開一捲卷軸，朗聲唱道：

「皇令在此，莫敢不服！」

「皇令？」

幾個江湖中人一聽到皇令二字，起身想逃，卻被捕快擋下。眾人一併單跪聆聽皇令，捕快頭目繼續高聲朗頌：「天地昭昭，吾皇有令：江湖中人無始劍仙，涉嫌刺殺西夷人萊昂納多等數人，罪證確鑿，當押赴有司論罪。故下此令，命衙門至此犯出沒處，圍捕要犯，期間警戒，諸人俱不得出，待要犯見獲，戒令始除。欽此！」

眾俠一陣譁然，紛紛交頭接耳不止。捕快收起皇令，又說：「各位大俠，你們聽到了，我等奉命緝拿要犯無始劍仙，這段期間封鎖此地，眾人得進不得出，請各位配合。」

說完，有個大俠跳出來抗議：「格老子的！我們是來看劍仙比武的，給你們這樣瞎搞了還看屁！」

其他大俠也跟著群起鼓譟，這時有個年輕大俠跳出來說：「稍安勿躁，在下名號滿月，有句話對諸位前輩……」話未說完，又一個蒙面大漢怒喊：「安你娘親！」一刀砍翻滿月，頓時這位滿月大俠血濺大廳，身首異處。

店小二嚇得躲進櫃台下，眾豪傑像瘋了似的，也不顧捕快還在場，一哄而起，翻桌摔盤，大鬧客棧，數十個捕快毫不客氣，蜂擁而上，把那些鬧事的統統押走，又為滿月大俠收屍後，客棧是恢復平靜了，但看得出眾俠是敢怒不敢言，滿心不服氣。

燕青等人沉默面對這場突如其來的鬧劇，最後是悟能先開口：「真想不到，今天這麼湊巧發生這麼多事，教人不得不把它們聯想在一起。」

黑木崖幫主忽地起身說：「無趣，敗人酒興！走了！」說罷，眾人不言而散。

村子頭一遭發生命案，而且是一天內連續兩樁！村民們轉而對賣酒佬青眼相看，嫌怨漸升。江湖人被悶在村裡，也找客棧的碴來出氣。賣酒佬看風向不對，晚上召集所有店小二和跑堂，說是請到一位經營的專家，來指點客棧的營運之道，我心裡掛念灵蝶的傷勢，無心開會，便藉口尿遁，溜去打鐵舖。

打鐵舖除了休養中的灵蝶外，還有阿樂姑娘和堯兒大俠。我看到灵蝶滿身綳帶，連動個身子都痛到皺眉，心裡的愧疚感又升起。

灵蝶發現我躲在木門後，倒是很開心的招呼我進去，說：「對不起，是我連累你。我還以為你再也不會來了。」

我聽了一陣鼻酸，止不住抽泣。灵蝶拍拍我說：「好了好了，等我傷好，再帶我去看海芋花吧。說好了哦！」

我頻頻點頭，暗自下了一個決定：我要先到後山湖邊，為灵蝶姑娘採東海芋花。

江湖捕快封鎖了整個村子和村外廣場，但是我知道村子西側有一條通往後山坡的祕道，就在婆娘們洗衣服的小溪盡頭，有處山洞，正好通往後山的山腳下。

天黑以後，我沿密道溜到後山，踩著碎石小徑往上爬。走沒多久，就遇上一批橫眉亂鬍的惡漢，擋在山路前方，我心知不妙，自己遇上了山賊，正想逃走卻晚了一步，被這群山賊給團團圍住。山賊頭目打量著我，賊笑說：「運氣不錯，有個好貨色送上門來！」

正當我以為這次劫數難逃時，後方忽然傳來一陣空洞的聲音：「哎呀呀……」

隨著一陣旋風，朦朧月光下，出現一道像柳枝隨風搖曳的身影。

「想說心血來潮，抓隻童子雞來燉湯，沒料到來了一群放山土雞呀……」

那古怪身影晃悠著滑到山賊面前，那削瘦見骨的高窕身形，在月色下搖頭晃腦，活像一尾被吊起的蠕動巨蟒。我看不清他的長相，只見他除了手持一雙筷子外，並無寸鐵護身。山賊們紛紛舉刀，戒備這個不速之客。

「……試菜囉！」

怪人不懷好意地笑笑，藉著月光，打量筷子夾住的一顆怪珠子。正當我納悶著：「那是什麼東西？」

「咿呀啊啊啊啊啊！」

山賊頭目摀住眼眶，厲聲慘叫。我當下頓悟，渾身顫慄：那筷子夾著山賊的眼珠！

山賊們既驚恐又憤怒，紛紛衝向怪人，揮刀就砍，怪人毫不在意地把眼珠送入口中，邊嚼了幾下，邊用筷子或撥、或擋、或架，四兩化千斤，輕易瓦解了山賊們的攻擊。

然後他吐出一口血水說：「哎，這還是太腥了，這個呢？」說罷，他的筷子不知何時又夾了一截——一截斷指！

他把手指送進嘴裡，搖頭晃腦地咀嚼著。

「嗚哇啊啊啊啊啊！」

另一個山賊抱著缺指的手掌嘶聲嚎叫，他的斷指已在怪人嘴裡，沒人知道那手指是何時、如何斷的。

怪人吐一口碎骨，抱怨道：「怎麼你們這群放山養的土雞，肉質還這麼柴啊？罷了、罷了！」

山賊無心戀戰，一個個瞪大眼睛，舉刀戒備，步步退後，準備隨時逃走。怪人說：「今晚本來就沒想過找得到甚麼好材料，姑且來試一下刀功，畢竟好久沒開筵席了。哎呀？」

我趁山賊和那怪人不注意時，滾下邊坡逃跑，隱約還聽得到山坡上一面倒的廝殺聲：

「哇啊！頭兒！」

「逃、快逃！」

「咿呀！我的腳！」

「疼啊！把筷子拔起來！」

「你、你想做甚麼？」

「逃？」最後我聽見怪人說：「誰准你們逃啦？」

我踉蹌奔爬，怕自己慢了一步就會被後面的怪人給肢解吃進嘴裡。年幼時娘總是恐嚇晚上不睡覺的我說：「再不睡，後山的怪物會來吃掉你哦！」現在我相信了：後山真的有吃人的怪物！

這時一雙冰冷手掌從背後攔住我，還摀住我的嘴。我一度以為是怪人追上我了，死命踢腿掙扎，想哭號卻喊不出聲。

「冷靜。」

那人對我說話，他沉穩的聲音讓我稍稍安心下來。

「會有點冷，忍耐別動。」

那人邊說著，邊用一件透著古怪冷光的幽暗斗篷罩住我們。我頓時感到一陣惡寒襲身，忍不住直打哆嗦。那人用手指在我嘴前比劃，示意我禁聲別動。我仔細瞧他的臉，他外貌約二十幾歲，有著灰白相間的亂髮和蒼白的面孔，深邃的瞳孔像是靜謐的湖水，令人望而心安。

這時，坡上傳來沙沙作響，那怪人貌似拖著一袋東西，緩慢的走在碎石小徑上，他用空洞的氣音哼著不成調的曲子，在夜半聽來格外令人心驚。

待怪人消失在我們視線外，那人又小心翼翼地探頭，輕聲說：「再忍耐點，他可能還在附近。」又過了約莫半個時辰，等我手腳身軀都凍得麻木了，方才卸下斗篷。

他扶起我說：「我叫靈稀，拜師仙人上官風雅門下。我要到前方的村子找一位叫灵蝶的姑娘，但現在村子被封鎖了，你可否為我找到她，傳個信息到她手上？」

我聽到灵蝶的名字，不自覺垂下了眼，立刻被他發現：「怎麼？你認識她？」

我看瞞不過他，就把這幾天的經過全說了。他很關心灵蝶的傷勢，勉強鎮定說：「多謝你，請帶我去打鐵舖找她。還有，既然你有辦法避開捕快，屆時還要仰仗你帶我離開村子。」我二話不說，點頭答應。

靈稀護送我走在山路上，他問：「我看你對江湖事也不是全然無知，你可知自己剛才惹上甚麼人物？」

我搖搖頭，他又感慨：「真不知該說你運氣好還是差？很少有人遇上那個瘋子還能活著離開的，更遑論從那雙筷子下全身而退了。」

「他是誰？」

「『香鰻魚蓋飯』。」那人用冰冷的嗓音回答：「那是他自稱的名號，世人早忘了他的本名。他曾是江湖正派名士，可惜墜入魔道，淪落至此。」

我不再多問，就這麼回到村裡，領著靈稀到打鐵舖後，回家又挨爹娘一頓晚歸的斥責。我渾身疲累，啥都不管，倒頭就睡。

翌日，我一早上崗，發現客棧竟空無一人，只剩大廚拉著要飯仔，忙著抬一盤盤飯菜上推車。

大廚吆喝我去幫忙：「還愣在那幹嘛，快把菜送去村外廣場！」

「村外廣場？幹嘛？」

「還幹嘛？比武大會啊！昨晚開會你沒聽到？」

「什麼？」

楔子四

大廚趕著我和要飯仔拖著重死人的推車到村南的廣場，我赫然發現村外廣場幾乎完全變了一個樣。一夜之間，原本空蕩蕩的廣場憑空冒出一張大戲臺，張燈結綵，掛上米篩大的四個字：「比武大會」！戲台四周坐滿了各路英雄好漢，一掃昨日鬱悶，大口喝酒，大聲談笑。

我問要飯仔：「怎麼回事？」

要飯仔喘得說不出話，手比了比大廚。大廚說：「你昨晚翹班了還敢多話！老板找來了客棧經營大師『一不作』，一個晚上就搞出這麼個比武大會，真累死老子啦！光是一天晚上張羅食材……」

大廚話說到一半，賣酒佬冒出來，派給我更多工作，說：「死小鬼爽的咧！昨晚睡得可舒服囉？給我做兩倍的工還回來！」

比武大會就在這倉促間盛大開幕，而我整個早上就在比武擂臺四處跑腿，像條狗一樣被呼來喚去，不時偷瞄臺上賽況。擂臺上的第一場比試，由東瀛高手蓬萊上場，他使一把喚作「腐木山」的利劍，對峙西夷奇人米莉姆。米莉姆使一把長柄鐮刀，先發制人掃向蓬萊，但蓬萊閃過刀鋒，繞著長柄順勢欺身上前，抽劍直指要害，米莉姆連忙向後一蹬，一時刃光閃爍、鏗鏘交錯，打得難分勝負。

台上廝殺激烈，台下有的喝采叫好，有的切聲咒罵，還有的高談闊論，談論的話題不外乎諸門武學和奇俠：

「那個西夷人的武功好詭異啊！誰知道是哪個門派的？」

「我還是看好東瀛高手蓬萊，東瀛武學必有兩把刷子，独孤客的刀法也是在東瀛學來的不是？」

「哼！如果夏宸大俠來了，他的名刀銀月準定橫掃千軍！」

「不見得，只要燕門十三刀一出，就連上官仙人都要讓三分，更何況夏宸？」

有個江湖人說到興頭上，一揮手差點掃倒我，多虧一隻大掌將我拎起。這個救了我的大俠身材雄偉高壯，有一對野火般的濃眉和銳利雙眼，他腰間那把彎刀利得發亮，映出一抹眉月似的冷光。

「嘿，兄台，你差點打到夥計了！」

那江湖人被這麼一吆喝，惱的轉頭，看到拎著我的大俠，瞬間嚇到下巴闔不上嘴：

「夏、夏宸大俠……」

夏宸大俠爽朗一笑，放我下來，我匆匆道一聲謝，還沒搭上第二句話，就聽到鄰桌傳來一道聲音說：「小鬼，江湖人行事急進，難免會有意外，你自己也要當心點。」

我們一同轉頭望向鄰桌，見一旅人，拎一只布囊，掛一粒酒壺，貌似久經舟車勞頓，但雙眼清亮有神。他呷一口酒，笑問我：「有啥菜好點？我餓壞了。」

夏宸逕自向前，向他行揖道：「久違了，剪春燕，這次非得讓我請你一回。」

我和其他江湖人又同時大吃一驚：「剪春燕」燕孤寒，江湖人又稱「絕世雙燕」的第二隻燕子！據說他的武功更甚燕青大俠，能與神仙交鋒到不相上下，從此結為至交，互授絕學。

燕孤寒回答：「好，就讓你還一次人情。來壺淡酒，菜不用多，有『辣子』盡管上，越辣越好。」

店小二趕忙來記菜，把我支到一旁幹雜事，我就這麼奔忙到午時，分得一粒飯糰，被大廚趕去廣場的暗角，說是不能讓我吃飯時礙著大俠們的視線。

我找到一處人煙稀少的蔭涼角落，有個比我還矮小的小鬼蹲在那兒，倚著一根棍子，睜著一雙骨碌碌的大貓眼，乍看之下還以為他那寬大的衣袖裡也藏了一雙貓爪。他面無表情看著我，我以為他肚子餓，本著志在江湖的大俠氣魄，毅然決然把惟一的午飯遞給他。

他問：「幹嘛？」

我反問：「你不餓？」

「哦。」

他應了一聲，接下飯糰，三兩口就扒個精光，恢復了精神，笑道：「不錯，難得遇到你這個上道的小子。」

我當下著實不爽：惟一的午餐給你吃了，還要被你喚做「小子」，也不想想你的身長只到我的腰際。本想著身懷志在江湖的氣魄，默默吞下這次虧就是，誰知他得寸進尺，撐著棍子起身說：「我等的人還沒來，你多陪我一會，載我看熱鬧去。」

不等我答話，他縱身一躍，坐上我肩膀，一手持棍，一手揪著我衣領，踋著我到擂臺外圍。擂臺上正進行另一場比賽，兩個大俠持刀互殺，鏗鏘交錯，拼了十幾招不分勝負。其中一個大喊：「壯士好身手，在下銀角，敢問壯士名號？」另一個才剛喊完名號，臺上就忽然吹出一陣狂沙，罩住他的頭，只見他「咿咿咿」直尖叫，倉皇竄逃下台。臺下觀眾皆大失驚色，交頭竊語道：「這是甚麼妖術？」

「『羊脂玉淨瓶』吶！」我肩上的小鬼突然開口：「真巧，我正想著它下落呢！」

不等我搭話，他繼續解釋：「刀法只是幌子，那個銀角的殺招是他腰間的小瓶子，只要一問對方名號，對方一回話就中了招，藏在瓶裡的一窩沙蜂會把對手叮咬到生不如死。他還特地先交手個幾回，鬆懈敵人心防後才出招，有趣，可是終究是小技倆，遇到真正的高手可就……」

「你是誰？」當下我才發覺，這個討人厭的小鬼恐怕大有來頭：「你怎麼知道那個甚麼瓶？」

「哦，我叫臨光。至於第二個問題嘛，因為那是我遺失的寶器，我自然知道囉。」

此刻銀角在一片喧嘩聲中下場，我問：「是被偷的嗎？你要去搶回來嗎？」

「搶那瓶子？我看他用得也挺順手，何必奪人之好？每年霜月閣遺失的寶器多，得到的更多，又不缺一只瓶子。」

又是霜月閣！話說我從村人口中鮮少聽到「霜月閣」的名字，但是江湖人對霜月閣似乎都存有忌憚。霜月閣貌似藏有許多奇人異術，它不像其他幫派那般聲勢雄偉、鋒芒畢露，它是如此神祕，卻又如此令人敬畏。

「嗨，月兒！妳可來了，我等妳好久。」

臨光小子朝著一個神祕的蒙面人猛揮手，蒙面人頭戴灰紗，身罩灰袍，整個身子從頭遮到腳，只從身段看得出是個女子。她向我微微致意，從我肩膀接下臨光後便離開。

午後，圍觀比武賽事的江湖大俠更多了，還有許多村人看到商機可乘，陸續推輛車子來叫賣。臺下觀眾熱鬧騰騰，擂臺上的比賽更是高潮迭起，一個自稱「傲天」的神祕鐵面男，使一把二丈長的傲世槍，連勝數場，橫槍仰天長嚎，怒吼：「下一個上！一起來也行！」

喊罷，有個英氣勃發的書生俠客躍上擂臺，報上名號：「群英四奇蕭寒，特來討教！」

台下群英幫眾一片喝采，當中隱約可見一人，頭戴綸巾，手持金邊扇，對旁邊一位瀟灑淋漓的俊美大俠說：「流雲師兄，我看這傲天不過憑一股蠻勁兒瞎闖，絕不是蕭師弟的對手。」

兩位大俠身邊一批幫眾馬上奉承說：「上官師兄所言甚是，不愧是我們群英四奇！」

偏偏在比賽最精采的當下，大廚又派差給我，要我回客棧運酒來。我抱著一肚子鳥氣回到客棧，遇見堯兒、悟能，還有灵蝶，灵蝶身上的傷好了一半，看來精神不錯。

堯兒叫住我，問說：「聽說你遇到臨光前輩啦？」

「堯大俠您叫他前輩？」

「你被他的外表騙了對吧？他可是將近二百高齡，霜月閣的一代耆老哦！」

堯兒笑著看我驚嚇的表情之餘，注意到灵蝶的臉色黯淡，問她：「蝶，不說話？」

「臨光前輩來了，那，月姐也來了？」

「當然，怎了？」

灵蝶欲言又止，最後說：「沒什麼。」

當下我不明白，待我往後經歷多年歷練後，方能感受這「沒什麼」簡單三字的重量。

第一天的比武大會在落日時暫且落幕，是夜，酒樓燈火通明，江湖好漢們剛看完一連串精采刺激的爭鬥，晚上則徜徉觥籌間，逞口舌之快，欲盡白天未完的餘興。

有別於大廳中央諸俠群集的喧嘩騰鬧，酒樓的一處暗角坐了暗滅沁殤、悟能、上官風雅、還有早上的臨光前輩和月兒姑娘。先是暗滅沁殤發現我，示意我過去，店小二看到是暗滅大俠，很識相地放了我。

暗滅沁殤開門見山問我：「聽說你見過他了，你介意再說一次昨晚發生的事嗎？」

我一想到昨晚那月光下的修長身影，渾身又開始發寒，是看到上官仙人和藹的笑容，想起那天他為我灌入的真氣，我才鼓足勇氣，將那段恐怖回憶再述說一遍。

五人聽完又是一片靜默，徐久，悟能開口：「雖然早料到這『鰻魚』遲早會再現身，但沒想到這麼突然。」

上官風雅說：「香鰻魚蓋飯的五官極其靈敏，幾乎沒有他找不到的人。幸好你遇到靈稀，他的鬼靈罩將你隔絕在一切感官之外，你才逃過此劫。」

「也幸好你沒看清楚他的臉，」暗滅沁殤說：「假如你看清了他，他絕不會就此罷休。」

上官風雅說：「如果我們其餘四絕再次合璧，也許還有辦法和他一搏，只可惜劍仙下落不明。」

說完，在場諸位江湖高手心有默契的輕嘆一聲。假如說江湖英雄是我們這些老實村民心目中的偶像，那麼江湖人心目中的偶像，非「天下五絕」莫屬。我在酒樓上崗的這段日子，從諸多江湖人的閒聊裡，拼湊出「天下五絕」的面貌：他們是五名江湖公認道行高超的大前輩，每一位都有能以一擋千的絕上武功，上官風雅前輩、悟能大師、暗滅沁殤大俠，和這次發下挑戰書的無始劍仙，俱為五絕之一，但最後一絕，我怎麼也打聽不到他的名號。

悟能說：「說不定劍仙早就來了，畢竟他行事最是神祕，易容術更是第一流的。誰知道他是否易容成另一個江湖人，現在正看著我們吶？」

上官風雅說：「話說香鰻魚蓋飯也深黯易容之道，若假扮他人混入這村，那更是難防。」

關於江湖人的易容術，我也約略聽大人說過。據說有些高明的江湖大俠，善於模仿他人容貌聲形，會易容成其他知名的江湖大俠，掩人耳目。因此，假借他人容貌作姦犯科、嫁禍他人者，亦時有聞之。

除了喝著肉湯的臨光前輩一臉滿足樣，每個大俠都眉頭深鎖，心事重重，和熱鬧的大廳中央呈現強烈對比。看著那些胡鬧的江湖中人，我心想，但願這些傢伙就這樣像小嬰兒般鬧著鬧著就睡了，不要再有像昨天那樣的慘案。沒料到，這群江湖中人光是喝酒聊天，竟然也能起衝突。

先是一個裸肩翹臀的嬌媚女俠，用她的細滑香肩磨蹭群英決的流雲大俠，發嗲說：「大俠~讓萌萌來嘗嘗您嘛~您的肉好不好吃啊~」

其他江湖大俠跟著萌女俠起鬨打鬧，鬧到其中一個群英四奇憤而站出，怒喝：「不知羞恥！給我滾遠點！」

他這一放話，壞了群眾興致，大家冷眼瞪他，他還以怒目橫對眾俠，說：「你們這些沒見過江湖世面的小廝，在群英四奇面前還敢放肆？」

「呸！甚麼群英四奇？我看群英四狗還差不多！現在江湖早就是天風霜月的天下，哪輪得到你們囂張？」

雙方越吵越烈，紛紛將手按在劍柄刀把，蓄勢待發。店小二早躲進櫃台下，其他夥計也閃到一旁。悟能嘆道：「唉，這些年輕人怎麼學不乖，都忘了捕快還在外頭嗎？」

忽然，月兒走向叫囂的兩方人馬中央。我可嚇傻了，以為前一天滿月大俠的慘劇又要重演。

臨光前輩又意猶未盡的舔了兩口湯碗，才說：「哎呀真是，月兒，用兩滴應該就夠了，省著點啊！」

月兒點頭示意，隨即摘下面紗。

酒樓頓時靜默。

那是我有生以來看過最美的一張臉。

月兒的五官和我們中原人殊無二異，但卻出奇完美的勻稱，還有一雙靜謐而憂傷的眼睛。她皮膚白得出奇，既像夜裡的盈盈滿月，又像細滑見光的白瓷。她還生了一把烏亮中帶著深邃幽藍的長髮，滑落肩膀上，仿佛絲緞般映著閃爍銀光。

她從灰袍下探出一隻玉手，隱約可見兩滴蠶豆大的甘露托在掌心。然後她輕輕的將兩滴甘露吹向空中。

「呼」的一聲，甘露瞬間化作漫天雨霧，瀰漫整間酒樓，落在大廳群俠身上。吃驚的群俠渾身沾滿霧水，張大了嘴卻說不出話。

這時她微微一笑，宛如雨後雲開的三日月。

「別爭了。」

狂傲的群俠竟如溫順的羊群，聞言便緩緩收勢，再無爭執。酒樓是夜就此平靜。

月兒回座時，臨光得意地朝她微笑，其餘大俠也對她讚嘆不已，悟能問道：「女施主真是了得！那天降甘霖想必是孟家的『忘川水』吧？敢問女施主名號？」

月兒答：「孟婆之女，水中月。」

託水姑娘的福，我今晚能平安無事下崗回家。行經打鐵舖時，隱約聽見燕青大俠和凌雲雁的談笑聲，從打鐵舖的地窖傳來。

打鐵師把他的地窖清理作燕青大俠的客房，地窖牆壁有一截冒出地表的通氣孔。我一時好奇：「為何凌雲雁大俠放著群英幫眾一整天，自己卻私下跑來找燕青大俠？」於是將耳朵貼在地窖通氣孔，偷聽他們對話。

凌雲雁說：「難為燕兄住在這麼個地方，為了搶先與無始劍仙一戰，你可是做足了犧牲。」

燕青說：「坦白說，我為的不是無始劍仙。」

「哦，那麼是為独孤客？你算準独孤客會先來這鐵舖打聽消息？」凌雲雁又說：「以你的武功，確實能和独孤客一決高下。除掉這個江湖公害，更可助黑幫壯大聲勢，這主意不錯。來，雲雁敬你一杯。」

一聲乾杯響後，又聽凌雲雁說：「江河日下，已非往昔我等初入江湖時可比。燕兄為黑幫勞心，雲雁感同身受。當年朱皇幫主將群英眾交付雲雁等人，雲雁亦費盡心思，只望重振群英榮景。但願在上位者，皆能體會我等苦心。」

燕青沉默，凌雲雁繼續說：「雲雁知道，貴幫自黑少幫主掌事以來，聲勢日衰，儘管燕兄戮力親為，畢竟孤身難抗朝代洪流，燕兄正當青壯，可曾考慮……」

「喀！」

不等凌雲雁說完，聽到燕青用力扣下酒杯，說：「凌兄，挑撥離間，非義士所當為之。」

聽到這話，凌雲雁自行收棚，說：「那麼晚了，就不打擾燕兄休息了。」

我連忙躲進角落，等待凌雲雁的身影逐漸遠去。原本已平靜的夜晚，在這場密談後似乎又添加了不安。

楔子五

這晚明明太平無事，我卻怎麼也睡不著，熬到第二聲雞啼，索性下床出門去。春天的清晨寒氣凍人，我踩著滿地露水，溜搭到村子口，看到捕快們在盤問三個信差。

信差後面跟了一輛馬車，駕馭馬車的人穿得艷紅鮮綠，帶著斗笠，看不清樣貌。待信差被放行入村，駕車者向車內乘客輕呼：「師兄，換我們了。」那聲音好清甜，聽起來是個小姑娘。

這時起了一陣風，吹走駕車者的斗笠。

「呀！」

駕車的果然是個小姑娘，約莫還比灵蝶年長些，但卻已生得一頭似八十老嫗的蒼髮。她茫然瞪著飛在空中的斗笠，不知所措。

「呼！」

馬車中躍出一身影，如飛鴿撲向空中，信手拿住斗笠，飄然落地。那是一個二十出頭的文靜男子，頭戴綸巾，身穿布衣，假如不是看到他剛才的俐落輕功，我還以為他是個上京考試的書生。

「瓜兒，小心風大。來，吾為汝繫上帶子。」

男子為瓜兒戴好斗笠，又單膝跪下，為她繫上斗笠的綁帶。瓜兒的臉頓時羞得飛紅，我在一旁也看得渾身發燙。

馬車內探出另一人，大笑道：「好啊！好一對恩愛佳人，墨塵兄！」

那人身材高大，五官深邃，有一頭異於常人的金黃長髮，隨意紮成一束馬尾。他穿一身輕便白衣，上有龍鱗片片，在晨曦下閃閃發光，背後還背一口寶劍，劍長目測約莫有三尺半，劍身漆黑如夜，映著晨星滿點。

他看著墨塵和瓜兒，讚嘆說：「中原人常說『只羨鴛鴦不羨仙』，這，就是愛吧？」

「劍奇白龍海，別亂講。」

「不，墨塵兄，就是如此。你們中原人就是這樣，總是將心中的感情藏得很深。須知我們一生所尋者，就是命運中註定的愛。」

劍奇白龍海說著，邊下車接受捕快盤查，他問：「閣下，你懂得愛嗎？」捕快滿是狐疑地瞪著他。正當我還想繼續看好戲時，很不巧被捕快發現，給臭罵一頓趕了回去。

早上的信差們分別送來三封信。第一封信貌似寄給山有木兮幫主。上崗後，我在酒樓看見暗滅沁殤代為拆信，並問信差：「這信沒寫名字，是誰寄來的？」

「大俠，我也不知道啊！我正想多問幾句，寄信人只說『有問題就去歸元寺』就走了。」

暗滅沁殤點點頭，打發信差離開。他隨手將信放在桌上，我瞄了一眼，只是普通家書，上面有許多墨漬。

距離約定的無始劍仙和独孤客兩大江湖名人比武，還有三天時間，今天酒樓自辦比武大會進入第二天賽程，賽況依舊緊張刺激，觀眾紛紛喝采叫好！

第一場是兩個天風浩蕩的幫眾，來場兄弟鬩牆之爭。奪命書生黃天行，大戰浪蕩刀客曲夜風，兩人的劍鋒刀刃鏗鏘交錯，十幾回合下來仍不分勝負。

只見曲夜風大喝一聲，雙手輪起大刀，破空之聲虎虎作響，忽然刀光一瞬，斬舞出千朵銀花殺向黃天行，黃天行連三個翻身，劍指刀身，劍鋒走圓，擦出千萬閃爍火花，化開陣陣刀風，破解曲夜風的攻勢。

正當曲夜風蓄勢再發前，黃天行忽然大笑道：「哈哈哈！終於我也能擋下夜風兄的這絕殺一招啦！不過第二招我可就消受不了，告辭啦！」說罷，黃天行草草一揖，兀自翻身下臺。

曲夜風笑罵：「去你的！說好的接不下我三招就要請我吃酒，又想賴帳？」便隨之追下擂臺，兩人拋下滿場錯愕觀眾不顧，一前一後，施展輕功，飛躍村落屋頂間你追我逐。這場比武就這麼沒了。

滿場江湖人士紛紛慨歎：「天風浩蕩的幫眾，果然名不虛傳的浪蕩不羈！」

「哈哈哈哈，我真的很愛天風浩蕩！」

堯兒和兩個跟班坐在臺下，招呼我去送上兩盤點心，看著擂臺上的鬧劇大笑。一個跟班問他：「長老，您為什麼不上場？明明您的功力絕對不輸給他們。」

另一個附和說：「俞師兄說得對！只要您一出手，管他是……」

「好了你們兩個，」堯兒打斷他們的話：「『齒堅則疏，舌柔而存』，你們多少該領略這道理了。」

堯兒對右邊跟班笑了一笑，指點他說：「愈安，你可是我欽點的接班人，你一定要學會，凡事不必由自己出頭，藏身背後才能綜觀全局。」

堯兒又對左邊說：「阿堯，你也是。以你的身分，往後要面對的格局一定遠勝過今日江湖。為了江湖未來的長治久安，你到了天風後，更要好好的看、好好的學。知道嗎？我很看好你哦！」

阿堯受了誇獎，臉兒飛紅，愈安則不住點頭稱是。

下一場比武是由前一天的勝者——群英四奇的蕭寒，對決天風浩蕩的高手段玉。交手過數十回合，段玉終於落敗下臺，獨留蕭寒佇立擂臺，指著臺下觀戰的鐵面傲天。

「就是你，給我上來！昨天你打了一半就跑，是瞧不起我嗎？」

傲天說：「我昨天不是說過能打下我的面具就算你贏？你斬斷面具的繫繩，我服輸，這就了了，幹嘛還不罷休？」

「這算哪門子服輸？脫下面具，使出你十成功力再戰一次！」

「不要！誰理你啊？」

傲天不甩臺上氣得發抖的蕭寒，正要離開時，大批捕快突然包圍廣場，押住那位昨晚戲弄流雲大俠的萌女俠。

「哎喲！捕快亂抓人啊！」

「住口！萌逼兒！」捕快斥道：「休得狡辯！妳昨晚曾說要吃人肉，我們懷疑妳就是兇犯香鰻魚蓋飯所偽裝！」

說完，捕快伸手就捏萌逼兒的面皮，氣得萌逼兒直嬌嗔：「很痛欸！你們這些臭捕快！討厭！沒情趣！粗魯！」

捕快們逕自檢查萌逼兒時，另一人向廣場眾俠宣布：「衙門接獲線報，兇犯香鰻魚蓋飯疑似易容他人，混入此村，是故我等在此檢查眾大俠的容貌，煩請諸位配合。」

說完，眾捕快不顧眾人喧嘩埋怨，逐一盤查廣場裡的每個人，甚至連悟能大師、堯兒前輩這些大人物也不例外。還有幾個捕快盤問店小二和要飯仔，其中一個用雙指勾起要飯仔的鼻孔，像是在試著掀起易容面具，結果把要飯仔整得「噫噫」直叫，卻是徒勞無功。

兩三個捕快叫住傲天，說：「壯士，請摘下面具。」
傲天猶豫再三，堯兒站出來說：「傲天，配合捕快，不要緊。」
於是傲天緩緩脫下鐵面，露出真面目。
「咦？」
傲天的年紀約莫二十來歲，看起來面貌堂堂，眉宇間有一股傲然英氣，但是他的右眼竟是金色瞳孔，在豔陽下閃耀著光芒，極其耀眼。
江湖中人盡皆為之驚異，紛紛交頭接耳：
「妖皇之瞳！」
「難道他是妖皇轉世？」
「怪不得他要戴鐵面掩人耳目。」
雖然傲天默不作聲，我卻能感受得到他衝天的騰怒。捕快花了快半個時辰盤查完所有人，撤出廣場，傲天也跟著離開，一路上不時還有人對他指指點點：「妖孽……」
廣場又恢復了熱鬧，下一場比試正要開始。蕭寒對峙下一個高手「雲淡風清」，他和暗滅大俠同樣使一把長戟，龍爭虎鬥不分勝負。此時堯兒起身帶著愈安、阿堯離開廣場，我注意到他胸前衣襟藏了一封信。
他說：「好吧，該走了。等這一天等了好久。」

這時候酒樓的店小二匆匆趕來擂臺，要我回酒樓幫忙正在張羅晚宴的大廚布置場地。回去的路上，我看到傲天一個人在空地練武。他脫下鐵面，赤裸精壯的上身，舉著二丈長槍，朝著空無一人的前方比劃招式。

「喝！」

傲天熱汗淋漓，喘著大氣，鼓足肌肉的雙臂顫抖，看起來他已經累了，可仍然緊抓著長槍不放。

「喝！」

又練了不知多久，傲天踏著馬步的雙腿開始發抖。

「傲天，不要逞強。」

水中月姑娘出現，注視著傲天的一舉一動。然而傲天並不理會她的規勸。

「喝啊啊啊啊！」

傲天最後發狂的朝前方亂刺，槍影咻咻作聲，銀光閃爍如流星雨，久久方歇。最後他終於支持不住，倚住長槍，噗通跪地，長長的喘氣聲呼嚎作響，幾乎說不出話。

「我知道……我只是……」

水中月拋出一滴甘露，在傲天頭頂三尺化做一陣雨，傲天張口迎接雨水，任雨水、汗水，和著淚水涔涔流下。

「……不公平！」

他放下槍，仰望蒼天：「我明明也很努力……」

「吆，妖怪！」

傲天怒地轉頭，看到悟能大師悄聲而來，還挑釁的蹲下身子，伸出手掌說：「來、來舔一舔、舔啊！」

傲天像隻瘋狗般撲向悟能，連水中月都阻攔不住。

「傲天！住手！」

「啊啊啊啊！」

「啪！」

就在傲天伸爪抓向悟能時，悟能算得先機，雙掌拍住傲天臉龐，夾住了他。

「嗯！」

表情一向嘻笑的悟能大師，忽然收色正容，瞪圓了眼，與吃驚的傲天四目相望。

「相由心生，傲施主。」

悟能說：「想自己是怪物，施主就是怪物；想自己是個人，施主就是個人。」

傲天激昂的怒氣被這麼一驚，消退許多。他望著悟能許久，反問：「別人就是當我怪物，就算我想當人，又怎麼樣？」

「不怎麼樣。」

傲天簇起眉頭瞪著悟能，悟能繼續說：「別人也是個人，施主也是個人，如此而已，不怎麼樣。」

悟能放開了傲天，傲天起身，不屑地說：「空口玄談，說得倒簡單。」

悟能並不反駁，只是嘿嘿一笑，隨之嘿喲一聲爬起。當悟能正拍除袈裟上的塵土時，傲天已穿上衣服，和水中月一同離去，臨走前留下一句：「謝謝您。」

悟能笑而不語，目送兩人的身影消失。我看他從袈裟裡掏出一封信，看了一眼，嘆口氣又收起。

「幹啥嘆氣？」

臨光蹲在藤蔓矮牆上，問候悟能，說：「終於厭倦紅塵的話，我可以送你一程。」

悟能笑問：「原來施主還掛記著當年的事？」

「怎麼不掛記？」臨光恨恨地說：「那一掌，廢了我起碼三十年苦功，如何不掛記？」

「想復仇，貧僧樂於成全。」悟能說：「只是還請稍待幾天，貧僧尚有最後幾件事要做。待諸事皆成，心無掛念，貧僧自然如施主所願。」

「哼，這可是你說的。」臨光說：「那你可要活到那一天，脖子洗好等我。」

「自然、自然。」

悟能說完便辭行，哼著歌兒，漫步樹影間直到身影完全消失。這時臨光回過頭問我：「小子，你還不走？大夥都回酒樓去了，你不回去？」

我這才猛然驚醒，趕緊奔回到酒樓後，我自然招來賣酒佬一頓罵，不過這次他收斂許多，因為他還要我去服侍大廳裡的諸多江湖高人。其他夥計怕這些大俠怕得要死，他們看我有膽周旋在這些大前輩之間，於是把我推上前去。

江湖各大幫派似乎要在數個月後舉辦一場「五幫大會」，屆時江湖五大幫派：天風浩蕩、霜月閣、地門、群英決、黑幫，其幫主都會率領諸幫眾參與此會，宣告大事。然而今天，堯兒長老忽然邀請各幫，說是先在酒樓辦個會前的籌備會。因此，在白日比武尚未結束前，酒樓已是人聲鼎沸，大夥兒都累到東南西北顛倒不分，大廚拉著要飯仔進廚房忙後就再也沒得出來打個混，甚至連端菜出爐都由要飯仔代勞，小癩子和其他幾個小夥計，與店小二忙著在大廳四處招呼。所幸今天熱鬧歸熱鬧，江湖人倒是安分得很，並無鬧事，或許因為這晚是個大日子，他們也不得不收斂點吧？

我被派去服侍主桌的貴客，除了霜月閣的堯兒長老、代表地門的上官仙人、還有天風浩蕩的暗滅沁殤外，黑幫的黑木崖幫主也早早蒞臨，找了一個被喚作褒姒的女幫眾陪他喝悶酒，沉默不語。

奉茶時，堯兒對我說：「這幾天可讓你見到不少江湖人物。江湖五絕只差劍仙一人，就讓你一併見識全了。」

我緊張的點頭陪笑，稍稍一想，又覺得堯兒的話不對勁。

「您說我只差劍仙一人，就一併見識全了？」

「對。」

「所以我已見過暗滅大俠、悟能大師、上官仙人、還有另一絕？」我問：「那另一絕是誰？」

「嘩！小施主還不知道嗎？」

悟能大師匆匆趕來，在幫眾連番「地門吉祥」問候聲中入席。他先看了暗滅沁殤一眼，再暗示我：「那一絕，前晚遇過的。」

我陡地一驚，額頭開始發寒。

「『他』？」我驚呼：「他也是？」

「是啊！」悟能說完，端起茶杯啜飲。

我想起靈稀說過：「他也曾是江湖名士。」

「我們是約莫十年前相遇的，」暗滅沁殤突然開口：「當年江湖不比今日，賊徒俱眾，民不聊生。於是悟能大師、劍仙和我有了共識，要合力討惡伐罪，確保江湖和平。而上官仙人和他隨後加入我們的行列，自此，江湖上才有「五絕」的稱號。」

「我們當中，就屬他性子最烈、不服輸。他為求武藝短時精進，曾花費數年收集江湖十三寶典，試圖集各派武功之大成於一身，結果事倍功半。此後，他一度轉念，鑽研廚藝，誇口要改當江湖第一名廚，本想說讓他別執著在武功上，對他是件好事，豈料他卻著了迷，當年囫圇吞棗的各派武功心法頓時反噬，使他心魔入竅……」

暗滅沁殤停了一下，繼續說：「於是三年前，他殺了數十個武林好手，稱是習武高人的血肉最適合入菜，然後舉辦一場江湖大宴，邀眾多高人試菜……」

說到此，暗滅沁殤闔上雙眼，不願再談。我也不敢再問後續。

當晚酒樓諸客豪飲歡笑，當中嬌點非萌逼兒莫屬，即便她受過白天的委屈，晚上依然不改性情，四處勾搭豪俠。她搭在曲夜風的雙腿磨蹭，曲夜風亦逢場作戲，作勢伸指挑逗她，就這樣當庭大放款款恩愛，惹得周遭豪俠一陣哄笑。

這時灵蝶來了，冷道：「萌逼兒，妳可知矜持二字怎寫？」

「我說蝶妹妹，人生苦短。」萌逼兒睨了灵蝶一眼，然後又微吐杏舌，輕輕在曲夜風頰邊勾了一下。

灵蝶不再理會萌逼兒，問暗滅沁殤：「暗滅前輩，您說姐姐找我？」

「對，」暗滅沁殤起身，說：「有些事，我和幫主想了想，還是先告訴妳比較好。」

「什麼事？」

「說來話長，不便多談，」暗滅沁殤逕自上樓，丟下一句：「妳上來就知道。」

「那，請等我一下。」

說完，灵蝶把我拉到大廳角落，悄聲問我：「我問你，你一直在酒樓工作，你最近可曾再見過我姐姐？」

「妳姐姐？」

「你沒注意到？就是山有木兮卿有意。」

「她是……？」

灵蝶不等我驚呼完，便摀住我的嘴，直問：「別多說，只要告訴我你最近可曾再見過她？」

我仔細想想，自從上次灵蝶重傷後，我還真的再沒有看過山幫主。我搖搖頭，灵蝶表情更加凝重。

「我覺得，姐姐不太對勁。」

我茫然看著灵蝶，她匆匆說：「算了，你也使不上力。沒關係的，我先上樓去。」說完，她匆匆告辭，我忙著外場，也無心再去管閒事。

楔子六

酉時二刻，晚宴開始，大廳席開數十桌，坐滿江湖好漢，舉杯交錯，笑談世事。待山有木兮卿有意和暗滅沁殤下樓入席，主桌的五大幫會代表，率先舉杯敬酒，全場回敬，歡聲響徹酒樓。

好菜上桌，凌雲雁正要動筷，卻又放下，叫夥計慢點上菜，又悄聲吩咐流雲飄蹤數語。然後，他起而朗聲宣告：「諸位壯士，在享用佳餚前，雲雁在此有要緊大事，要向各位宣布。」

大廳頓時靜默，眾人目光齊向凌雲雁。堯兒困惑了一陣，隨即起身與凌雲雁並立。

凌雲雁說：「當今中原貌似局勢承平，實則暗潮洶湧。外有倭夷蠻兇四方之患，內有獨孤刀客危害江湖，賊徒日眾，人皆自危。多虧有『天下五絕』挺身而出，逞兇除惡，撥亂反正，我等江湖中人亦當效法自強，團結一致，抵抗外敵。」

說完，在場眾俠同聲喝采，舉杯致敬。待喝采聲漸落，凌雲雁又說：「為順天應時，雲雁與群英諸人，當濟弱扶危，以為江湖之表率。雲雁在此宣布，群英決、霜月閣、黑幫，三幫結為盟友，奉雲雁為盟主。並將於他日『五幫大會』上歃血為誓，令天地見證吾等為江湖、為蒼生，甘奉赤誠膽心之志。」

此話一出，群英諸人率先起身鼓掌叫好，眾俠因震撼而漠然，不知何以應對。

曲夜風先發難質問：「敢問凌總堂主，當今說到江湖幫派，莫不以天風浩蕩和霜月閣為先。就算你們甘願私相授受，意圖屏除其他幫會、私下結盟罷了，何以是群英出頭，而非霜月？」

「這我能代為解釋，」堯兒代凌雲雁從容應答：「實不相瞞，霜月閣雖為江湖第一大幫，然而自凝霜幫主、月櫻副幫主、和天下第一智囊巴波大師，陸續離閣雲遊四方後，霜月閣且賴我等一眾維持。我等資歷膚淺，尚能維持江湖一方之治平，卻不足以匡扶天下蒼生。群英決歷史悠久，自朱皇幫主創幫以來，先有神蟲溫皇和墨飄零兩位副幫主，相知相持，共為江湖人所嚮往；後有凌雲雁總堂主，深謀遠慮、憂心悲憫，正所謂『先天下之憂而憂，後天下之樂而樂』之人物，是故我等霜月諸人，齊心一致，共舉凌總堂主為三幫之首。」

這時，換群英四奇的上官楓起身說：「各位壯士，我等群英幫眾，蒙諸先輩委之重任，必齊心戮力以赴，維持江湖秩序，永保天下太平！」

曲夜風又譏諷：「天下豈是你們幾個老子帶小毛頭就能永保太平的？像你們堂主這種別有居心的野心家，才是江湖真正的亂源！」

上官楓聞言大怒，正要趨前理論，卻被凌雲雁一個眼神制止。山有木兮幫主亦制止說：

「好了夜風，你先退下。」

夜風聞言而退，不屑神情仍流露於表。山有木兮幫主懶洋洋的開口：「不過就像夜風說的，你們私下要怎麼搞，本幫主是都無所謂。反正怎麼樣都要等到『五幫大會』過了才算數。」

悟能大師也說：「貧僧與上官天護法，謹代表地門幫主表示，地門本於悲天憫人之志，當窮盡心力拯萬民於水火，不欲涉入世俗政事。是故幫會間合縱連橫，地門樂觀其成，惟願諸幫會皆莫忘其初衷。」

天風、地門兩大幫會都表示置身事外了，大廳群俠也哄哄然表示贊同之意。凌雲雁趁勢說：「看來眾俠商議到此並無其他意見，雲雁……」

「慢著。」

從頭沉默到尾的黑木崖少幫主，此時終於開口。

「群英決，你們要勾搭霜月幹些甚麼不倫不類的寡廉鮮恥事，我無所謂。可黑幫被捲入三幫結盟，我這個少幫主怎麼一點也不知情？」

眾人再度默然，上官楓陪笑說：「少幫主請見諒，我等亦曾邀您共議大事，怕是您貴人多忘事……」

「好了，今天是結盟，明天大概就說我黑幫羸弱，要代為管事了吧？」黑木崖起身說：

「我知道你們在背後怎麼說我。我少不經事，空有其表，輕挑無德，敗壞黑幫的名聲。可好歹我還是一幫之主，豈容得諸位視黑幫諸人如無物，如此恣意蠶食瓜分？」

燕青亦起而怒道：「我黑幫就算聲勢日衰，也無須爾等越俎代庖！凌雲雁，虧我相信你是個正人君子！」

大廳眾人紛紛擾擾，爭執不斷，我退到一旁，發現通往三樓的樓梯處，有片發亮的東西，便悄悄爬上樓梯仔細瞧。

那是片蝴蝶翅膀，炅蝶的「幻舞蝶」！

為什麼炅蝶會使出「幻舞蝶」？她從上樓後就未曾下樓，發生了甚麼事？

我帶著七分害怕，三分擔憂，偷偷溜上三樓，三樓只剩一個年輕的天風幫眾，是曾在擂臺上與蕭寒一戰的雲淡風清，守著一扇拴緊的紙門。他一看到我靠近，立刻阻止我，說：「嘿，小鬼，誰叫你上來的？下去！」

我情急之下，撒了個謊：「是暗滅大俠叫我傳話，叫你也下去大廳。」

雲淡風清看我一眼，又質疑：「暗滅前輩交代我守住這扇門，為何改變主意？何況要傳話，為什麼會叫你來？」

我心慌得要命，嘴巴上卻不能認栽，只好夾槍帶棍、連番瞎說：「江湖局勢瞬息萬變，臨時改變主意又沒什麼稀罕。況且群雄都在大廳，樓下的幫眾根本走不開身。我話已經帶到了，你下不下去隨便你，到時候暗滅大俠生氣了，你可別怪我。」

這一番臨時胡謅的謊言似乎真的影響到雲淡風清，他半信半疑地離開崗位，我趁他不注意時，扳起木栓，撞開紙門。

「喂！你幹嘛？」

房間裡頭正是灵蝶，她昏迷床上，不知已睡了多久。我趕到她身邊搖著她說：「灵蝶姐姐，妳醒醒、醒醒！」

雲淡風清連忙架開我，但是太遲了，灵蝶已悠轉起身，按著頭、簇起雙眉。

「嗚……」

她清醒後，看到我們，二話不說抓下髮梢的另一支蝴蝶，作勢要朝雲淡風清射出，雲淡風清慌忙閃到門外，下樓討救兵去。

灵蝶對我說：「孩子，謝謝你。可這裡不好說話，隨我下樓。」

我們趕到樓梯間，剛好遇到匆匆上樓的暗滅沁殤。灵蝶抓起幻舞蝶。暗滅沁殤見狀慌忙說：「蝶，請先冷靜聽我解釋……」

不等他說完，數十支舞蝶撲向暗滅沁殤，暗滅沁殤邊輪起長戟擋下舞蝶，邊退下臺階。見灵蝶步步逼近，他又試圖道歉：「迷昏妳是我不好，只因妳當時太激動……」

「姐姐呢？」灵蝶大喝：「你們對姐姐做了甚麼？」

灵蝶也不用舞蝶，撲向暗滅沁殤，掄起拳掌便打，我也跟了下去。

兩人就這麼打下樓，大廳眾人頓時停止爭論，將眼光移到我們身上，山有木兮幫主臉色大變而起，灵蝶對她大喊：「你不是我姐姐！我姐姐在哪裡？」

此話一出，全場譁然。在場眾人有怒斥灵蝶「胡扯」、「造謠」的，有質疑山有木兮的，也有和天風幫眾兩相對峙的。混亂間，灵蝶又射出一把舞蝶，撲向山有木兮。

「夠了！我也受夠了！」

山有木兮幫主一吼，竟泄漏出男子之聲。天風浩蕩的幫眾一陣驚恐：「幫主？」不待眾人反應，山有木兮從席間暗處抽出一長劍，轉身一甩，揮掉襲來的舞蝶，而他臉上的妝扮也隨之剝落。

「幫主怎會用劍？」

那假幫主手持的長劍約四尺，劍身發出淡淡冷光，劍柄下繫著「天、地、人」三枚垂飾，正是文殊劍！

悟能大師和上官仙人倏地站起。上官仙人驚呼：「劍仙？竟然是你？」

假冒者果然是無始劍仙，他以衣袖抹掉殘妝，露出原本的俊俏郎貌，卻不足掩蓋其狼狽模樣。無始劍仙試著脫下身上的女裝，邊說：「上官，等會我和暗滅再解釋，先拜託你管住……」

不等無始劍仙說完，灵蝶衝上前去，掄起雙拳就一陣亂打，四周幫眾和暗滅沁殤莫敢插手，無始劍仙亦不敢還擊，且閃且走，和灵蝶在大廳翻桌踢椅繞圈子，在場群俠都看得呆了。

他試圖開口：「妳姐姐……」

灵蝶眶裡擒淚，眼中冒火：「我姐姐在哪？」

「歸～來～兮～～～」

一陣高亢天籟，深深震撼人心，歌聲自門外灌入酒樓，穿牆繞柱不息。

酒樓大門被一股強大的氣給衝開，一個天外仙女飛了進來。那仙女穿得和無始劍仙一樣的珠光寶玉裳，頭插翠綠金碧簪，五官深邃而標緻，身形纖細而輕盈，她所到之處，必飄來一陣清甜微風，似麝香又如花香，令人恍然出神，如遊太虛幻境。

須臾，天風諸幫眾回神，趕緊恭迎齊賀：「天風浩蕩，幫主吉祥！歡迎幫主歸來！」

她就是真正的天風浩蕩幫主「山有木兮卿有意」！

山有木兮卿有意飛下灵蝶身邊，用她纖柔玉臂抱住灵蝶，嬌聲道：「對不起小蝶蝶，姐姐回來晚了。」

灵蝶遭逢這突來的狀況，一時不能反應，喘著氣，怔怔望向山有木兮。山有木兮解釋：「這不是小劍仙的錯，是人家拜託他的。小蝶蝶妳知道的，人家真的好想去極東之島看一次盛開的倭櫻花，一年只有一次機會耶！可人家想私下偷偷去，又不能留下幫眾不管，所以呢，人家就請小劍仙幫個小小的忙，代替人家管一下幫眾，好讓人家能如一次願嘛！」

「甚麼幫個小小的忙？」無始劍仙換上暗滅沁殤為他準備好的男裝，抱怨道：「我這四個月來扮女裝、練女嗓，深居簡出，就怕露出馬腳，結果還差點被你的好妹妹給活活打死！我真是活該腦子浸了泥漿，怎麼會答應妳這種蠢事？」

「而且妳竟然也沒有告訴我？妳知道我有多害怕嗎？好怕妳、妳……」灵蝶一放鬆，終於抽搐著哭了起來：「而且妳還害我誤會暗滅前輩……」

「對不起、對不起嘛！」山有木兮將灵蝶摟在懷裡：「蝶蝶妳知道的嘛，妳人住那麼遠，人家不好傳話嘛！而且是我拜託小殤殤幫忙保密，他不會介意的，對嗎？殤殤？」

暗滅沁殤矜持地搖頭，無始劍仙又問：「閒話少說，妳答應我的土產呢？別告訴我妳忘了。」

「人家怎麼會忘了呢？」山有木兮招呼後頭的一個幫眾：「廿廿，拿那盒鑄劍玄鐵給小劍仙，很沉，小心哦！」

無始劍仙接過玄鐵，審視它冷冽的反光，臉上的不悅之意頓減，只剩嘴上叨念著：「下次這種蠢事別再找我啦！」

天風浩蕩的幫眾們，見狀皆大笑，惹得其他豪俠也跟著笑開，剛才還劍拔弩張的緊張氣勢早消失殆盡，三幫結盟的爭議也就這麼擱置了。連堯兒不禁也搖頭苦笑：「哈哈，我真的很愛天風浩蕩。」

山有木兮卿有意挽著灵蝶的手，說：「好啦、好啦，有甚麼事改天再說吧。人家餓了，有沒有甚麼好菜？」

山有木兮邊說，邊低頭察看桌上現有菜色。她皺起眉頭：「這啥？人肉嗎？」

「嚇！」凌雲雁突然大喊：「筵席暫停！」

眾俠大驚，有幾個嘴饞先偷食的大俠聽到人肉二字，當場「嗚噁」嘔吐滿地。

凌雲雁又說：「抱歉各位，雲雁早發現這菜色被動了手腳，怕諸位惶恐，誤了大事，是故一時不敢說破。雲雁已派弟子暗中蒐查，務必找出這殺人入菜的惡徒。」

話剛說完，流雲飄蹤大俠帶一批幫眾回到大廳，向凌雲雁一揖說：「秉報堂主，目前還沒查到可疑人物的蹤影。」

「繼續搜。請諸位也一同合作，這次一定要將此喪心病狂的瘋子拿下。」

大廳眾人同聲一諾，徑出酒樓，聲響驚動全村，引得許多村民探頭察看，又連忙關門閉戶。灵蝶對我說：「孩子，我先陪你回家去，從這兒。」

灵蝶帶我從廚房的後門溜出去。我走得太急，不慎撞倒要飯仔。要飯仔推著一台裝滿廚餘的破推車，貌似正要回他的窩，我丟下一句道歉，正要離開，卻注意到某樣東西。

廚餘裡，似乎有根手指。

我遲疑了一下，要飯仔便擋住我們，歪著頭盯著我，問：

「你看到甚麼？雞爪嗎？」

我害怕地搖搖頭。灵蝶正要發出舞蝶，卻忽地倒下，不省人事。

要飯仔擊昏灵蝶，又對我說：「傻孩子，你為啥不順著話說那是雞爪呢？這樣我就不用殺你們了。」

頓時我也昏了過去。

楔子七

「唔……」

我在一處地窖驚醒，看見灵蝶全身被綁住，用她的雙腳不斷頂我的背，試圖把我搖醒。而我也被麻繩重重捆綁，嘴被布團塞住，感覺自己活像頭待宰的豬仔。

要飯仔囚禁我們的地窖陰暗潮濕，但整理得還算乾淨清爽，沒有泥濘的水窪或令人不快的氣味。要飯仔背對我們，哼著歌兒，不知在準備什麼東西，忽地又轉頭衝著我們微笑，笑不露齒，眼光在我們之間打量。

然後，他向上伸展軀體，搖頭晃腦地，忽然全身傳出「喀喀嚓嚓」的怪聲，瞬間他身形抽高，四肢也迅速拉長。須臾，他變成了那晚在後山的修長身影。

「香鰻魚蓋飯」！

「香鰻魚蓋飯」彎下腰對我們說：「這是我的祕密廚房。今天只能招待些生冷的東西，誰想先嘗嘗味道？」

我當下的心緒亂成一團，恐懼、驚詫、困惑交織：為什麼要飯仔會變香鰻魚蓋飯？他想對我們做什麼？

灵蝶怒瞪著香鰻魚蓋飯，香鰻魚蓋飯搖搖頭說：「小蝴蝶，鬧彆扭可沒口福的哦！」又問我：「不然你先吧？」

不等我表示，他取出我嘴裡的布團，用筷子夾一口醬菜，對我說：「來，張口。」

我害怕而無助地望著他，不敢開口，更不敢呼救。他又說：「張口，這醬菜可花了我一年時間。」

我不敢違背他，慢慢將醬菜含入口中。沒想到菜一入口，便有一股說不出的滋味從舌尖竄上腦門，當中蘊含了多層分明的甘甜，香氣和鹹味也濃郁的剛好，少一分則過淡，多一分就死膩，甘甜濃鹹外，還有幾絲清爽的辣味和酸味，彼此調和，似乎融為一味，卻又互不衝突。

他仔細端詳我，問道：「如何？」

我不敢答話，他又逼問：「說啊！為啥不說話？你可知這甕醬菜花了我多少心血？」

問完，他自己也嘗了一口，闔眼抿唇，仰頭長嘆。

「果然，還是不夠。」

說完，他「匡啷」一腳踢翻醬甕，地窖頓時醬香四溢。他獨坐倒甕，眼神落寞。

「世人看美食上桌便張口，多簡單？卻看不見背後的工夫。窮究一生，矢志鑽研出最上等的菜色，然而呢？」

香鰻魚蓋飯瞧著從酒樓搬來的大桶，忽地起身，一腳踢翻！大桶「蹦」的倒地，大廚殘缺的屍身隨著殘羹剩飯一起流出。

「嘔心瀝血而成的佳餚視如賤貨，卻對吹噓出來的名氣捧若明珠。」香鰻魚蓋飯指著廚餘批評菜色道：「獅子頭肉焦汁乾，陳火腿毛拔不盡，粉蒸肉蒸不透肉不爛，更別提這佛跳牆，這湯色佛祖看了都要撞牆！總而言之，揀材不清、刀工不利、火候失度、調味無方！他可曾要求過這菜色？可曾對得起自己？」

他越說越憤慨，最後突然暴怒，連踹大廚的人頭罵道：「這就是待過御膳的大廚！這就是名聲！都是空有其名的豬！豬！豬！豬！豬！」

暴怒後，他靜下來喘息。我壯起膽問：「可是你也不用殺了他啊？」

香鰻魚蓋飯的雙眼骨碌碌地打轉，逼近我說：「在江湖，多的是自詡武功蓋世的吹牛大俠，可他們都會早死，只有靠真本事才能活下來。廚房卻不是這樣，他們自以為能靠嘴皮子騙錢，長長久久安安穩穩，我要告訴他們：沒這回事。」

「你還殺了殺豬肥……」

「他罪有應得。也不想想自己什麼資質，敢和我評論廚藝，說什麼我這吃剩飯渣滓的沒資格批評那所謂的名廚。」香鰻魚蓋飯恨恨地說：「他才是渣滓，塞去餵豬，豬仔還嫌他臭。」

「你還把人做成菜……」

「為何不可？」香鰻魚咯咯直笑：「無腳的毒蛇毒物、兩隻腳的父母手足、四支腳的桌子椅子，除此以外，世間草木花果、蟲魚鳥獸，何者不曾入菜過？萬物既可，何獨人肉不可？」

邊說著，他邊回頭握起頭顱大的菜刀，打量我說：「上回在後山讓你給溜了，你八成是躲在靈稀的鬼靈罩下，對吧？這回可不再讓你逃囉～」

我渾身發寒顫抖，連尖叫掙扎的力氣也沒了。灵蝶使勁移動身軀，想擋在我面前護住我。

「別作死，小蝴蝶。看在妳師傅的情面，我允妳多活些時間。」

「收手吧，鰻魚。」

聽到暗滅沁殤的聲音，我就像受困野火中適逢天降甘霖般，扯出聲音哭喊：「暗滅大俠，救命！」

暗滅沁殤隻身佇足地窖門口，手持長戟，望著香鰻魚蓋飯說：「你想找人入菜，我奉陪。但是先放他們走。」

香鰻魚蓋飯盯著暗滅沁殤，緩緩收刀，搖著頭說：「看來我還是無緣一試童子雞。」然後又問暗滅沁殤：「你怎知道是我？」

「從這孩子說完當晚的狀況起，我就懷疑你。」暗滅沁殤說：「你長住祕道附近，必定知曉祕道一事。再者，酒樓比武大會前夕，也就是這孩子在後山遇襲當晚，你同樣缺席酒樓老闆的會議，才會對比武毫不知情，大會當日還同這孩子一樣直赴酒樓。你抓準江湖中人輕忽老實人的盲點，易容成村人潛伏此地，才有辦法安排這一切。」

「你幾乎都猜對了。除了一點，」香鰻魚蓋飯說：「我無須易容，這便是我現在的真面目。我有三年時間，以縮骨術掩飾身形，又以腐菌惡酸日夜浸蝕肌膚，徹底改變容貌。所以我逃得過捕快的盤查，捕快只查有易容面具者，不會在乎一個在村裡行乞三年的要飯仔。」

「我的確疏忽了這一點。」暗滅沁殤說：「回到正題，鰻魚，收手吧！現在投案還來得及，衙門不會為難投案的江湖中人。難道你甘願就這樣活一輩子？」

「你知道我討厭捕快。」香鰻魚蓋飯說：「你不是說要奉陪我做菜？打得過我，我就勉強考慮你的提議。你要我先放他們走，行，但是你們可都別打其他主意。」

說完，他「喀」的敲一聲手指，我們身上的束縛徑自鬆解。灵蝶立馬伸手要抓髮梢的舞蝶。

「哆！」

我只感到一陣微風撫過臉龐，一支筷子距灵蝶的頭部只差三寸，筆直飛插入洞壁。

「安分點，小蝴蝶。」

香鰻魚蓋飯一手射出筷子，眼光直視暗滅沁殤。他說：「妳和傻小子慢慢走過去，別耍花樣。」

於是，香鰻魚蓋飯持一雙筷子，暗滅沁殤也緊抓長戟，兩人四目相對，提精聚氣，凝神戒備。

暗滅沁殤踏出步形，抖動戟刃，說：「兵法云，制敵未發，武器是長一寸，便強一寸。」

香鰻魚蓋飯手中筷子靈活作響，他回道：「論武功，惟快不破，攻勢求快一分，多勝一分。」

「看來這三年來，你的功力更上一層樓。」

「彼此彼此，」香鰻魚蓋飯說：「因為你老是擋在我的眼前，我才能有今天的修為。感激不盡。」

「正因為我，你才會到今天這地步。」暗滅沁殤說：「所以我有責任來收拾這殘局。」

「哦？有趣。」香鰻魚蓋飯問：「那是指殺我，或被我殺？」

灵蝶一邊警戒香鰻魚蓋飯，一邊領著我走到暗滅沁殤身邊，暗滅沁殤頭也不轉，悄聲說：「蝶，我說走，妳們就逃，頭也別回，死命地逃！」

香鰻魚蓋飯不再作聲，擺出一招古怪的架勢，指間的筷子越來越快、越響。

「蒼天，無影。」

「走！」

灵蝶立馬抓起我奔出地窖。我感覺到身後有好幾道強烈閃光，伴隨如雷霆萬鈞的轟隆大響。

我們逃到村子西側的荒蕪小徑上，隨即遇見上官風雅、無始劍仙、靈稀、阿樂等人匆匆趕來。阿樂一見灵蝶便飛撲向她，哭道：「對不起，小姐！我一轉頭就看不見妳，好怕妳又遇到危險。幸好沒事、沒事！」

灵蝶輕拍阿樂後背安撫她，又對上官風雅說：「師傅，暗滅前輩和香鰻魚蓋飯在地窖裡交戰，請您……」

灵蝶話尚未完，突然從地底傳來連聲低沉巨響，伴隨著地動天搖，眾人盡皆驚惶。

「轟！」

一道金色巨龍破地騰空而起，在夜空中格外耀眼。飛沙走石間，眾人隱約能看見香鰻魚蓋飯和暗滅沁殤搏龍而上，在空中連番交手，擦出無數銀色火光。

須臾，兩人徐徐落地，喘著息，戒備著彼此。

忽然暗滅沁殤雙腳一軟，隨機倒地，細看才發現他身上已中數支筷子，俱在人體要害處。

香鰻魚蓋飯也中了招，抹去嘴角鮮血，嘲弄道：「小老弟，終究你還是放了水。」說罷，他又抽出一雙筷子。

眼看暗滅氿殤命在旦夕，無始劍仙和上官風雅雙雙一躍而上。無始劍仙大喊：「上官，你帶暗滅走，我拖住他！」然後抽出文殊劍，橫面劈向香鰻魚蓋飯的腰間。

香鰻魚蓋飯迎刃接戰，兩人劍光箸影，交手數刻鐘仍不止歇。劍仙抖擻精神，大喝一聲，然而尚未再度交鋒，他忽然臉色一變，急急棄劍，蟄步退避。

香鰻魚蓋飯詫異了一會，隨後逼上。上官風雅剛安置好暗滅氿殤，轉頭見狀立刻大喊：「不妙！」趕忙抽出背後的寶劍上前接戰逼近的香鰻魚蓋飯。

靈稀領著灵蝶、阿樂巫女和我，盡速遠離戰場，只見無始劍仙躲在屋舍角落，雙手抱頭，表情扭曲驚恐，渾身顫抖而喃喃道：「不行……不行！」

「啪！」

此時悟能大師趕來，二話不說，信手一掌拍在無始劍仙的天靈蓋上，隨即凝神運勁，掌間頓時貌出騰騰熱氣，無始劍仙的神色也稍見舒緩，但仍然不住地顫抖。

悟能吃力咬牙道：「貧僧來鎮住心魔，上官撐住！」

上官風雅聞言，提氣聚神，功勢更加凌厲，而香鰻魚蓋飯已經過兩戰，卻未顯疲態，指間一雙筷子俐落接下上官風雅的每一殺招，臉上的獰笑更深了。

忽地，他急退數步，拉開距離，擺出在地窖時顯露過的古怪招式。上官風雅朗聲道：「哈！蒼天無影？你當我破解不了？」

「那就試試看啊，」香鰻魚蓋飯說：「蒼天，無影……」

香鰻魚蓋飯正要出手，上官風雅已發招反制，只見他一揮劍，便劃出陣陣劍光在夜空中閃爍，如煙火般絢爛，織成一張毫無破綻的光網。

上官風雅捲起光網縱身飛向香鰻魚蓋飯，卻撲了個空。

「……騙你的。」

香鰻魚蓋飯擺出虛招，閃過上官風雅的全心一擊，看準死角，以指代劍，竟從左手併攏二指尖射出一道熾烈焰氣，直逼上官風雅側腹要害。上官風雅急收劍擋之。

「鏘！」

寶劍一與燄氣交鋒，竟被砍斷！上官風雅被斷劍的餘波震得踉蹌數步，勉強站住腳時，香鰻魚蓋飯又順勢一掌轟向上官風雅胸膛，上官風雅硬是接下這招，被轟退數尺。

上官風雅喘道：「想不到十三派武功，真被你融合為一了！」

「賠你一把武器。」香鰻魚蓋飯又射出一支筷子，道聲：「別囉。」

我們遠遠在一旁，連聲「危險」都來不及驚呼出口，上官風雅的心窩處已是血花四濺！

我摀上眼睛抽泣，不敢看遠處的慘劇。灵蝶卻喚我說：「沒事的，孩子，睜開眼睛。」

一隻粗壯的臂膀橫在上官風雅胸前一尺，正好擋下那支筷子。是夏宸！只見夏宸蹙眉使勁，哼了一聲，臂膀的傷處還涔涔流血。

「好內力，」香鰻魚蓋飯讚嘆：「筷子只差一寸，就能廢了你的手臂。」

「所以我賺到了，」夏宸切齒一笑，道：「救了人又撿回一臂，合算。」

此時後方連生騷動，群俠蜂擁而至，高舉火把，照耀深夜如晝。他們見著香鰻魚蓋飯，恍然大悟：「原來就是你！」於是二話不說，紛紛拔劍便上。一場夜半惡鬥就此開戰！

凌雲雁與流雲飄蹤打前鋒，只見兩人同喝一聲，相互串招而上，劍風呼嘯，刃影交錯，像是逆流而上的群魚，騰空作浪的雙蛟，招招都要取下香鰻魚蓋飯的性命。後方尚有上官楓、墨塵、蕭寒，率領群英眾俠支援。而天風幫眾黃天行、曲夜風、雲淡風清等三人亦從左翼殺出，各持一劍、一刀、一戟，劍鋒刀光戟影此閃彼爍，分進合擊香鰻魚蓋飯。

金髮飄逸的劍奇白龍海一躍而出，朗聲道：「香鰻魚蓋飯，你有蒼天無影，我有天訣劍影！這天訣劍影可將我劍氣化為上萬實體劍形，萬劍齊發，你能躲過的機會微乎其微！看招！」

劍奇白龍海大喝一聲，將背後漆黑寶劍擲向空中，寶劍劍身纏繞銀白劍氣縷縷，乘風呼嘯而上，眼看就要在空中化作上萬實體劍形。不料香鰻魚蓋飯信手擲出一筷，命中劍身，劍氣頓時四散，寶劍搖搖而墜。劍奇白龍海吃了一驚，連忙撲上去接住落劍。

「傻小子，第一天入江湖嗎？」香鰻魚蓋飯又趁隙朝劍奇白龍海發出數支筷子，逼得他狼狽而退，然後奚落他道：「打架別自曝招數。」

燕孤寒與燕青亦同時趕到，先救了上官風雅和夏宸，隨後入陣與眾俠合戰。燕青手持長劍，與凌雲雁和流雲飄蹤兩人合璧，三劍不爭不悖，劍氣恰似怒濤，直指敵方要害；燕孤寒則使出凌厲刀法，刀光在月色下閃耀如行雲流水，自右翼襲向同一敵人。

香鰻魚蓋飯不懼不驚，身形靈活挪騰在刀光劍影間，一雙筷子喀喀作響，彷彿有上千雙筷子在空中舞動，快得幾近看不清影子，面對群俠排山而來的層層攻勢，他或接或閃，前襲後發，越戰越快，越快越狂，連聲亢笑道：「哈哈哈！來來來！」

我們和傷者眾人退至鐵舖旁，悟能大師的大掌仍緊蓋在無始劍仙的天靈蓋上，無始劍仙雙眼翻白，渾身顫動，直唸：「殺……殺……」。悟能大師和上官仙人一同聚氣灌輸至無始劍仙體內，兩人都神色緊張，冷汗逕流，緊抿住嘴說不出話。灵蝶和靈稀插不上手，只能在一旁乾著急。

忽然出現另一位步履清風的和尚，頭戴佛冠，如一株灰僕僕的古樹。靈稀喜道：「是空虛禪師！」

空虛禪師席地盤坐，與無始劍仙相望，說：「施主，隨貧僧念。」

說完，他開始琅琅頌經，在劍仙紊亂的喘息聲間，禪師誦經聲穩而緩，如暖泉汩汩流入心裡：

「……一切有為法，如夢幻泡影，如露亦如電，應作如是觀……」

無始劍仙隨之喃喃叨念經文，不久，氣息終見回穩，神智也逐漸恢復。一旁眾俠們均鬆了一口氣，悟能答謝道：「多謝禪師傳以經文，助我等鎮定劍仙的心神，否則差點又一個無終劍魔出世了。」

在另一邊的惡戰中，香鰻魚蓋飯與眾俠仍相持不下，燕孤寒閃過數發筷子，退到我們身邊，稍作喘息正要再上陣時，忽然有道聲音叫住他：「孤寒等等，先戒備。」

叫住燕孤寒的是位英裝筆挺的女俠，侍劍昂然佇立，身邊另有兩位女俠，各持一琴，俱有閉月羞花之貌。燕孤寒訝道：「沐淺淺？那幫主呢？」

「在後頭。」沐淺淺答完，便喚左右二女：「芍臣、漣漪，快板乙調。」

二女含首以應，隨即撥弄琴弦，合奏起來。琴身雖小，和鳴樂音卻響亮悠揚天際。山有木兮卿有意幫主由天風幫眾擁戴而至，她靜坐轎上，觀望前方，隨著樂音起伏，緩緩吐納真氣。

諸俠相繼圍攻香鰻魚蓋飯，江湖捕快亦自後方趕到，這時香鰻魚蓋飯奮力躍向空中，燕孤寒大聲呼喊，警告群俠：「又是蒼天無影！小心！」

眾人聞言，紛紛戒備。只見一道刺眼白光，亮得教人難以睜開眼睛。亮光盡頭有上千支，不，上萬支筷子停在漆黑夜空，瞬間四射眾俠！

「咿咿咿！危險！」

落筷九虛一實，攻勢密如棉麻，瞬間幾無可能判斷實招所往，群俠能避則避，避不開的便勉強揮劍阻擋，卻多半仍被刺中要害，重傷而退。這波舖天的筷子陣亦撲向我們，燕孤寒舉刀、靈稀打開鬼靈罩，試圖擋下。

「願～此～～間～～～」

山有木兮卿有意於這危急時刻，伴著琴聲樂音，開嗓朗唱震耳天籟。那歌聲彷彿是另一張綿密的音網灑向天際，將飛來筷子網在半空中打住，上萬支筷子劈劈拍拍掉落地面，化為一箸。磅礴歌聲越拉越長，環繞夜空久久不墜，足足有約莫一刻鐘的時間方緩緩收止。

香鰻魚蓋飯最後殺招被破，其自身也被此天籟歌聲震退數十尺，他勉強收勢著地，再持一雙筷子，冷對從四面八方包圍的的眾俠和捕快，貌似要再拼最後一搏。

這時卻有條金色巨龍橫殺而出，擋下群俠和捕快。

暗滅沁殤一躍而擋在香鰻魚蓋飯面前，眾人見之盡皆顯露訝異不解的神色，香鰻魚蓋飯亦然。

凌雲雁既驚且怒道：「暗滅沁殤！你……」

「對不起，各位，」暗滅沁殤咬著牙，一字字說：「我還是放不下兄弟。」

說罷，他揮舞長戟，刃光化做光陣，宛如金色巨龍馳騁，逼退了群俠，又撞翻捕快，眾人憤而欲上前，卻連那沉吟作響的戟影光陣也靠近不了，更遑論接近那兩人。

「鰻魚，快走！」

香鰻魚蓋飯一躍騰空，化作一股旋風消失天際。暗滅沁殤見香鰻魚蓋飯逃脫，亦不再抵抗，緩緩收勢，順從捕快束手就擒。

「暗滅沁殤，你竟敢包庇兇犯，擊傷捕快！給我等乖乖就範！」

「兇犯逃不遠的，一定是往後山去，快搜！」

捕快並未放棄搜捕香鰻魚蓋飯，迅速整隊，花整夜時間搜山，群俠紛紛響應，一同往後山追去。

楔子八

捕快和群俠離去後，村子突然變得好安靜，我看到月亮高掛半空中，方知此刻已是三更天。經歷過一晚上的出生入死後，我突然變得好疲憊，勉強向悟能大師、上官仙人話別後，悄悄鑽回溫暖的被窩，本想就這麼睡到日上三竿，沒想到意識正迷濛間，又被驚惶的父親猛力搖醒。

「快起來！山賊來啦！」

「山賊？」

我滾下床，睡意全消，被爹娘連拖帶拉的踋出門，和其他村人一同逃難去。村子再度陷入一片混亂，四處是呼救聲和馬蹄聲，以及山賊們得意的笑聲。

「哈哈哈，果然如密報所說，捕快全跑去後山抓賊了。好！來為前些日子慘死的弟兄們報仇！」

「頭兒英明！搶錢搶糧搶娘們！」

村裡的人紛紛往村長家的公廳逃去，那邊藏有民防的刀槍可以抵擋山賊一陣子。眼看一群山賊就要追上村人，忽然一對俠侶現身，攔下山賊，原來是群英決的墨塵和瓜兒姑娘。

墨塵怒斥：「惡賊！且會吾等之劍。」

說罷，墨塵抽劍直指山賊一掃，一道清冽劍氣凜空襲去，山賊們抽刀就要上前反擊，瓜兒的小巧身影卻從墨塵後方冒出，踏劍氣而上，靈巧的就像躍上樹梢的白頭翁，一個翻身就躍到山賊頭上十尺空，山賊吃了一驚，紛紛仰望，迎上瓜兒手中的一支巨錘。

只聽到瓜兒「哈！」的一喝，一甩巨錘，宛如兩粒西瓜般的巨大錘頭竟像攻城鐵砲一樣彈發，自空中砸向賊眾，轟的一聲，山賊被炸得人仰馬翻，地面也被砸出一個大坑。山賊們陷入混亂，墨塵趁勢奇襲，揮劍如毫，掃蕩賊眾如秋風掃葉。

「師兄好棒啊！」

瓜兒顧著為墨塵喝采，沒注意到有個山賊從背後接近。

「呀！」

就在山賊揮刀之際，墨塵一個箭步，一把將瓜兒抱在懷裡，順勢轉腰掃腿，把山賊踢飛足足五尺之遙。山賊尚不及反擊，就被曲夜風從背後一刀劈成兩半。

「多謝夜風兄助陣。」

「甭客氣，顧好你的娘子。」曲夜風又對我說：「小鬼，沒事別待在這，去找你爹娘。」

我連番謝過三位大俠，趕去和其他村人會合。慌亂之間，我不小心撞倒一個孩子，扶起他後，被他踑住衣襬不放。
「放手啊！還不快去躲山賊？」
「我要找我哥。」
乍看這小鬼的外貌，明明年紀與灵蝶相近，身形卻和我差不多，神色甚至更像個七歲孩子般天真稚嫩。他生得一張又圓又白的碧玉臉龐，一副給娘親寵壞的嬌縱娃兒樣，一手抓住我，另一手死抱著一把和他身長毫不相稱的巨大油紙傘，一把鼻涕一把眼淚，可憐兮兮的看著我。
「我要找我哥。」
我又氣又急，即便已聽到爹娘遠遠的急喚著我，我也不忍心丟下這個不知死活的孩子，即便他明明大我好幾歲。
「好好好，我帶你去找你哥。」我問他：「你哥在哪裡？」
「不知道。」
「你哥最後出現在哪兒？」
「道觀裡。」
萬般無奈下，我領著他避開戰場，抄小路去酒樓，希望在那兒遇到能保護他的大俠。可是我們又遇到了另一支山賊同夥，大約十數騎人馬，衝著我們大笑：

「哈哈！白白胖胖的小鬼頭！綁起來！」

兩名山賊應聲，手持繩索和銅環刀，策馬向我們襲來。

「你們不要這樣！我要找我哥！」

我正要逃，那小子卻衝上前，迎著馬匹，油紙傘尖伸出一支細刃。在我還未得及看清前，兩名山賊已連人帶馬，與那小子錯身而過，須臾，人馬首級俱落，血噴三尺，倒地不起。

「哥！你在哪～～？」

山賊們被同夥的慘狀嚇呆了，就在這數秒之間，那小子帶著汪汪淚眼，躍進山賊陣中，連揮數劍，當他腳尖甫一落地，山賊們就如大雨中的土塊窯般，頓時骨崩肢解，化做一大灘血肉。

那小子回頭望我，無視我嚇得癱軟跪地，擺出一張帶著血漬的無辜臉孔說：「帶我去找我哥。」

「小夷？你又亂跑了？」

那把聲音非常熟悉，可是，這當真嗎？

那小子一聽到有人喚他，猛地回頭，號啕奔上前去。

「哥～～～！」

小夷的哥哥臉上那張鐵面極其顯眼，正是傲天！傲天蹲下身子，用衣襬擦拭小夷臉上的血跡，小夷還指著身後那灘山賊屍塊，抽搭著說：「哥，山賊欺負我。」

這時臨光也來了，他見到我就問：「哎呀？你這小鬼怎麼還在這？不去躲嗎？」接著又責備小夷：「槮午夷，我不是叫你待在觀裡別過來？你又不聽話了！」

槮午夷一臉不服氣，嘟囔著嘴。臨光又說：「好了，你們都到酒樓去，那兒安全了。」

往酒樓的途中，我們又遇見墨塵、瓜兒和曲夜風。他們已掃平這一路上的山賊大軍，只見瓜兒依偎在墨塵身邊問：「對不起，師兄。我會不會很重？」

「這個嘛，」墨塵眨眨眼，「是有點重。」

瓜兒又羞又氣，連連錘打墨塵。一旁的曲夜風仿若視而未見。

我們一到酒樓，迎面又是山賊屍橫遍野。酒樓門口赫然一頭吊眼白額大老虎，光是伏著身子就足足有一丈高，正喀滋喀滋的啃著山賊大腿。

「嘩～大白貓～！」槮午夷歡呼一聲，跑去撫玩大老虎濃密的鬃毛。傲天和臨光放他去玩，逕自進到酒樓大廳。

大廳茶香四溢，有不少貌似剛廝殺過一場的江湖俠士，或立或坐，人手一杯熱騰騰的清茶。一個眉目清秀的年輕女子，有股隱居山林的賢士氣質，穿一身輕便蟬衣，跨坐板凳邊，揮把小扇，顧著一只噗噗作響的小茶爐。

「好了。」

她將煮好的茶水整壺遞給在一旁等候的上官仙人和悟能大師，說：「這是天山產的花草茶，有安神舒眠的功效，可帶給無始大俠飲用。還有，這是萍蓮鄉的特產海藻片，邀兩位前輩品嘗。」

「感激不盡。」上官仙人答謝道：「有道是『神醫冥天藥涼空』，今天終有幸見識到涼空居士的藥草。」

「謬獎了。下回請來寒舍小聚，邀您品嘗遠洋夷土的提神藥豆。」涼空居士轉而向臨光前輩問候道：「前輩，來杯怯寒飲？」

「唔。」

臨光前輩、傲天和我接過涼空居士的熱茶，茶一入口，整副身子都暖和起來。臨光前輩問上官仙人道：「怎麼只有你們倆？其他兩個小孬孬咧？」

上官仙人無奈一笑，答說：「都在押解房，就在公廳另一端的空房。估計清晨時分，縣城的押解馬車就要來帶人走了。」

我心陡地一沉，知道無始劍仙大俠就要被收押到縣城的衙門了，估計暗滅沁殤大俠也是。

「一群傻蛋。」臨光前輩擺出一副滿不在乎的神色，又對我說：「小子你就待這裡別走，我和傲天到南側的擂台去。」

臨光前輩和傲天將熱茶一飲而盡，隨即辭行。上官仙人吩咐靈稀說：「稀，麻煩你跑一趟，將這壺茶和海藻片送去給你劍仙師叔。我得和悟能商談要事，待寅時捕快車馬抵達前，再到押解房。」

靈稀領命離開酒樓時，我看見山有木兮卿有意難得垂首喪志，不發一語。灵蝶在一旁安慰她說：「好了姐姐，暗滅前輩一定有他的苦衷……」

「人家不管！」山有木兮抽著鼻子嬌嗔：「人家要殤殤留在天風！都說了沒關係的。」

我實在坐不住，便溜到外頭透口氣。槮午夷仍在玩弄那頭大老虎的鬃毛，一看到我，就悄悄喚我問道：「我們去找哥哥玩，好不好？」

我萬分猶豫，但是禁不起槮午夷再三的拜託，只好順他的意，領他到擂台廣場。人還沒到，就已聽得連聲馬蹄錯落，聲勢浩大。廣場邊起碼有上百名山賊人馬大軍，將一女子－水中月－團團圍住。

我拉著槮午夷躲在草叢遠遠觀看，正在為水中月擔心時，傲天將我們兩個一把拎起。臨光前輩瞪著我們，氣到半句話也說不出口。

「算了，你們給我待在這。」

「臨光前輩，要支援月姐嗎？」

「不必，嘍囉都交給她，別分心。」臨光告誡說：「別忘了你的任務，傲天，戒備。」

傲天諾了一聲，取下鐵面，逡巡四周，他那支金色妖瞳在夜色中閃爍幽暗光芒。這時我遠遠的就聽見山賊們大笑道：「哈哈哈小姑娘，來陪大爺們玩一玩。」

一陣風吹開水中月的頭紗，我只見她拋出一團水球，臨光前輩見狀脫口道：「哎呀，一出手就這麼狠？」

水球升到半空，頓時化做一大塊雨雲，夾雜轟隆隆的悶雷。山賊們驚惶地看著那朵雲，陣形頓時大亂。

「黑雲？難、難道是她？」

「快逃！」

山賊們還來不及撤退，抬頭便是暴風大作，狂雨驟下。每一滴雨彷彿都是一把刀，將成群山賊連人帶馬，穿腦斷骨，剁成一片血海。血海中，有幾騎漏網之魚，踉蹌倉皇，正要撤退，水中月又灑出一道水網，瞬間，一條葬藍洪流破網而生，如巨龍伴隨響雷，自天際俯衝而下，將剩餘山賊撞得身首四散。

巨流吞噬了所有山賊的血肉，奔騰而逝。一切恢復靜謐，月色下蟲鳴唧唧，就好像甚麼事也沒發生過。乍看危機已經解除，然而我身邊的傲天和臨光前輩，仍舊凝神警戒四方，似乎在等候著甚麼人物。

「這裡！」

忽然傲天大喝一聲，一蹬躍入竹林，擲出鐵槍！丈二鐵槍穿過整片竹林，刺斷成排綠竹，激出一道神祕身影。

「中！」

臨光甩出手中衣帶，衣帶閃出一道白光，「嘣」的一聲，就要打中神祕身影，那影子卻及時一閃，抓住瞬間躲過這一擊。衣帶擦過竹梢，竹梢劈啪應聲而裂。

「怯！還是偏了！」

神祕身影停在竹梢上，冷笑一聲，拋下一只包袱，隨即消失在月色下。包袱落在地上滾了幾圈，散開，裡頭赫然是群英決那黑鬍子的人頭！

「哇啊啊！」我嚇得尖叫：「是誰殺了他？」

「還會有誰？」臨光懊恨而道：「独孤客到此一遊。」

此後，村子再無任何騷亂。四更天時，群英眾俠自後山空手而返，知曉黑鬍子的噩耗盡皆憤慨不已，凌雲雁怒而無言，流雲飄蹤更是一劍斬斷巨石，亢聲大吼：「独孤客，我等誓不兩立！」

這時天將破曉，朔風起，冷得叫人直打哆嗦。眾俠為了独孤客紛紛擾擾，留下我茫然不知往何處去，便悄悄溜到捕快們的押解房，想再多看兩位大俠一面。

捕快們借用村長家旁邊的一間空屋當作押解房。我到了屋旁，卻不敢探頭，深怕看到大俠們如傳言中的重犯頭戴枷鎖、腳繫鐐銬的不堪模樣。結果是靈稀發現我，問道：「既然來了，就進去吧！裡頭比較暖和。」

押解房外只有兩名捕快看守，其他捕快仍在外搜捕香鰻魚蓋飯。屋裡用一道鐵欄隔出一處臨時囚牢，地上鋪滿乾爽稻草，暗滅沁殤和無始劍仙兩位大俠盤坐其間，閒適自得。據說這押解房的鐵欄乃為江湖俠士特製，須有相當的功力內勁才能擊破。

「山姐很不諒解你，」靈稀問道：「暗滅師叔，您真要離開天風浩蕩？」

暗滅沁殤貌似傷勢未癒，臉上猶有病容，淡然一笑說：「我離開，對天風比較好。」

「其實我同師傅一樣想法，」靈稀又勸說：「您和香鰻魚蓋飯的交情，江湖盡皆知悉，會如此包庇他亦情有可原。師傅和其他師叔、山姐和蝶都不怪你，為何要因此自責，甚至離開天風浩蕩？」

「離開不完全是為了鰻魚，也是為了將來作準備。」暗滅沁殤說：「独孤客就要捲土重來，我留著，反而會帶來危險。」

「不是只有你一個人擔憂不遠的將來，其他人也是。」無始劍仙說：「別看山兒嬌縱任性，這妹子看事的眼光也是很利的。算了，你總是這樣把責任攬在自己身上。我也不是第一天認識你，你就隨自己意思去做。不過，」

無始劍仙說到一半，搖了搖手上一封信：「你說要支援我們地門幫，這事還是先考慮一下吧。」

靈稀聽了，好奇一問：「怎麼回事？」

「唔，讓你們知道也無妨，」無始劍仙回答靈稀：「幫主親筆指示：五幫大會前，地門將不復存在。」

靈稀吃了一驚：「為什麼？」

「為因應將來的危機，地門即將解散。」無始劍仙回答：「幫主將遠遊四方，招募江湖新血脈，而我等舊有幹部，會號召地門菁英，另創『無心門』，守護江湖和平。」

「但這也太急進了。」

「独孤客的腳步越來越快，他眷養部屬，潛伏江湖搜取情報，又以蒙面殺手身分四處騷擾江湖俠士，」無始劍仙說：「將來各幫派行事，只會越來越急進，以因應独孤客的威脅。我問你，這幾天你在村裡村外，可有看到甚麼跡象？」

靈稀遂把黑鬍子遇害一事說了，無始劍仙一聽大皺眉頭，嘆道：「結果精心布的局被破了，又白吃一頓牢獄之災，賠慘了。也罷，成敗在天！」

「您布了甚麼局？是指您下的挑戰書？」

「不是，」無始劍仙的回答令我們大吃一驚，他苦笑說：「我根本沒下過任何挑戰書，我也不知道是誰冒用我的身分下那張戰書的。想也知道，独孤客謹慎狡猾，豈會為了一紙莫名其妙的挑戰書就貿然現身？我只是利用眾人集結此地的時刻，託人到衙門發下皇令。」

「您是說，您告發您自己？」我不禁脫口問道：「為什麼？」

無始劍仙饒富興趣的看著我，笑道：「看來你還沒想到。皇令一到，捕快便會封鎖此地，得進不得出。這麼一來独孤客或他的爪牙一混入此地，就逃不掉了。我本已掌握住此處江湖人的動態十之八九，估計這兩天可過濾出独孤客的所在，可是我沒料到會殺出碗餿蓋飯壞事，捕快們全被蓋飯吸引去，封鎖一夜大開，独孤客也順利逃了。」

「原來如此，那還真是抱歉。」

眾人聽到香鰻魚蓋飯的聲音，立馬回頭。香鰻魚蓋飯佇立押解房外，殺了看守的捕快，偷聽我們的對話。

香鰻魚蓋飯走進屋裡，暗滅沁殤站起身來問道：「鰻魚，你為什麼回來？」

香鰻魚蓋飯沒回答暗滅沁殤，說：「挑戰書是我傳出去的。我模仿劍仙你的字跡寫下這封挑戰書，沒別的意思，只是想吸引江湖人來場筵席，可惜事與願違。」

「那真是可惜。」無始劍仙譏諷了一番，又問：「現在你又來幹嘛？」

「還能幹嘛？」香鰻魚蓋飯笑道：「我現在就助你們出獄。江湖捕快也不是甚麼了不起的東西，我隨便一計調虎離山，就把他們都騙去後山。幹嘛為了這些笨蛋為難自己？」

眾人對香鰻魚蓋飯的提議不為所動。無始劍仙說：「蓋飯，不是我不領你的情。我無所謂在衙門待個幾天，暗滅也是。倒是你，你先中了暗滅的戢，又接連車輪戰，傷勢肯定不輕。你一向討厭官府，我也不強求你投案，你還是趁捕快還包圍這裡前，趕快離開為妙。」

正說著，我們已聽到捕快大隊的吆喝聲接近。香鰻魚蓋飯搖了搖頭，說：「看來，我還是再呆一會，等你們兩個傻蛋有無可能改變心意吧！」

「你以為你能擋住捕快的人海戰多久？捕快們可不是吃奶的。」

「我不在乎。正如你說的，成敗在天。但，」

說著，香鰻魚蓋飯掏出一雙筷子，準備要以傷軀再和捕快打一場惡戰。他咬牙道：

「我一向逆天行事。」

無始劍仙以手按額，一臉無奈，暗滅沁殤大喊：「鰻魚！快走啊！難道你真的瘋了？」

「我是瘋了，大家也都說我瘋了，」香鰻魚蓋飯冷眼橫對捕快大隊團團圍住押解房，說道：「可我沒墮落到棄兄弟於不顧！」

說罷，他發出第一波筷子陣，擊退了欲上前逮捕他的一批捕快。靈稀擋在我前方保護我不受波及。捕快大怒，將包圍網鎖得更密更緊。

「香鰻魚蓋飯你這個要犯，快快束手就擒！」

「休想！當我傻的？」

香鰻魚蓋飯高喊一聲，又連發數波筷子攻勢，逼退一批又一批捕快，但後方有更多捕快洶湧而上。他狂笑數聲，攻上前去，以雙箸力搏捕快眾刀齊下。

「鰻魚，快走啊！」

這回交戰不到半刻鐘，香鰻魚蓋飯已顯疲態，呼吸紊亂，冷汗直流，招式亦開始亂了，但攻勢卻未見停歇。

「你還帶著傷，不要再打了！」

香鰻魚蓋飯置之不理，嘴角浮起一笑，以一波筷子陣逼開與捕快的距離，隨後擺出一招極為眼熟的架勢。

暗滅沁殤喊道：「不行！不能再用蒼天無影！」

「蒼天……！」

香鰻魚蓋飯忽然全身震了一下。正要衝上前的捕快們連忙打住腳步，舉盾戒備。

「……呵呵……」

只見香鰻魚蓋飯苦笑兩聲，雙手一軟，筷子自指間滑落。

「啪答。」

筷子落地，香鰻魚蓋飯口噴三尺鮮血，其餘七竅亦有鮮血泌泌流出。他無助癱軟一跪，不省人事。捕快見機可趁，迅速上前將香鰻魚蓋飯拿下。

「鰻魚！」

暗滅沁殤不顧一切地緊抓鐵欄，哭號：「先救他啊！他氣血衝斷經脈，命在須臾了。先救他！」

哀痛之至，他頭靠鐵欄，已泣不成聲：「拜託，先救他……」

「老天哪，都一把年紀了，性子能不能別這麼烈？」

無始劍仙猛然起身，「磅！」一掌轟開牢房鐵欄。

「真戰他娘親的夠了！」

捕快頭目大驚，喝道：「無始劍仙！越獄將加重刑期！勸你快快……」

捕快頭目話不及說完，押解房外傳出巨大聲響，好幾名捕快被震上天。上官仙人和悟能大師急急趨步而至。不等捕快問話，上官風雅又連發掌風，再轟翻一批捕快。

「悟能，這邊交給我們。為了『無心門』，你先忍耐。」

兩人視捕快大軍如無物，邁步穿陣，宛如馬蹄在芒草坡踏出一條蹊徑。捕快頭目見狀，抱拳行揖，勸道：「上官仙人，我等亦是奉命行事，請別為難。」

上官風雅不答話，伸手便是一道掌風，在捕快面前劃出一弧兩尺深溝。

「救完人後，我等自會擔起責任。」上官風雅冷酷道：「現在，給我站在這道線外，站好。」

眾捕快被上官風雅的氣勢所嚇止，文風不動，再不敢向前。悟能大師一手撐起香鰻魚蓋飯的癱軟身軀，撕開他的上衣，一掌按在他的後背。

上官風雅亦與悟能一同為香鰻魚蓋飯輸氣，無始劍仙則熟練快速地在他後背上下連連點穴。而暗滅沁殤打算有所行動，卻被無始劍仙制止道：「你休息，你的傷可不輸給蓋飯。」見暗滅沁殤仍猶疑不決，無始劍仙又說：「你為蓋飯做得夠多了。並不是只有你一人擔心兄弟，也別老是想自己擔起全部責任，分一些讓咱們幫你扛吧！」

暗滅沁殤聞言無語。無始劍仙又向上官風雅說：「上官，借你徒弟一用。」

「請。」

「靈稀，到酒樓取我的紫囊銀針，在三樓廂房抽屜，問山兒或雲淡風清。戴鬼靈罩，快去快回。順帶保護這孩子離開，他受的驚嚇夠多了。」

靈稀應諾，用鬼靈罩將我倆罩住。離開前，我看見香鰻魚蓋飯的七孔止住了血，呼吸和表情也舒緩許多，應是脫離險境了。

「偏偏每次都是你這個道醫高手最先倒下，真是，也不想想這是我們第幾次幫你脫險了？」

無始劍仙嘴巴不停叨念，表情卻是笑的，悟能和上官風雅也會心一笑。我感到眼眶濕熱，因為一群即便立場相左，依舊真心赤膽相對的誠摯友情，以及縱然橫對千人所指，仍毫無反顧的兄弟義氣。

這就是江湖！

楔子九

為了一場眾所企盼的兩大高手比武，我的村子陷入江湖紛爭的漩渦，如今這場比武幾已宣告破局，而封鎖村子的禁令也在一干人犯被逮捕後立即解除。此行毫無收穫的江湖群俠們，自大清早開始就陸續離開村子，靈稀和我往酒樓的路上，便遇到三、五批江湖人士朝著相反方向匆匆離去，其中一批邊走邊怨道：「真他娘親的！無來由的酒樓出了事，老子行李還擱在那啊！」

「能活著出來就好囉！難道你想像那些黑幫人一樣？」

我心裡一驚：「黑幫？」

靈稀悄聲說：「看來酒樓有危險，這裡快到你家了，你先回去，我趕過去看看。」說完，靈稀匆匆辭別，留我在村子路口。江湖中人一群群與我錯身而過，沒人多看我一眼，我茫茫然，不知該往何處去。

這時萌逼兒不知怎的找上我，從背後踋住我說：「哎喲～小伙計，你看這些江湖人都好討厭～你人最好了，你來陪萌姊姊玩一玩，解解悶呦～」然後她就這麼把我摟在懷裡，抱我個香脂軟呢滿懷，令我渾身不自在又脫不了身，任由她磨蹭我全身上下。

忽然，我感到懷裡被塞了樣東西。

「去鐵舖。」

我驚地望著萌逼兒，她趁沒人注意的時候，以臉貼額，壓低聲音說：「去鐵舖，至少救一個，快。」

說完，她一把推開我，嬌嗔道：「哎喲～傻小子真不懂風情～算了！」

萌逼兒離開後，我在原地傻愣許久，方才猛然醒悟：「燕青大俠有危險！」

一想到此，我就急忙要趕去鐵舖，但隨即又想：「我一個孩子，是要怎麼從江湖人的手中救人？」

而且，萌逼兒為何指名要我去鐵舖救人？她偷偷塞進我懷裡的東西又是什麼？她私下顯露的肅穆神情，和平時的媚態迥然不同，她到底是什麼人？

徬徨間，一幫群英幫眾從鐵舖的方向朝我走來。我連忙躲到一旁的屋舍，不敢讓他們發現我。我偷聽到幫眾當中，有道聲音問說：「師兄，如果被凌堂主發現，該怎麼辦？」

「堂主不會知道。」一道沙啞中帶著黏膩的男子嗓音回答：「黑幫與我群英在酒樓起了紛爭，我等先行一步，特請燕大俠來協調，卻發現燕大俠竟被獨孤小人搶先一步，毒害身亡。對吧，各位？」

我驚地用雙手緊摀住嘴，深怕自己會哭出聲來。群英幫眾則紛紛巴結道：「師兄果然英明。如此說法，堂主定不致起疑。」

那男子又得意道：「區區五十兩，連一批死士都雇不起，卻已能打動一個不經世事的鄉巴佬，向一個毫無防備的絕世燕大俠下毒。花錢就要像這樣花在刀口上，乾淨俐落，甚至不會驚動捕快。若非堂主執著於情面，遲遲不肯痛下決心，此事早就了結，連死士的錢都省了。」

「師兄，您說的死士，該不會是前幾天的……？」

我感到自己心臟狂跳：難道灵蝶的傷也是他們幹的？他們究竟想做甚麼？

「哦，那倒不是。話說，」男子忽然問道：「居士，有何貴幹？」

我聽見涼空居士用冰冷的嗓音回答：「你們害人，我救人。」

男子沉吟一會，答說：「攸關群英的安危，涼居士您也不敢亂說話。您要救人請自便，我也想知道，沒有霜月閣的靈藥相助，光憑『藥涼空』的本事，真能救回一個經脈盡廢的死人？」

說罷，群英幫眾揚長而去。我見涼空居士趕到鐵鋪，只見燕大俠倒臥地上，不省人事。打鐵師躲在門後，對著燕大俠的傷軀匍匐跪地，不斷地磕頭求饒說：「對不起、小的也是不得已的，大俠您別殺我、別殺我啊……」

涼空蹲在燕大俠身邊，翻開他身子，見到他七孔流血的慘狀，不禁抿緊嘴唇。

「『蝕心針』，歹毒之至！」

涼空居士打開藥匣，擺出六、七種藥散，對燕大俠又按脈、又點穴、又灌藥，但是燕大俠仍全無動靜。居士切齒擒淚，不放棄任何一絲希望，只是看似越懷希望，越是絕望。

這時我猛然想到懷裡的這小瓶子：「難道這就是霜月閣的靈藥？」雖然心裡還有千萬疑惑糾纏著，但我顧不得那麼多，現身涼空居士面前，將懷中小瓶遞給她。涼空瞪大了眼，一把將瓶子拿去，輕啟瓶口嗅了嗅氣味，又在手背滴上數滴藥水，觀其色澤，喜道：「這個行！」

她隨即將瓶中藥水與數種藥散調和，灌入燕大俠的嘴裡。燕大俠先是毫無反應，然後猛然咳出幾口血水，竟然就這麼恢復了呼吸。涼空居士激動的不能言語，我更是癱軟坐下，放鬆大哭：「太好了、太好了……」

燕大俠在神智混淆不清的情況下奮力翻身，盲然間踋住涼空的衣袖，胡亂道：「幫主，莫動怒，幕後有人……害黑幫……」

涼空訝問：「誰？」

「他欺我將死，全說了……莫造次……事關……」

話未說完，燕青又猛咳出幾口血水，再度不省人事。涼空安置好燕青大俠，對我笑道：「起碼他暫時脫離險境了，謝謝你，孩子。」

這時忽然從平地拔起轟然巨響！我和涼空猛然轉頭一望，只見村子東側的酒樓，如今竟陷入數十丈高的黑色巨焰中，還伴隨著劈啪作響的爆炸聲。

我看著酒樓的慘狀呆了，涼空起身說：「酒樓那邊出事了，孩子，得麻煩你先看顧燕大俠，我去看看，隨後回來。」

說完，她回頭正要收拾藥匣，卻又驚呼：「人呢？」

我也吃了一驚，回頭一看，竟已不見燕青的身影。顯然有人趁我們分神之際，帶走燕大俠，那人還以血代墨，在地上匆匆寫下潦草一「謝」字。

涼空低沉道：「只有四大密探，才可能有這種本事。」隨即又說：「現在管不了這些了，你快離開這裡，別靠近酒樓。」

說完，她匆匆收拾東西，往酒樓的方向奔去。此時村子的居民被黑色巨焰嚇得紛紛奪門而出，迎我身邊逃來，慌亂中我被爹娘踫著走，茫茫然不知自己到何處去。

酒樓在黑色巨焰中燒了一天，還波及附近的住屋。儘管沒人死在這次祝融之災中，但無論村民或江湖人，顯然對這場意外仍心有餘悸。天風浩蕩、地門－日後便將改稱無心門——的幫眾們，與其他倖存的江湖中人相繼離開村子，村子裡剩下群英決和霜月閣的幾位菁英幫眾，為整村的損害收拾善後。

凌雲雁堂主一行人，借用捕快留下的空房辦公，又邀村長前去，說有要事相談。然而此刻，連同村長在內，村人們盡皆視這些江湖人如妖孽，根本不敢靠近，遑論赴約，於是村長與店小二和我爹娘相談後，推我去見凌堂主。

約定時刻，屋子裡有凌雲雁、堯兒、和流雲飄蹤三人，凌雲雁見到是我來，神情十分複雜，苦笑道：「我只是想告訴貴村村長，我會用幫會的公帳支付屋舍和財物損失，要和他一同清點損失的項目。如此而已，並無他意。」

我點點頭，正要離開，又被堯兒留下，他請求道：「既然來了，可否為我們沖杯玉露茶？我很喜歡你沖的茶呢！」

我茫然應諾，轉身去找茶磚和茶具。凌雲雁等人不避諱我，繼續談論公事。凌堂主問堯兒道：「你和流雲當時人在樓內，理應最是清楚，到底酒樓發生何事？」

堯兒嘆道：「說來慚愧，我本想說動令狐郎君，重新審視三幫結盟一事。我也感到這次的做法過於魯莽，對黑幫有虧欠。然而談判再次破裂，令狐郎君憤而動手殺了幾個幫眾，連黑幫幫眾也難以倖免。我和流雲不得不率眾退出酒樓，另作他議。」

「他施展甚麼武功，竟能逼退你們？」

「那是門奇怪的武功，我只見他伸掌使勁，當場就有兩個幫眾被吸入掌中，然後，」堯兒打個哆嗦，勉強又說：「那兩個幫眾的身體，就像枯葉般被輾碎。」

「難道是吸星大法？」凌雲雁驚呼：「我也聽黑幫人說過，黑木崖上令狐郎君這段日子閉門練功，還找幾個幫眾進去試功，有去無回。但萬萬想不到，這與冰芎天下齊名的失傳邪功，竟被他試出來了。」

屋裡沉默了一會，凌雲雁又問：「那，酒樓是怎麼毀的？」

流雲飄蹤回答：「稟報堂主，在所有人都退出酒樓後，屬下和堯兒長老正商議著要如何制服黑木崖幫主，這時他只道聲沒問題，就闖進去了。」

「他？是誰？」

「那位從西夷前來投靠的古怪劍士，」流雲飄蹤眼神飄向天花板，努力回想：「好像叫五芒星。」

凌雲雁沉吟道：「接著發生何事？」

「這個，」流雲飄蹤答道：「稟報堂主，只待五芒星一進去，酒樓就冒出黑色巨焰，我等還不及反應，整棟樓便已陷入火海。」

「那五芒星呢？」

「他倒是活著走出火場，留下一句話說：『他逃了，我去追。』就消失了。」

「消失？」

「正是。屬下只見他整副身子憑空消失，徒留一件斗篷飄然落下。」

「這套移身遁蹤的奇門遁甲之術，就連在霜月閣也難得一見。」堯兒說：「這位五芒星，看來是個深不可測的奇人。」

「且別管他。」凌雲雁道：「事已至此，如今當務之急，是盡快撫卹死者遺眷，並妥善安排黑幫餘眾的去路，要做得快又乾淨，一個月內就完事。」

江湖一大幫派，就這麼在三言兩語間終結。凌雲雁又問：「可有燕青的下落？」

兩人無奈搖頭，我在一旁守著茶爐，意欲發言卻不敢作聲。凌雲雁亦不發一語，將身子靠向椅背，闔眼嘆息，神情看似疲憊不堪，人也像老了好幾歲。

不一會，凌雲雁又撐起身子，問堯兒說：「話說結盟的另一約定，不知凝霜幫主考慮得如何？」

「您是問霜月借將予群英一事？」堯兒笑道：「此事已得凝霜幫主和月副幫主首肯，她們的同意函和借將名單，都在此了。」

堯兒將手上的信搖了搖，繼續說：「不過，名為借將，實含特使之用意，有溝通兩幫消息的責任，且並非真正歸屬群英麾下，以顧問職，為之助拳。這樣可行嗎？」

待凌雲雁點頭一諾，堯兒便將手上的信遞給他。凌雲雁邊讀信，邊蹙起了眉頭，臉上滿是疑惑。

堯兒試探著問：「怎麼了？難道這名單不夠好？」

「不，正好相反。」凌雲雁回答：「是太好了，好得像是假的。借將竟是臨光大前輩和水中月姑娘？臨光前輩一向心高氣傲，當真肯來我群英助拳？」
「此事當然有先問過臨光前輩的意見，他表示不置可否，只要為他準備三餐飲食，別怠慢就好。至於水姑娘，她是跟著臨光前輩的，前輩既往，水姑娘自然肯就。」
「那第三人呢？」凌雲雁傾身向前，問堯兒道：「堂堂霜月閣長老，竟然自任第三借將人選，來我群英？此事當真？」
堯兒笑答：「當然，既是結盟，霜月自然要表現誠意。況且，說句得罪話，群英決聲勢低落許久，幫務必定廢弛，我這番前去，亦可略盡棉薄之力，助您整頓幫務。」
「那霜月閣呢？貴幫幫主遠遊中，偶有回音，閣內事務皆靠你來維持，如今你來群英，霜月可持續乎？」
「有愈安在，沒問題的。」堯兒說：「堂主切莫欺他年輕，他是我認可的接班人，才能甚至更甚於我。正因為有愈安在，我才能放心前來群英決。」
「既然你已思忖妥當，雲雁亦無他求。話說，能得人皆敬畏的『霜月三妖』三者其二，加上堯長老助陣群英，夫復何求？」凌雲雁欣然道：「那麼，雲雁謹以堂主之名義，代表朱皇幫主宣告，群英霜月結盟成立。」
「我亦以霜月長老的身分，代表凝霜幫主宣告結盟成立，敬祝二幫幫勢如虹，揚名江湖。」堯兒笑說：「然後，堯兒等借將不才，還請堂主多多指教。」

此時玉露茶已煮好，三人遂以茶代酒，舉杯互敬。凌雲雁將熱茶一飲而盡，又要了一杯，突發感慨說：「曾經，雲雁也如這般與人共飲，粗茶入口，亦似醇醪。」

我們看著凌雲雁，他繼續說：「罷了，光陰無情，只進不退，徒發牢騷，無濟於大事。唯有廣召江湖群英一聚，齊心向前，方為治世之道。」

堯兒笑問：「只進不退，不正是縱橫劍法？」

凌雲雁答：「是劍法，也是人生。」另外二人聞言亦深表贊同。而凌雲雁突然又問：「流雲，雖然群英再度抬頭，身為主事者，我的人生此後只怕要負起不少罵名在背後。你可厭惡這一切？」

流雲飄縱毫不動搖，沉著回答：「不會。堂主所為，必有您一番不為人知的苦心。屬下誓當分所當為，替堂主分憂。」

「只怕未來會苦了你。」

「不怕，為堂主勞苦心志，便是屬下此生之志。」

「那我可得以堂主的身分，命你將此話收回去。」凌雲雁半是玩笑，半是嚴肅的告誡道：「你不應當只甘於在某人之下，而當觀諸四方、放眼天下，才不至辱沒你的身分。」

流雲飄蹤臉一紅，雙手一揖道：「謝堂主教誨。」

堯兒則讚揚說：「諸豪傑齊在堂主指揮之下，必能與独孤客和他的徒黨抗衡，加上霜月、天風、無心門相助，江湖真正的和平指日可待。」

「真正的和平嗎？」凌雲雁眼神飄往遠方，忽然話題一轉，回頭問道：「倘若和平到來，你們有何打算？」

流雲飄蹤一怔，說不出話。堯兒望著凌雲雁，思索了一會，徐徐回答：「我想效法巴波大師，雲遊四方，盡覽各地風土文物，著書留世。」

凌雲雁笑道：「好志向。」

堯兒問：「那堂主有何打算？」

凌雲雁又一笑，反問：「你要聽的，是真心話？」

「這？就真心話吧？」

凌雲雁闔眼嘆道：「得三五好友，盡解甲歸田。農閒之時，遊於山林，沐泉而歌，詠嘆而返。」

堯兒訝異道：「如此愜意？」

「只是，難有實現的一天。」凌雲雁慨歎：「路行愈久，就愈遠離初衷。這就是江湖。」

堯兒與流雲飄蹤對望一眼，不知作何應對。流雲飄蹤顧而言他，吩咐我：「換一壺茶吧，熱茶都放得涼了。」

凌雲雁趕忙阻止說：「不必，這樣就好。」又問我：「話說，孩子你可想過來我群英？」

我被這突來的問題給嚇了一跳，脫口答道：「我不會武功。」

「不會武功也不打緊，」凌雲雁笑道：「你小小年紀，膽識卻過人。這就是闖蕩江湖的本錢。坦白說，我很想邀你入我等群英一眾，不過，」

凌雲雁欲言又止，最後說：「這些日子，想來你也見識不少江湖事。是否要入江湖，還是由你自己作主罷！」

說完，凌雲雁將杯中殘茶飲盡，端詳手中空杯出神。我看著他，探問道：「茶涼了嗎？」

他淡然一笑，答說：「不，還溫的。」

楔子十

凌雲雁堂主信守承諾，支付了一筆錢賠償村子的損失以後，率領群英決和前黑幫幫眾離開村子。就這樣，所有的江湖中人都離開了，村子乍看之下恢復往昔的太平寧靜，事實上卻不然。就在我穿梭江湖高人俠士之間的這段日子裡，我過去所熟悉的一切，全都變了，我卻後知後覺。

賣酒佬在比武破局前夕，竟拋下酒樓，連夜逃離村子。事後大家才知道，賣酒佬貪得無厭，與入住酒樓的江湖人士豪賭，將他這段日子累積的龐大積蓄，包括村裡大人們託他代管的上萬兩錢財，全數賠光輸盡。他不惜以比武的勝負為由，私開賭局，將酒樓的資產和地契全數投入，以圖一舉翻本，而這最後一搏，卻在比武宣告破局之際，將他的一切化作烏有。賣酒佬不得不趁東窗事發前，一走了之，從此再無消息。

群英決的賠金足夠重建毀壞酒樓和屋舍，卻不足挽回比武前夕的村裡榮景。村長為了賣酒佬留下的爛帳，身敗名裂，心灰意冷下，某天夜裡在後山上吊，屍體過了三天才被發現。接任村長職務的鍋頭李曾齊聚村民，商量再舉辦一場比武大會，邀各路江湖好漢再度蒞臨本村，寄望著這群貴賓能為村子帶回曾擁有過的財富。然而此舉只為村民們又帶來一筆龐大債務，卻招引不到任何江湖貴客上門散財。

負責重建酒樓的李工頭，私底下不停說著他在施工時所見的鬼影幢幢，說他看見滿身是血的身影在大廳遺址四處遊蕩，還聽見無頭的滿月大俠高呼：「還我頭來」。流言愈傳愈駭人聽聞，漸漸的，村民們視酒樓為忌諱之地，嚴禁任何人進出，任憑其陷在荒煙漫草間。

這個村子，似乎就這麼被江湖所遺忘，村民們卻也不願再回到從前。張老頭漸漸的種不動菜，他的孩子沒人願意繼承他的菜園和稻田，寧可到縣城裡尋找生計養家。陳老樵的木頭生意擴張過度，周轉不靈，索性關門大吉。小癩子四處設法找客棧的頭路掙錢，好供奉他的爹娘。

至於打鐵師，就在他為了五十兩毒害燕大俠後，自己也發了瘋，時不時嚷著燕大俠的鬼魂回來索他性命，他再無法經營鐵鋪，搬進了村西的要飯窟，靠著江婆婆偶爾施捨的飯菜度過餘生。

而我，夜半偶爾會做惡夢，夢見鋪天蓋地的江湖死士、後山那道伴隨高亢冷笑的旋風、漫天的刀風劍雨、喋血而來的蒙面人、以及吞沒一切的黑色烈焰。當我從夢中驚醒，我總會抓緊拼布被子，試著回想空虛禪師誦唸的經文，直到我的心跳平緩。

然後，我會推開窗，在稀微月色下，回想那些走入我生命中的江湖人，他們豪氣千雲的一面、情義相挺的一面、利害算計的一面、以及凶險陰狠的一面。或許，這一切的一切，都是江湖，既不是大人風花雪月般的下酒談資，也不是敬而遠之的妖魔神怪，而是一場我終要面對，只進不退的人生。

這就是江湖。

同一年，在我年滿十一歲的隔日，我也踏入了江湖。

我帶著簡陋行李，跋涉三天，到了縣城的市集。市集人聲鼎沸，行旅穿梭如雨後溪流。在此起彼落的談話聲、吆喝聲、車馬聲間，我孤立其中，迎面來百般眾生，與我側身錯過，我則徬徨不知該如何是好。

突然背後一道耳熟的聲音：「嘿，第一天來這裡嗎？」

我猛然轉頭，果然是傲天。他穿一襲青綠相間的天地衣，神色輕鬆，問道：「我好像看過你？」

我簡單述說比武前夕的故事，他笑道：「原來你是那時酒樓的小伙計。你也到江湖來了。」一說完，他又問：「一個人嗎？」

我羞澀地點頭，傲天用雙手拍拍我肩上灰僕僕的塵土，笑道：「別怕，有我在，我帶你認識這江湖的一切。」

話說到一半，他忽然猶疑起來：「只要你不介意，我的……」欲言又止時，他右手不自覺摸著臉上鐵面。

我知道他指的是那妖皇金瞳，趕緊回答：「我知道眼睛的事，我不介意。」

「真的？」傲天開朗的笑了：「太好了，我帶你去見其他人，有我的臨光前輩、義姊，我的結拜哥哥們，和其他的大前輩們。」

我知道，此後我將與他們共處好一段日子，這讓我安心不少。傲天問我：「我們再彼此自我介紹一遍吧！我叫傲天，你叫什麼名字？」

江湖〈楔子〉完

間奏

武神峰下，望君崖邊。

群眾遠遠圍觀下，悟能大師和神祕蒙面人已交手數十招。

「還沒問你，為何找我？」

「亢龍尚有悔意，巴蛇豈敢無厭！」

悟能一抹嘴角鮮血，說：「貧僧的故事，只有你能作結。」

蒙面無語，擺出架勢。那是悟能再熟悉不過的架勢。

「蒼天，無影。」

一道耀眼白光，亮得教人睜不開眼睛。須臾間，悟能已身中要害，墜入望君崖底。

崖邊剩下蒙面一人，背對眾人，望向深谷。

「別了，」

他摘下面具。

「臭和尚。」

輯二／和平暗影

和平暗影一

三名殺手（一）

有人說「治極則亂，亂後生治。」這句話放諸五湖四方似乎皆合宜。中原的遼闊國土久經戰亂，朝廷上有五朝更迭傾扎、在野間有江湖十一幫亂。動盪時代下，盡有壯士俠女，憑一身膽識和絕世武功，投身江湖，並立武林各大高手間。中原上自國戚朝臣，下至販夫走卒，無不仰賴這些江湖中人傾力扶持國勢，有難時拔刀相助。那是一個陰謀橫行，人皆自危的黑暗時代，也是一個義氣鑠金，高風昭世的光明時代。

然而，當亂世平息，難得的和平再度降臨之時，這群江湖中人便成了朝廷眼裡聚眾擾事、不服王法的眼中釘，有心者無不欲盡除之而後快。

時值初秋，天氣晴，偶有三五浮雲蔽日，徐風吹動芒草成浪，大地一片樸黃滄茫。

距離市集五十里外的洛水之濱，有個人跨坐河畔一顆大石上，凝望天際的另一端。此人身穿青綠布衣，手持二丈鐵槍，他臉上掛著半副鐵面遮住右眼，鐵面在烈日下映著條條閃爍銀光。他是江湖人稱「霜月三妖」之一：傲天。

傲天身旁還有一人，躺在草地上，生得一張稚氣滿溢的白玉臉龐，身上橫著一把與他身高毫不相稱的巨大油紙傘。他名叫榜午夷，時而拔草揮打，或投石花叢，問道：「好無聊！哥，我們今天做甚麼？」

「對戰。」

榜午夷倏地起身，雙頰鼓得圓潤，嘟囔著說：「不要啦，哥，我又打不過你。」

「不是打你，」傲天解釋：「你在旁邊看著，今天對手另有他人。」

「嘩！早說嘛。」榜午夷欣喜問道：「是誰要來？」

「來了。」

正說著，一輛馬車絕塵而來，車上掛著群英決的標誌。一見到馬車，榜午夷便歡呼道：「是師姐！」

駕車者取下斗笠，露出一頭蒼白秀髮下的嬌美容顏，她甫安置好馬匹，榜午夷便以飛蝗撲身歡迎她，撒嬌道：「西瓜師姐，我好想妳哦！」

「小子，那你可想我們？」

榜午夷「咦」了一聲，笑容黯淡了些，他見有二人下了馬車，一位是穿著僕僕灰袍，閑靜如玉的女子，另一位則身高約莫五尺，童顏黑髮，身穿柔亮羅緞長衫，朝著傲天和榜午夷兩人露出促狹的微笑。

傲天起身作揖道：「臨光前輩，月姐，好久不見。」

那童顏黑髮者正是「霜月三妖」之首：臨光，女子自然是三妖之一，水中月了。此二人雖與「鐵面犬」傲天名列霜月三妖，實以借將名義暫居霜月閣的友盟，群英決內。臨光說：

「我和月兒順路拜訪罷了，你的對手還在裡面。」

正說著，最後一人下了馬車，身形如挺拔樟樹，英氣勃發，正是群英決四奇之一的蕭寒。

蕭寒抱拳一揖，朝傲天朗聲問候：「讓你久候了，群英決四奇蕭寒在此。」

「名號就免了，」傲天舞弄手上長槍，問道：「只有你，還是瓜師姐也來？」

「我先上。」

蕭寒大喝一聲，揮舞手中長劍殺向傲天，劍槍交錯數回後，被傲天看出破綻，一個側身，一個擒拿，瞬間蕭寒就這麼翻上半空，又落地滾了數圈，迅速爬起，翻身又戰。

瓜兒也大喝一聲，加入戰局，虎虎舞動著一把與她嬌柔身形等長的巨大戰鎚，直取傲天命門，毫不留情。傲天亦不退讓，單槍橫對一劍一鎚，十數回合交錯攻防下，竟然不見頹勢，反而是蕭寒與瓜兒這邊久戰之下，已顯疲態，傲天抓到機會，大喝一聲，橫槍一掃，就這麼將二人擊飛三尺之遙。

兩人即便屢敗，卻不言退，抖擻精神，再次雙雙上陣，衝向傲天。就這樣三人在洛水邊交手數回合，傲天打得興起，一把脫掉上衣，任烈日將他的淋漓胸膛晒得發亮，拔起長槍在手，舞出連連閃爍槍花，與陣陣劍影、虎虎鎚風，交織著洛水的波光閃爍，構成一幅耀眼秋畫。

就在三人戰得難分勝負時，槮午夷在一旁開心看戲，卻冷不防閃出一條柔緞緄帶，朝他的腦門直打。槮午夷「哇啊啊」連叫數聲，慌忙閃躲。

臨光收回緄帶，踏步甩袖，說：「別以為你沒事，來，讓我看看你有沒有荒廢？」

說完，臨光連續甩出三擊，槮午夷只得慌忙迎敵。他舉著油紙傘，手腕一轉，傘頂冒出一只槍尖，而他以傘代槍，朝臨光襲去。臨光手中的緄帶宛如浪花般飄動空中，看似柔弱，卻內含驚人氣勁，只見帶尾輕輕撫過地面，就能拍砂碎石，劃出一道道三寸寬的土溝。

槮午夷不敢輕敵，傾力應戰，身形在緄帶間挪騰閃移，欺近臨光，舉槍便刺，招式看似雜亂無章，卻幾無破綻，難以預測提防。臨光見狀，迅速抽手，緄帶突然像條巨蟒般地將槮午夷連人帶傘捲起，甩向半空。

「咿呀啊啊！」

槮午夷被這突擊嚇得手足慌亂無措。眼看他就要墜地時，臨光微微一笑，手腕一轉拋出緄帶，像只巨掌托撫住午夷的身形，讓他安全降落。槮午夷貌似驚魂未定，四肢跪地，喘氣不已。

臨光笑道：「還不夠啊！再繼續。」

椮午夷動也不動，對臨光的話聽若未聞，臨光暗叫一聲：「糟。」

水中月已在掌心滴了數滴水珠，朝椮午夷潑去，可是晚了一步。

「呵。」

椮午夷抽出傘內暗藏的短劍，一傾身，瞬間逼到臨光眼前，他渾圓的貓眼已不見以往稚氣，而是蒙上一層狠戾的兇光。臨光情急之下，信手一掌，拍掉了短劍，但椮午夷仍不退讓，撲到臨光身上緊抓住他，張口作勢就要咬斷他的咽喉。

「嘎噗！」

此時傲天拋下對戰中的蕭寒等人，跨步飛奔到臨光面前，伸手擋下椮午夷。椮午夷順勢咬住傲天的臂膀，那力勁之強，就像是猛獅要咬死牠的獵物般。傲天的手臂就這麼被咬出一道血口，鮮血涔涔流下，他既不喊疼，也不收手，就這麼任憑椮午夷咨意宣洩。

當椮午夷終於鬆口時，雙唇已沾滿鮮血，他伸舌舔唇，露出得意的獰笑，卻忽地又臉色一變，蹲身彎腰，作嘔到啜泣。瓜兒忙著安慰椮午夷，傲天讓水中月為他包紮臂傷，另一手輕拍著椮午夷的背，安撫他說：「好了，沒事了。」

傲天轉頭對蕭寒說：「對不起，今天對練先到此。」蕭寒抱拳一揖表示答謝，又問：「馬車在此，順道一起赴山幫主的約吧！」大家欣然允諾。於是傲天與蕭寒沐浴更衣，眾人皆整裝完畢，便上了馬車，一路喀達前行。

這一行人雖各屬不同的江湖幫會，但彼此素有聯繫，感情非比一般的深厚。大夥一路上無所不談，談風月、論武學，更多的是講江湖事。

「群英雖然中興，但眼前仍有不少險阻。」蕭寒說：「數年來，江湖上幫會消亡甚多，惟群英決逆勢崛起，自然引得不少人眼紅，幸虧總堂主交遊廣闊，能得瓜兒的父親支持，有了西邊大人傾力相助，群英決才能在江湖上站得住腳。」

「西邊大人？」傲天對這姓氏極感興趣：「說起來，師姐，妳到底叫甚麼名字？」

「好奇嘛，當初妳還在霜月時，也只肯讓人叫你瓜兒。到底是取了甚麼名字讓妳這麼難以開口？」

駕車的瓜兒突然一震，慌亂反問：「幹嘛問這個？」

「原來你們都不知道？」蕭寒湊進來起鬨：「妳就說了吧，還是要我幫你回答？」

「不必！」瓜兒終於吐實道：「西邊一顆瓜。」

榜午夷先忍俊不住，笑出聲來，車內眾人也隨之大笑。西邊一顆瓜又氣又窘，說：「姓是爹親給的，名是娘親給的，我有甚麼辦法？」

笑過一陣後，蕭寒繼續說道：「西邊氏一族是武家世家，歷代族長皆與江湖有為志士交好。因此西邊大人特請上官仙人收瓜兒為徒，並安排她入群英決歷練。」

「我本來想留在霜月閣的，」西邊一顆瓜說：「我好捨不得蝶師姐一個人留在霜月，要不是爹一再逼我，我真想在霜月待一輩子。」

蕭寒對西邊一顆瓜投以促狹微笑，西邊一顆瓜自知失言，急忙辯解：「但是我也很喜歡群英的師兄們哦！總堂主人很好，流雲大師兄也是，還有蕭寒師兄、上官師兄、周師兄，還有，唔，」

話說到一半，西邊一顆瓜臉上浮起一陣嬌羞的艷紅。蕭寒接著說：「把話說完啊，還有妳最喜歡的墨塵師兄。」

傲天大笑，問道：「師姐，甚麼時候請我們吃喜酒？」

西邊一顆瓜久久不語，一陣沉默後，只簡單吐出三字：「也許吧！」

車內蕭寒默然，他對瓜兒的背景知之甚詳，亦明白瓜兒心裡苦楚：西邊家既為名門世家，結親必求門當戶對，然而墨塵是布衣百姓出身，即便投身群英決，憑藉自身苦學武功，躍居群英核心，但在名分上終究是差了一截，加以墨塵家境本清苦，要如何支付龐大的聘禮，亦是一大難題。

說到幫會，除了極少數的孤立散人外，行走江湖的高手們總會投靠幫會，做為棲身之所。目前江湖鼎鼎有名的四大幫會，便是群英決、無心門、霜月閣、和天風浩蕩。

四大幫會各有特色。群英決歷史悠久，其間曾一度衰微，至總堂主凌雲雁職掌幫務後，禮賢志士，廣納百川，招募四方能人齊聚，於是群英決再次中興，躍升為江湖第一大幫。無心門以江湖上赫赫有名的「天下五絕」為其主幹，門下諸生俱為高手中的高手，傳聞那位能以一斬千、惡名遠播的獨孤刀客，也對無心門的天下五絕深為忌憚。霜月閣要員神祕行事，高深莫測，傳說閣內有數不盡的四方神器，且四處布滿天下第一智囊巴波大師鑽研出來的諸多機關，險惡重重，有進無出，諸多傳言更彰顯了霜月的神祕。

至於天風浩蕩，江湖人皆戲稱其幫眾「浪蕩不羈」，以幫主「山有木兮卿有意」為首，幫眾各個身懷絕技，行事卻恣意妄為，志在享受生時一切須盡歡事，也因此，江湖高人與天風浩蕩幫眾皆交情甚篤，山幫主不時發下英雄帖宴請江湖群雄，諸豪俠亦必欣然赴約，因此天風浩蕩轄下最知名的酒樓「阿房春熙」，終日燈火通明，笙歌不墜。

此日，一行人便要直赴山幫主的筵席，但是馬車行經市集，椮午夷忽然嚷著要傲天買糖葫蘆給他，傲天兩人便先行下車，漫步市集。

椮午夷心滿意足地舔著糖葫蘆，聽到不遠處傳來吵鬧聲，原來是幾個常在市集鬼混的惡少，圍住一個妙齡小姑娘，姑娘肩披一件水靈輕紗，又以一只面紗半掩她的臉孔，露出一雙晶亮眼睛，神色似柔緞覆上銳刃，道：「你們不認識天風浩蕩的絕世歌姬夏靈薇？如此無禮，不怕給追殺到天涯海角？」

「小姑娘，現在是我們群英決的時代了，」一惡少嘿嘿笑說：「天風浩蕩遲早也會像黑幫一樣下場，想過好日子就該像我們一樣，識時務者為俊傑。」

夏靈薇聞言不語，負手在後，這時突然閃出一把長槍橫在惡少們的眼前。傲天將鐵槍舉向前方，冷道：「既然是群英的人，不怕你們總堂主的幫內法？」

惡少們不悅地瞪向傲天，一見他臉上的銀白鐵面，不敢再作聲，兀自悻然散去。傲天將長槍收在後背，嘆道：「群英決，樹大了，枯枝也多了。」

夏靈薇向傲天欠身一禮道：「多謝壯士相救。」

「小事一樁，不過，」傲天擺擺手，望著夏靈薇藏於掌袖間的冰晶暗器，說：「看來我救的不是妳，反而是那群渣滓。」

夏靈薇輕笑了一聲，收起冰晶。傲天又問：「妳說妳是天風的人，怎不去赴貴幫主今天的約？」

夏靈薇嘆道：「我雇的車伕被那惡徒嚇跑了，得另雇車伕。」

「妳一個人待在這兒也不安全，幫會離此不過一里路，我們正好也要去，一起走吧！」

「壯士的好意，小女子心領了，」夏靈薇悠然一笑道：「小女子身軀不便遠行，待雇得新車伕後，即刻赴約，無須勞煩壯士隨行。」

傲天又嘆了一聲，突然彎下腰，單手便將夏靈薇從大腿一把抱起，坐上他的右肩和上臂間。

夏靈薇一時反應不及，驚惶道：「你、幹嘛？」

傲天反問：「走的不行，這樣總行了吧？」

夏靈薇似乎是頭一遭和成年男子有如此近的肌膚之觸，羞得臉兒燒紅，不顧一切嬌嗔道：「快放我下來！否則我要咬舌自盡囉！」

「妳咬看看。」

夏靈薇氣得咬牙噙淚，怒斥：「禽獸不如！」

「不到一里的路程，妳就忍耐一下，」傲天笑道：「上頭風景好的很哩！」

「哥，我也要。」

椮午夷吃味地看著傲天肩上的夏靈薇，不等傲天應允，逕自爬上傲天的左肩坐定，得意的與夏靈薇對望。傲天就這麼扛著兩人，一路穿梭人來人往、車馬喧嘩不已的市集，右肩上的夏靈薇渾身緊繃，如坐針毯般不敢動彈，另一邊的椮午夷倒是一手攀住傲天的臂，一手按住他的頭，自在地四處張望市集百態。

離開市集約莫又走了一刻鐘後，他們到了目的地：「阿房春熙」。那是一棟占地百畝的豪華酒樓，前有一條蜿蜒走廊，兩旁樹林挺拔蔥鬱，其間尚有各形各樣的植栽，在秋陽下，灑上一片斑駁在行人身上。仰望走廊盡頭，得見那在陽光下閃耀的金玉高謝，矗立在一片綠海之上，還可聽到天籟餘音裊裊，迴繞樹影花叢間。

傲天甫將兩人從肩上抱下，忽地聽見酒樓裡傳出喊聲：「刺客！」

「刺客？」
傲天聞言，丟下午夷和靈薇，立馬衝進酒樓。

和平暗影二

三名殺手（二）

初秋時分，旭日初升，瀰漫霧露的市集，已見稀疏人車形影穿梭。

市集邊陲，一個瘦小年輕男子，形貌枯槁，不似他這年紀應有的模樣。他身披一件短衣，腳踏草鞋，蹲坐在稻草搭的棚子下，宛如路口一尊毫不起眼的福德神像。他用小刀削著一塊木條，緩緩地，片片木花飄落，他抿著嘴唇，小心下著每一刀，深怕有半點閃失便會壞了這作品。

漸漸地，一隻粗糙貓爪儼然成形，他換一片小刨刀，仔細刨光貓爪的表面，又提筆沾上硃砂墨，為貓爪抹上鮮豔的紅色。

就在他專注工作時，另一男子現身晨霧，坐定他身旁，靜待他收拾完畢，問道：「查得如何？」

他搖首無言，從懷中遞一張字條給男子，男子匆匆閱畢，將字條撕碎，留下一句：「明白，我會留意。」便起身離去。而他亦悄然消失在霧氣中。

隨著日將至中，晨霧消散，市場車馬聲益加鼎沸，奉茶亭下坐了一位年輕劍客，凝望著眼前的喧鬧擾嚷。

「堂主說，這裡曾經渺無人煙，數日無一人影。」劍客喃喃自語道：「真是難以置信。」

慨嘆之際，有個小姑娘奔向劍客，扒走了他懷裡的錢袋就跑。小姑娘自以為得手時，卻在下一個轉角被兩個大漢攔下。兩人一高一胖，胖子一把抓起她的右臂，她奮力掙扎，直喊疼道：「放開我！」

「哈哈哈！俺總算逮到妳出手吶。」高個得意大笑，見到被扒的劍客信步而來，對他說：「小子，看你初入江湖，千萬要小心這些過街老鼠。失物就由咱兄弟倆分個一成，好歹你也回收九成囉！」

「兩位誤會了，」劍客淺淺一揖道：「錢是我送她的，不過她忘了說謝謝。請把錢還她。」

兩人吃了一驚，小扒手趁此掙脫，閃到一旁。高個討了個沒趣，轉怒到劍客身上，罵道：「包庇罪行的無賴，心中還有王法嗎？」

罵完，他抽劍逼近，狀似一場血光慘劇在所難免。劍客迎對來者不善，不怒不懼，待高個揮劍時，搶得先機，打出一掌。這掌離高個的心窩只差五寸，雖是淡然一記虛招，在場眾人都能從揮散掌風餘勁中，感受到這一掌內所蘊涵的宏大氣勁，若真打中人，其磅礡掌勁肯定會令對手胸骨盡碎。高個受這一虛招，吃了一驚，不敢動彈。

「王法自在人心。」劍客神色自若道：「要戰奉陪，群英決從不懼戰。」

高個怒得臉色漲紅，就要再揮劍一決高下時，卻被同夥的胖子一把拉開。胖子低聲警告：「傻子，你沒看出他的招式？『群英傲意訣』！他八成是群英四奇甚至之上。別惹上他。」

高個聞言，悻然收手，和胖子狼狽離去。圍觀眾人一片叫好。高個落下狠話道：「帶種就報上名來，給老子記住！」

「在下流雲，」劍客答說：「流雲飄蹤。」

正當流雲飄蹤轉身要離開前，小扒手拿錢袋抵住他，側著頭說：「還你。」

「不是說送妳嗎？」

「我不要。」

小扒手丟下錢袋，轉身就跑。流雲飄蹤搖頭苦笑，拾起錢袋正要離開，忽然聽見不遠處傳來騷動聲，原來是頭吊眼白額大老虎，伏坐市集中央，眾人皆懼怕迴避，退讓出好大一圈子。大老虎盯住一個貌似十來歲的少女，那少女模樣並非中原住民，一頭桀不起簪的黑亮短髮，一襲布衣，腰際掛了一串布囊。他眼睛睜得好大，雙手緊握一根長枝，警戒著眼前的大老虎。

這時老虎忽然低吼一聲，震起一陣黃沙。

「吾乃護國神獸！速速供上鮮肉！」

少女嚇得踉蹌連退數步，正好躲到某位路人身後，護著頭哀號道：「不要啊！小巴大人保佑！」

那路人身為女流之輩，眉宇間流露一股樸然英氣，穿一襲淡然輕衫，素雅別緻，現身在熙攘市集，宛如濁水中一股清流。她面對眼前虎視眈眈，毫無畏戒，一笑道：「旁邊的小姑娘，想來是妳用腹語術偽裝成老虎說話吧？」

老虎身邊傳來一陣如銀鈴般的清亮笑聲，仔細一看，原來還有個年輕女子，衣著一望便知是南方的山住民，她一身的豔麗短衣，其虹彩花紋正好融入白虎的斑紋中，隱藏身形。女子笑說：「正是，看來妳也不是普通人哩，竟能識破我的腹語。」

「是有聽聞，卻未親眼見識過，今天可開了眼界。」

「我想起妳是誰了，博學多聞，閑隱鬧境之中，中原如此人物幾希，」南方女子拱手行禮道：「久違了，萍蓮居士大人，小女子曲無異在此請安。」

那人確實是萍蓮鄉的博學名士，世稱「藥涼空」的涼空居士。涼空回了禮，轉頭安撫背後的少女說：「別怕，那南方姑娘逗著妳玩的。山住民一向長於馴獸，她不會讓老虎傷害妳。」

曲無異撫弄大老虎的鬃毛，笑著說「就是說啊，我家小無異最乖了，才不會隨便咬人哩！對否？」

然而少女不發一語，又望了老虎一眼，便轉身「蹬蹬蹬」地逃了，留下曲無異和涼空慨歎而笑。

「曲無異！」

兩人聞言回首，正好看見流雲飄蹤朝她們揮手致意，笑說：「多日不見，曲姑娘益發漂亮了。」

曲無異亦笑吟吟地回道：「群英的大師兄，你也越懂得甜言蜜語了。」

「妳是要去赴山幫主的宴席？」

「不了，難得遇見大居士，我想向她多討教中原風土哩。」曲無異說：「話說我剛才倒是看見一輛群英的馬車，往市集外的『阿房春熙』去了。」

「哎呀！那肯定是瓜兒。」流雲飄蹤一拍額，喊道：「反而是我遲了，居士、曲姑娘，就此辭別。」

說罷，三人匆匆話別。流雲飄蹤連忙趕去赴山有木兮卿有意的宴席，正好在酒樓前和瓜兒一行人會合，一同進了樓中。

酒樓中又是另一番熱鬧景象。高挑大廳內席開數十位，坐滿江湖能人俠士，酒菜連綿似錦，賓客穿梭如織。山幫主並招募一班琴師為賓客奏曲助興，還有十來位年輕善舞、挺拔姣好的男女舞者，一身境外奇裝，坦露精實腰腹，隨著異風歌曲的輕快節奏踢躂起舞。賓客們的喝采叫好聲、談笑聲、觥籌交錯聲，此起彼落，喧騰不已。

流雲飄蹤選了個視線良好的位子，旁邊正坐著來自北方的金髮奇俠，劍奇白龍海。劍奇白龍海五官不似中原人，雙眼深邃，鼻翼高挺，一頭蒼黃長髮披肩，長年身穿輕薄白袍。他總是笑口常開，與各幫會要員皆私交甚篤，惟獨性情有些古怪，自許傳愛之人，言必稱愛，話盡談情，那迴異於中原儒學的言論，外人皆謂之浪蕩不堪，他受此名聲卻甘之如頤。

流雲飄蹤與劍奇白龍海談笑間，發現了臨光。臨光據傳已高壽二百，卻貌似孩童，據說乃因其吞了仙丹，返老還童之故。身為江湖前輩，臨光亦席列前班，惟其身形矮小，視野總為舞者律動的身影所遮蔽，他只得左晃右搖，困窘不已。

流雲飄蹤見到臨光的窘境，起身上前，忽地從臨光背後將他兩手抱起，並視如孩提般抱上雙肩。

臨光一時不察，慌亂喊道：「喂！小子你幹嘛？」

「前輩，這兒視線比較好。」

臨光臉有慍色，斥問：「亂來！你當我是十歲娃兒？」

「不敢，您是大前輩。」流雲飄蹤爽朗笑道：「身為晚輩，自當做為前輩牛馬，供您乘坐。」

臨光一時語塞，勉強道：「這可是你說的，那我要坐到滿意了才下來，你可別後悔。」

「是、是。」

流雲飄蹤的眼角餘光環望四方，席間賓客包含了各幫各派，除了群英決和霜月閣外，無心門亦有貴賓蒞臨，來的是天下五絕之其二：上官風雅和無始劍仙，兩人避開喧嘩，坐在偏僻二席位悄聲談事。

無始劍仙鑒賞著上官風雅的新佩劍，嘆道：「前一把『楓紅』是把好劍，可惜被蓋飯打斷了。不過這把也很好，短了些，劍質不錯，特別是……」端詳良久，劍仙詫異問道：「等等，這不正是『楓紅』？」

「它曾是『楓紅』，」上官風雅解釋：「我將斷劍重鑄，現在它是『紅塵問情斬』。」

無始劍仙點頭稱是，將寶劍還給上官風雅。上官風雅又說：「話說我前些日子，曾見過鰻魚一面。」

無始劍仙訝然反問：「當真？他現在如何？」

「我一時也說不上來，但是，」上官風雅回憶道：「匆促一別之間，看得出他過往的執念放下不少，彷彿變了一個人似的。起碼，他不再執著『筵席』了。」

「感激不盡，這意味著我不必擔心眼前好菜是否被動過手腳了。」無始劍仙挾了一口菜，又問：「是哪位高人，能讓這蓋飯轉性？」

「我也不知道，當時不便多問。」上官風雅嘆道：「又不知下回見面，會是何年何月？」

無始劍仙亦慨然而嘆，隨即換個話題問道：「上官，你當真收了椮午夷為徒？」

「正是。」

「你曉得這孩子的來歷。」無始劍仙又一次壓低聲音問道：「你收他做徒，是保護他，還是提防他？」

「真要說的話，兩者俱有之。」上官風雅回答說：「這孩子本性不壞，兼以資質出眾，亦為可造之材。只是需要有人多陪他，以防他鑄成大錯。那孩子一向喜歡傲天，暫且將之託付給他，應無大礙。」

「我也佩服你，」無始劍仙舉起酒杯相敬，半是欽佩、半是嘲諷道：「咱們無心門中，終日就見你為這滿門小鬼們勞心。我就做不到你這樣，寧可獨身一人，不收徒弟，無擔無負，輕鬆自在的好。」

「可是，你不是要收山兒為徒？」

無始劍仙差點一口酒噴到上官風雅的袍子上。他一抹嘴，氣急急辯駁道：「又是那娃兒到處放風聲對不？她又不使劍，我收她做啥？況且當今江湖誰鎮得住她？她拜誰為師，誰就等著被她吃死死。我已經吃過她一次大虧了，休想叫我再次犯傻。」

「但是今天的盛宴，據說便是山兒拜師的慶祝大宴。」

「喂喂，我可沒聽說啊？上官你可是在嚇唬我？」

「確實是在嚇唬你。」

上官風雅笑吟吟地與無始劍仙對望，無始劍仙瞪大了眼，怒極失笑，正要開口，山幫主忽然湊了過來。她已喝得半醉，給護衛沐淺淺攙扶著，作勢要撲到無始劍仙身上，嬌聲道：「師傅～，讓徒兒一拜嘛～～！」

「免了，幫主大人，」無始劍仙迴避道：「在下山野閒散之人，擔不起師傅的大名，您就饒過我，另覓高人拜師吧！」

「別這麼見外嘛，師～唔～～～！」

鬧騰間，山有木兮一陣作嘔，作勢要吐到兩位大前輩身上，當場席間一片混亂，引起一陣哄笑。沐淺淺連忙賠罪，攙扶著幫主匆匆回房歇息。

此時舞曲已畢，換上一位潔淨絕美的女琴師，身如豔陽下的清白蓮花，細柳眉間透出一絲深遠的哀傷。她是天風浩蕩的絕代琴師——漣漪。只見她手持緋寒愛琴，指尖一輪，琴音宛如五彩錦鯉躍破水面，揚起一陣水花般地清脆。眾皆靜默，細細聆聽。

漣漪徐徐奏起曲調，初不甚快，形似荷葉在晚風中擺盪，忽地曲勢一轉，玲瓏剔透，猶如粒粒珠玉滾落瓷盤，餘音清脆，交織雕梁畫棟間。曲勢愈快，音韻愈發綿密，時而低沉如雨後汩汩徑流，時而高亢似龍吟九天之上，那旋律彷彿要引人摶扶搖而向星辰，伸手便要攀上斗宿。

忽地一道沉默打破了幻象，大廳筵席依舊，漣漪在靜寂間，一聲輕嘆，緩緩收尾。曲畢，席間頓時爆起陣陣喝采。

喝采過後，漣漪再次彈奏，這回曲目是民間歌謠，流雲飄蹤聞之欣然道：「啊，是臨水謠，這首我會唱。」便隨樂聲唱和著：

「臨水滔滔～湘河洮洮～城中子民笑開了，安樂長居臨湘城……」

反覆唱過數回，流雲飄蹤感到不太對勁，他肩上的臨光一反往常，向下凝望著流雲出了神，似乎完全忘了周遭的一切。

「前輩？」

臨光猛然清醒，神色發窘，連聲道：「是、是！我沒事，沒……」

話說一半，臨光眼神一銳，掃向大廳樑上，上官風雅和無始劍仙亦同時抬頭。

挑高三丈的酒樓天花板，一個蒙面人悄聲蹲在樑上。

「刺客！」

有人心慌大喊，蒙面人聞聲而動，信手一發，數發銀光射向大廳眾人。只聞答答數聲，頓時有數枚巴掌長的手裡劍，刺入地下三寸。

眾賓客拔劍備戰，卻怕傷及旁人，不敢妄動。臨光率先從流雲飄蹤肩上躍起，朝樑上甩出緄帶，水中月亦拋出數滴忘川水珠，化作利刃，射向樑上的蒙面殺手。

蒙面殺手搶先一躍，避開兩人合擊，隨即又發出數發暗器，但這次是發向大廳後的小房間。

「糟了！他目標是幫主！」

「危險！」

天風幫眾連忙奔前護住房門，揮劍掃下暗器，但仍有遺漏的手裡劍破門射入，天風幫眾聽見房裡傳來沐淺淺的驚呼，盡皆臉上失了血色。

說時遲那時快，一道青色身影撞開酒樓大門，提著驥槍，三兩步踏著廳內大樑，就要往樓頂上衝，正是傲天！

「傲天，站穩！」

臨光一甩緄帶，竟朝傲天打去，帶尾餘勁拍在傲天後背，正好將他拍上天花板的大樑。傲天站穩後，提槍一傾身，欺近蒙面殺手，揮槍要把他掃下去。水中月等人在下方，亦朝上方的蒙面發出數波暗器圍擊，蒙面見勢頭不對，一個點步跳離大樑，破窗而出，逃離酒樓。

「群英們，追上！」

流雲飄蹤率先衝出酒樓，解開馬匹，隻身策馬追著在樹影間逃竄的殺手。此時後方躍出一道金色身影，悄然落上馬背，正是劍奇白龍海！劍奇白龍海拔起腰際一件奇兵器，是一把自西夷傳入的雪白火槍，瞄準蒙面人連擊數發火彈，招招盡是殺著，直取蒙面命門，可惜蒙面人身法更勝一籌，只見他奔走間挪騰身形，險險避開了每一波槍擊，馬上二人徒呼負負，卻仍不放棄追捕這殺手。

不久，殺手竄入擾攘市集，騰躍屋舍間，須臾便失去蹤影。流雲飄蹤等人追入市集，不得前行，忽然又襲來一發手裡劍，正好擦過流雲的身軀，直刺入後方磚牆。流雲飄蹤回身一看，見暗器上綁著一張字條。他拆下一看，一怒將字條甩在地上。字條上僅寥寥數字，卻挑釁至極，寫道：

「來，慢慢追。」

和平暗影三

三名殺手（三）

追趕蒙面殺手的群英決眾人，分頭搜尋市集周遭，試圖找出這殺手的蹤跡。而流雲飄蹤獨自在人群徘徊，徒勞無功，悻悻然到奉茶亭小歇，正思索間，忽然來了數名大漢圍住他，當中包含今早曾刁難他的那胖子和高個在內，每個人的容貌皆非善類。

這群大漢當中有一個為首的小伙子，一頭短黑髮，身形和他的同夥相比單薄許多，活像顆細長的卵石，臉上掛了一塊瓦片般的鐵面，亮晃晃的，隨著他招搖的步伐一齊擺動，背上還背著一把東西，貌似用一根粗長木棍綁上一段鐵刃。

那首領一見流雲飄蹤，扯開嗓子吼道：「喂！早上是你動我的部下？」

流雲飄蹤一眼便知此人虛張聲勢，仍配合著他說：「是。」

「打狗也要看主人，你可知我是誰？」

「不知。」

「聽好了，」首領深吸口氣，氣集丹田，昂首一連串道：「洪福齊天傲視群雄中原無雙造化聖主命運之皇，傲天，就是在下我！」

流雲飄蹤忍住笑，又問：「再說一次？」

「洪福齊天傲視群雄中原無雙造化聖主命運之皇，傲天，就是在下我！」

「嘩，好長的名字！」

傲天悄悄現蹤，臉上神情是三分忿怒，七分好笑。那冒充傲天的為首者，一見本尊，氣勢頓時餒了大半，不等傲天發難，便徑自帶著那一群高大嘍囉，正要像一群夾尾狗般落荒而走，卻被傲天和糁午夷擋下。

「別急著走啊，來，我們好好聊一聊。」

其他嘍囉們趁隙逃逸，丟下他們的頭兒單獨面對。傲天將那頭兒按在椅子上，笑道：「剛好我也叫傲天，來，你說你叫甚麼名字？」

糁午夷跨坐一旁，托著下巴，笑看那臉色慘白的頭兒，見他渾身發抖、賠著笑說：「不才小弟木仁石，敬拜傲天兄弟，不，不，傲天大人。」

「木仁石？你不是叫那個甚麼，洪福齊天甚麼的？」

「不不，」木仁石乾笑說：「傲天大人，這當中一定有誤會。」

「誤會？」

「對，誤會、誤會！」木仁石忽地眼神一亮，瞎扯辯解道：「是這樣的，小弟景仰傲天大人的高風亮節已久，所以盛讚您洪福齊天、傲視群雄、中原無雙……」

「免了免了，」傲天打斷他的奉承，又指著他的臉問道：「那這鐵面呢？」

「哦，這個是，」他眼珠骨碌碌打轉，又喊道：「對了，是遮醜的，遮醜！」

說完，木仁石便扯下鐵面，露出他原本的面貌。他一乍看是個老實人，面相樸實無華，不似江湖人物，反而更像個街口賣杏仁漿的小販。

「嗯，遮醜。」傲天伸出拳頭，笑問：「要不要我來讓你更醜些？」

傲天將拳頭晃了晃，忽地「虎」的一聲，拳背襲向木仁石，在鼻前一寸停下。木仁石盯著拳頭，懼不敢答，只不住地賠笑而不敢放鬆。

傲天收起笑容，向木仁石惡狠狠丟出一字：「滾！」

木仁石如獲大赦，連跑帶爬的逃出奉茶亭。傲天亦不追趕，嗤鼻一聲道：「哼，作死！」

「話說回來，他也有幾分膽色，」流雲飄蹤說：「能目不轉睛的接下你一拳虛招，顯然他是有資質的，只可惜用錯了地方。」

傲天不回應這話題，改問流雲飄蹤道：「話說小四，你讓那殺手逃了？」

流雲飄蹤臉色一沉，將那蒙面人逃到市集後的事說了一遍，又問：「天風那邊怎麼樣？山幫主傷勢如何？」

「山幫主沒事，沐姑娘攔下了暗器。她大小姐倒睡得可舒服，估計現在還沒醒。」

「那就好了。」流雲飄蹤又抱怨說：「不過我忍你很久了，我有名有姓，你幹嘛非要叫我小四？」

「是你當初說我如果入群英，你就要我當什麼群英四奇之首，然後你甘願排第四位的。」

「可是你還是沒入群英啊！」

「別計較這麼多嘛，小四。」

正當傲天嘻弄著流雲飄蹤時，奉茶亭又現出一道身影，是一名年約十六七歲的女子，穿一身淺紫嫣紅的短衣，在髮梢上別了燐光閃爍的蝴蝶髮飾，她的容貌，則宛如一朵初綻的杜鵑花。

槮午夷一見到她便飛撲歡迎，傲天亦收起剛才的一臉輕窕，正色問禮道：「蝶師姐，日安。」

她正是灵蝶，霜月閣的要員，也是山有木兮卿有意的親妹妹。她自年幼時便跟隨諸多武功高人闖蕩江湖，並且拜師於一代仙人，「天下五絕」之一的上官風雅，儘管年紀尚輕，在江湖間卻已是人皆敬重的人物。

灵蝶微微頷首，問傲天道：「姊姊呢？」

「她沒事，還在『阿房春熙』」

「陪我去看她。」

傲天應聲一諾，便向流雲飄蹤辭行。流雲飄蹤叫住灵蝶道：「灵蝶姑娘，這邊有馬匹。」

灵蝶對流雲飄蹤的提議聽若未聞，轉身便走，跟在後面的傲天則悄悄向流雲飄蹤擺了擺手，暗示他：「算了，別自討沒趣。」流雲飄蹤見此，亦不再開口，目送兩人離去後，方一長嘆息。

自群英決自衰微中興後，灵蝶對群英幫眾一向冷淡，關鍵在於往昔的一代大幫——黑幫。灵蝶與黑幫人物一向交好，而群英決之再度崛起的主因之一，便是在黑幫勢衰之時，兼併其絕大部分的幫眾和勢力，甚至有傳聞說：黑幫一代絕世大俠燕青，便是命喪群英決的陰謀當中。是故，群英決雖與霜月閣為正式同盟關係，身為霜月要人的灵蝶，卻毫不掩飾她對群英幫眾的敵意。

流雲飄蹤慨嘆之際，群英眾人齊聚奉茶亭外，等候指示。一名年輕男子，生的鹿目馬臉，有一副黏膩沙啞的嗓音，恭敬秉報說：「流雲大哥，各小隊都回來了。」

於此同時，灵蝶等三人已離開市集，走在往阿房春熙的扶疏小徑上，灵蝶悠然一吐息道：「還是這裡好，清幽，不嘈雜。」

傲天問：「姊姊，最近妳待在閣內的時間長了，何不多出來走走？現在市集都很熱鬧的。」

「我不習慣人多的地方啊，」㚬蝶嫣然一笑道：「弟弟想我的話，可以回閣裡來看看的。」

「當然要回去看看囉！還有小夷也一起去。」

「嗯，別忘了師傅的交代，」㚬蝶又嘆說：「你要把小夷照顧好，別讓他像小夥計一樣。」

傲天和午夷聞言，低頭不語，就這麼回到阿房春熙酒樓。經過這一騷動，酒樓氣氛顯得肅殺許多，就在傲天和㚬蝶抵達時，已見天風幫眾們在內外盡皆加強了戒備。幸虧山有木兮卿有意毫髮無傷，在偏房的寢床，將頭倚在護衛沐淺淺的懷中，沉沉睡著，而上官風雅和無始劍仙，無心門的兩大高手俱陪伴在側。

㚬蝶入房間內，向眾人請安後，安慰沐淺淺道：「沐姑娘，妳也辛苦了，趁現在去歇歇吧！讓我照顧姊姊就好，我想和她獨處。」

㚬蝶勸走了沐淺淺和其他隨侍的天風幫眾，房間裡僅剩上官風雅、無始劍仙、㚬蝶和山有木兮四人。這時，㚬蝶輕撫山有木兮的臉龐道：「姊姊，別裝睡了，人都走了。」

山有木兮睜開一眼，靈活地環望四周，輕笑一聲道：「人家的寐息祕法，也只有小蝶妳看得出來。」

「姊姊可把沐姑娘嚇壞了，妳明明可以自己避開殺招，何必裝睡作死，惹大家吃這一場驚嚇？」

「又沒有殺意，哪來的殺招呢？」

灵蝶聞言訝然不解，上官風雅道：「果然妳也注意到了。這蒙面殺手來勢洶洶，卻感受不到殺氣，大概是想試探我等的武功，或者是枚誘敵的棋子。」

灵蝶恍然大悟道：「我方才聽傲天轉述，師傅和劍仙前輩竟眼睜睜目送刺客遁走。原來您等是要戒備下一波刺客來襲，所以不敢妄動。」

「人家好怕～」山有木兮依偎在灵蝶懷中磨蹭著，雙眼眨巴望著無始劍仙，嬌柔道：「師傅，收人家做徒兒，保護人家嘛～」

「少來，妳只想多個可以使喚的人吧？況且，」無始劍仙反問道：「妳以為多了這一層師徒關係，天風就能救得了無心門？」

「救無心門？」灵蝶大驚，向上官風雅問道：「師傅，劍仙前輩這話是？」

上官風雅只是喟然一嘆，無始劍仙則為灵蝶解釋道：「蝶，妳別緊張，我們幾個心知肚明，該來的劫數就是會來。身處亂世，江湖人便是各為其主打天下的英雄，可是到了太平盛世，咱們這些刀口舔血的，就是主政者眼中的亂源。特別是無心門『天下五絕』，背上這一虛名，便成了江湖上的出頭鳥，朝廷大局底定，正要收束民心，還不趕緊將咱們這五隻出頭鳥，當頭一棒打下去？」

山有木兮卿有意低垂雙眼，默不作聲。灵蝶試著辯駁：「可是，當年朝廷動盪，十一幫趁亂危害江湖甚巨，全賴地門幫主率眾弭平各幫紛爭。假如天下太平了，就要加害於各位前輩，這根本是過河拆橋。」

「飛鳥盡，良弓藏。人性常情。」上官風雅安撫灵蝶道：「話說回來，蝶，這也不是必然發生的事。朝野之間亦不乏同情的言論，我等並非孤立無援。再者，堯兒和阿堯仍在，特別是阿堯，只要他平安，江湖便不至於生大事。」

上官風雅所說的堯兒和阿堯，皆為江湖上響噹噹的人物。堯兒出身成謎，天資驚人，幼時拜紫陽先生為師，年紀輕輕便擔任霜月閣的長老要職，在霜月幫主及副幫主雲遊四方時，將閣內事務整理得井井有條。然而如今，他以霜月借將名義，暫居群英決。至於阿堯，他同樣拜師紫陽先生，與堯兒結為至交，現以霜月使節名義居於天風浩蕩。然而江湖上流傳著如此傳言：阿堯其實是某朝的王室後裔，為了避禍而藏身江湖。

山有木兮卿有意說：「說到這裡，小蝶，等阿堯到了霜月，記得傳個口信給人家喲！」

「阿堯要回閣？我怎麼不知道？」

「不是你們霜月的使者過來，說要請阿堯回閣述職的嗎？他還拿出了霜月的『璃月玦』哩！」

「我沒聽說啊！」灵蝶驚呼：「難道有人假冒霜月使者行騙？」

「『璃月玦』是假冒不來的，」上官風雅神色仍然沉著，安慰灵蝶和山有木兮道：「假使阿堯已出發，你們兩幫盡量多派幫眾，一路通風報信，確保阿堯人身平安即可。切莫慌張，自亂了陣腳。」

灵蝶應諾，匆匆離開。無始劍仙趁此刻問道：「你們想，阿堯此刻回霜月，會是誰的意思？」

不待二人回答，無始劍仙又問：「那個人如果心懷不軌，奪了『鳳霞金冠』？」

豈料，劍仙竟一語成讖。霜月、天風皆獲線報：阿堯在回閣途中失去蹤影，最後在一條山路小徑上發現阿堯倒臥血泊中，經脈俱斷，奄奄一息。二幫幫眾翻遍阿堯的行李，竟找不到他必隨身佩帶的「鳳霞金冠」。

承平之世，兩名神祕殺手，一名行刺天風浩蕩幫主未果，一名重傷王青阿堯，他們在看似和平的江湖，蒙上了一層不安的陰影。

但江湖中人此刻尚且未知，三個月後，將有第三個震驚中原的殺手，現身望君崖。

和平暗影四

望君崖（一）

暮秋，天甫破曉，寒露似嚴霜，鋪滿了細小的山徑，一路蜿蜒到蕪芯門的山門前。

這是一條山野樵夫經常走動的小徑，在此時刻，可見到三兩樵夫錯身而過，盡是粗布衣服、滿面風霜，他們是一群勤懇的老實人，彼此熟悉，匆匆相逢亦不忘帶上幾句簡短寒喧，即使面對陌生訪客也不例外。

「早啊，教書先生，您又來拜訪大師？」

那貌似書生的旅人向親切問候的樵夫們微微頷首，踏著溼氣，仰望遙不見影的山頂，任金色晨曦灑在他松柏般的身形、一頭少年老成的蒼髮，和他背上那半身長的字軸。

約莫走了一個時辰，他佇立蕪芯門前，看見巍峨山門後矗立著一座高塔。他繞過高塔，來到塔影下的一間小茅廬，發現一位樂呵呵的胖大和尚，敞開袈裟，坦著肚皮納涼。他趕緊上前恭敬一揖，道：「大師早安，晚輩墨塵冒昧求教。」

胖大和尚一見墨塵，笑容頓時消散，虎起臉大喝：「誰叫你來？你來幾次都一樣，不收！」

墨塵不顧大師下的逐客令，抱拳跨步一跪，喊道：「晚輩是真心誠意，求悟能大師開導！」

「真心誠意？」

悟能大師跨蹲在墨塵面前，歪著頭，覷著墨塵憔悴的面孔，問道：「錢呢？」

墨塵緊抿雙唇，無言以對。悟能亢聲斥道：「沒錢免談，滾！」然後聚氣一掌拍在墨塵額上，將墨塵擊飛五尺之遠。墨塵翻身再起，又是恭敬抱拳一跪，但悟能毫不理會，兀自整理袈裟，收束衣帶，邁步入塔。

這一個月來，墨塵每日就這麼上山求師，就這麼被悟能一再惡狠狠地打擊，拒之於門外。但他全無喪志，仍就這麼死皮賴臉的侍立在旁，貌似在企求那一丁點薄如朝露的祈望，祈望悟能大師終有一天願意開恩。

今天，從日上三竿起，自午至未，蕪芯門陸續有諸多要人，絡繹來訪。悟能大師身為江湖豪俠所嚮往的「天下五絕」之首，又是無心門的創始幫主，訪客自然也非泛泛之輩，當中不乏朝廷名臣和地方豪族。這些錦羅華緞，珠簪玉環的貴人，大師盡皆以禮待之，邀至高塔中拜佛打禪，享用素膳，眾人皆顯露慈藹莊嚴肅穆之相，盡在言談間彰顯其所頓悟之世間佛理，玄之又玄，卻也俗之又俗。

酉時，天色已昏暗，白天的貴客陸續下山，此時卻有兩人兩騎來訪，其中一騎正是群英決總堂主，凌雲雁，另一騎則是群英決首席大師兄流雲飄蹤。悟能邀他們到高塔旁的小茅廬中品茗，苦守在外頭一整天的墨塵，也被凌雲雁邀了進去。

一開始，凌雲雁和悟能聊著言不及義的風月俗事，相談甚歡。茶過一巡後，悟能忽然傾身向前說：「話說凌施主，貧僧最近還聽說了一件有趣的事。」

「哦？大師不妨說來聽聽。」

「這不好說，」悟能樂呵呵笑道：「事關群英的未來，且當事人就在眼前，何不由凌施主來說？」

凌雲雁一愣，搖首笑道：「果然甚麼事都瞞不過大師您。的確如您所料，雲雁已稟報墨副幫主，數個月後，將挑選一班菁英，另立群英分會。僅因一切都還在未定之數，是故至今尚未正式宣布。」

一旁的墨塵吃了一驚，問道：「堂主，如今群英聲勢雄旺，為何要設分會，這樣豈不是分散力量？」

「正因為聲勢雄望，才要選在這個時候建立分會。嚴選少數精銳於分會，作為群英對外爭戰的主力。而總會則陸續召募江湖有志之士，廣納百川，由墨飄零副幫主統領，上官楓輔之。兩會各有其職，相輔相成，對群英助益甚大。再者，兩個月前的意外，怕是群英內部有了內奸，暗通情報，若能趁此機會隔絕細作，亦是上策。」

流雲飄蹤和墨塵聞言亦點頭稱是，原來在兩個月前，群英決發生了一樁行刺總堂主未果的大事。話說朝廷對江湖中人始終抱持猜疑，稍有見識的江湖人士，對此心知肚明，便會主動輸誠，自發地率領武功高強的幫眾，巡守城池市集四周，助官軍弭平土匪山賊等惡徒，此舉一來可博取人民好感，二來可降低朝廷對江湖幫會的戒心。

意外發生在某天清晨，一批群英幫眾巡視城池周圍，為首者正是群英總堂主凌雲雁，出陣前宣達：「我接獲線報，今日將有一批匪眾侵擾此地，約莫百人，為數眾多，務求盡誅之而絕後患。諸位，群英既出，絕不言敗，分所當為，戮力以共！」

諸眾齊心一諾，朗朗出隊。行至山谷之間，忽聞遠方傳來陣陣策馬嘶鳴聲，且揚起陣陣沙塵。凌雲雁見狀，舉起手勢，群英諸眾隨即分成數支小隊，將採分兵合擊之策。

其中，水中月、臨光二人，自當先鋒，襲擊匪眾。水中月拋出一滴忘川水，隨即膨脹成一片雨雲，伴隨雷聲隆隆，下起一場滂沱大雨，斗大雨滴如箭芒，從匪軍上頭傾洩而下，戰場頓時揚起七里腥風，待風雨消散，徒留一大攤肉汁血水，死者竟不見全屍。

「咿咿咿！」

其餘土匪見此慘狀，盡皆失去戰意，倉皇撤退。臨光見機不可失，一躍而起，竟然就這麼衝入敵陣之中，只見他婆娑轉身之間，衣帶舞起四射光芒，撫照之處，敵人若非削去面皮，便是身首異處。凌雲雁見此彼局勢底定，再舉手一招，便與流雲飄蹤率領諸位群英幫眾，殺入敵陣，而其他小隊亦自四面八方包夾，將土匪諸軍一網殺盡。

豈料，戰事即將落幕之際，忽地從亂軍中閃出一道黑色身影，蒙面而來，抽刀一步直逼凌雲雁，眼看利刃就要劃開凌雲雁的咽喉，這時凌雲雁身邊及時冒出一人，身形矮小，戴一副血皺面罩半掩住臉孔，信手一筆當前，筆管不偏不倚，接下刀尖，刀尖勁道猛烈，刺入管中三寸。

凌雲雁趁此破綻，抽劍便要砍下這殺手的頂上人頭，群英諸人也四面包圍，一併殺上，但這刺客反應極快，眼見一擊不成，立馬翻身，避開了凌雲雁的殺招，蹬腿一躍，迅速逃離戰場。事後，群英幫眾大肆搜索附近地區，兩個月來，竟無所獲。

當晚，在悟能的茅廬中，凌雲雁思忖著說：「當時若非太歲為我擋下刺客的致命一招，雲雁恐怕將魂歸九泉之下。謀畫此計之人必定在群英內暗藏細作，一方面將匪徒的行動祕報給我等，誘使我親自領隊出征，另一方面又差蒙面高手藏身賊眾之中，趁亂行刺。照此看來，搜查內部細作勢在必行，便趁此建立菁英分會的機會，以遴選名義，再次調查群英諸幫眾的背景，可收一舉數得之效。」

流雲飄蹤點頭稱是，說：「堂主所言甚是。這麼說來，建立分會確實勢在必行。」

「可是，貧僧想問的，可不是這種蒜皮小事哩！」

群英三人望著悟能，凌雲雁開口試探道：「悟能大師，您所指的是？」

「在場的施主，真的，都很假。」悟能嗤嗤賊笑，反問：「尤其是您，凌施主，您真的很假。甚麼總會分會、細作內奸的，都怎麼能比得上群英決堂堂大師兄的終生大事重要呢？」

流雲飄蹤聞言吃了一驚，失聲而問：「我的終生大事？」

悟能抱手坦坐，一副坐觀好戲樣。凌雲雁則以手撫額，苦笑而嘆道：「果然，真的甚麼事都瞞不過大師您。」

流雲飄蹤聞言，猛地轉向凌雲雁。凌雲雁解釋道：「流雲，你知道令尊一向擔心你，深怕你一心向往至極武學，耽誤了終生大事。他老人家近日已為你安排一樁親事，特地私下找我，求我說媒。因為他知道只有我說得動你。」

「總堂主，您竟然沒告訴過我！」

「你先別急，總之，我暫時將這件事敷衍過去，以後找個理由打發掉便了。你們也不必再猜疑。」凌雲雁說：「之所以隱瞞你們，我當然也有苦衷。」

「有甚麼好苦衷的？」悟能笑道：「總堂主何不明講了？之所以隱瞞諸位幫眾，是因為女方不是別人，正是西邊府的大千金，群英決的馭車者。」

「劈啪！」

墨塵手中的茶杯滑落，摔成碎末。他整個人則踉蹌數步，癱倚著草牆。凌雲雁亦垂首無言。

「迸！」

流雲飄蹤拍桌而起，亢聲斥道：「總堂主！」

衝動之下，流雲自知失禮，勉強按耐住怒火，抱拳一揖，鏗鏘答道：「總堂主，恕屬下拒絕此事。」

「我知道你會拒絕，我也知道，唉，」凌雲雁看了墨塵一眼，嘆道：「知道你為何拒絕。」

流雲飄蹤對凌雲雁的話語聽若未聞，邁步向墨塵，對他朗聲道：「兄弟！別管那些老頭子怎麼講。瓜兒就是你的妻子，你就是瓜兒的歸屬。群英上下，全都站在你這一邊。」

「門當戶對，」墨塵喃喃自語道：「是啊，門當戶對，吾豈不知門當戶對？」

「墨塵？」

「拳劍名家流雲府，五朝三公西邊家，自然是門當戶對。吾豈不知？」

「墨塵？你在說啥？」

「一介布衣，身無分文，欲求心上人執手相伴，豈無異於緣木求魚？」墨塵闔眼仰首，再止不住雙淚垂頰，說：「吾希冀效力群英決，一博江湖名聲，自學劍法，求大師之執教，寄望他日師成，功名相映，得西邊大人之青睞，終償宿願。吾豈不知，也許一切都只是妄想，是啊，妄想……」

「墨塵！」

流雲飄蹤暴怒，兩掌拍在墨塵雙肩，猛力搖著他，怒斥道：「不准你說這種話！不准你就這樣喪志！不要管那些瞎了狗眼的老頭子說了什麼做了什麼！你是墨塵！是『墨風劍』！群英決四奇！瓜兒的心上人！你膽敢就這樣放棄，我第一個就先賜你三刀六洞！你就不配做我的好兄弟！」

面對暴怒的流雲飄蹤，墨塵以無言應之。此時凌雲雁悄聲而起，以手勢喚悟能到一旁，低喃而怨道：「大師，何苦如此對待一個晚輩？墨塵出身平庸，武學資質卻驚人，且懷不凡之志，非鄉野燕雀所能比擬。雲雁收他入群英，既是惜才，亦是深信其將來必有一番偉業。大師何必苦苦相逼，非要將這麼個可造之材，連根摧殘殆盡？」

「哦，這樣就是摧殘殆盡？」

「雲雁亦知，墨塵這一個月來，連日求教大師授其武學，卻屢遭羞辱。今晚大師又肆意點破流雲的媒妁之局，欲令他心死」凌雲雁蹙起眉頭，問道：「大師一向隨和近人，如今對瞅會的年輕後進，卻連一點餘地都不為他保留？」

「保留甚麼？」悟能笑問：「不經大破，何以大立？如果墨施主連這麼點打擊都承受不住，試問他還擔得起甚麼偉業？」

凌雲雁無言以對，只有長嘆，與流雲飄蹤、墨塵二人一同離開茅廬。三人兩騎的身影，就這麼隱沒在月色下。茅廬中剩下悟能一人，為爐子添些柴火，盤坐品茗，自得其樂的哼歌。

「凌總堂主說的不無道理，悟能。」

悟能身邊出現兩道身影，不知是從何處、在何時潛入茅廬。悟能亦不驚惶，添了兩杯茶給這兩位不速之客。他們與悟能同為「天下五絕」，一人是上官風雅，另一人則是無始劍仙。

上官風雅又問：「何必如此逼迫一個孩子？這一點也不像你。」

「貧僧沒上官您如此好雅量，對年輕人如此寬大，」悟能笑道：「想要貧僧的『穹蒼』，可沒這麼容易。」

「『穹蒼』？」無始劍仙臉色一驚，問道：「兄弟，你當真？」

悟能呵呵一笑，不再作聲，看窗外月色正好，樹影扶疏隨風生姿。

和平暗影五

望君崖（二）

四更天，天微清，水鄉萍蓮萬籟俱寂，惟一棟三層近水樓臺「萍水」，仍然燈火通明。此樓外表甚是樸實無華，深入其中，可見其陳設盡皆雅致，除名士筆墨字畫藏書外，並羅列四地八方風土文物，這些都是樓房主人，萍蓮鄉涼空居士的畢生收藏。涼空居士閑隱此樓，但她生性好客，歡迎各方人士蒞臨拜訪，交流見聞，是故，樓中時常高朋滿座，江湖中人盡皆以得一訪「萍水」為榮。惟獨這三天來，樓房大門深鎖，拒見外賓，只為了接待數名貴客。

這群貴客來自群英決，有總堂主凌雲雁，以及群英大師兄流雲飄蹤、群英四奇之上官楓、蕭寒、和墨壐，此外，來自霜月的群英借將，水中月，亦受邀參與此次密會。

是夜，群俠自二更天時挑燈，至四更天仍未入眠，細細商討籌辦群英分會事宜。籌辦分會如此機要之事，竟特意選在「萍水」，原因無他，正是為了防止總會內的細作探聽到任何機密消息，壞了大事。

三樓廳堂的十數盞巨燭，燭火相連如龍，圍繞著群英決諸俠。諸俠將刀劍置於一旁，埋首卷軸陳籍，當中凌雲雁雙指按揉眉心，問眾人道：「還有什麼要注意的嗎？」

蕭寒細覽清單，答說：「稟報總堂主，萬事皆備。按此計畫，咱們入冬時為分會謀一處寶地，立起高樓，來年立春時，諸事盡可完成。」

凌雲雁點點頭，又對上官楓說道：「總會幫務諸多繁雜，有勞楓君多相助了。」

上官楓抱揖謝道：「上官楓在所不辭，必鞠躬盡瘁，助我群英。」

凌雲雁笑道：「鞠躬盡瘁倒也不是必須，為所當為。」

流雲飄蹤突然插口問道：「慢著，但是分會要取什麼名字？」

眾人面面相覷，凌雲雁一拍大腿，朗聲笑道：「對啊！怎麼沒人想到這麼重要的問題？」

水中月提議道：「既然群英分會將由總堂主來主持，就叫『雲雁樓』吧！」

不等群俠回應，凌雲雁馬上否決，拱手笑道：「不可、不可，水姑娘，太過招搖了，雲雁敬謝不銘。」

水中月碰了個軟釘子，笑笑不答，推窗見外頭已是五更天，半明夜空晴朗，水天之間層色重疊，點點晨星與零星漁火相映。暮秋時節，寒霜甫降，清晨便可見雁群排成人字形，南下渡海。晨曦初露，照出一片橙亮雲彩。

水中月見此景色，突發感慨道：「雲曦塈晴空，迴雁天露蹤。」

此時涼空居士端來一壺醒神黑茶、數盅異邦貢果，招待群英眾客享用。她聽到水中月的吟詠，笑而提議道：「水姑娘說的好，諸位不是在想分會名字？就叫『雲曦迴雁樓』如何？」

凌雲雁擺擺手，笑道：「不成啊！這，還是雲雁啊！」

「但是總堂主，這名字確實不錯，」墨塵欣然道：「群英俠眾沐晨曦，大雁雲蹤齊聚義。」

諸俠聞之，盡皆讚賞，紛紛鼓吹凌雲雁從之。凌雲雁在百般鼓譟之下，苦笑一聲，終於首肯。自此，群英分會「雲曦迴雁樓」英名既定，這名字在日後，將於江湖上打出一片響噹噹的名聲。

既然大事已談妥，群英諸眾便與涼空居士互道話別，四散而去，流雲飄蹤見墨塵又往蕪芯門的方向而去，追問道：「墨塵，你還要去找那位大師？」

墨塵點點頭，流雲飄蹤嘆道：「何苦呢？那大師根本視你如無物。你也不想想他是怎麼對你的？」

墨塵笑笑不答，抱拳一揖便辭別。流雲飄蹤目送墨塵的背影消逝，一嘆置之，逕自到鄰近市集吃早茶。萍蓮的市集傍水設攤，每處攤子後頭便是碼頭，水上人家往返碼頭間，一舟舟小船滿載漁蟹水產，依序上貨，水上行舟如龍，陸上遊車如流，很是熱鬧。

儘管流雲飄蹤一夜未眠，但是此刻仍舊精神奕奕。他選了一處攤子用餐，竟巧遇堯兒長老，兩人問候寒暄一番，點了幾盤水上人家的家常小菜，叫一壺菊花茶，就這麼吃起來。

閒聊間，流雲飄蹤談到了他的身世。流雲府是武學世家，世代習武皆有所成就。在流雲府的武學脈絡，可概分為拳宗和劍宗二大派系，二者顧名思義，前者著重拳招，收斂內勁，發乎拳掌，後者長於劍式，招式靈巧隨機而動，務求制敵，卻無常規可循。流雲飄蹤則憑藉其天賦，集兩派之大成，以拳宗的內功鍛鍊渾厚氣勁，並發揮在劍宗萬變無常的招式中，是故，流雲府極其珍視這位將來的家族繼承人，將他委託給當時的一代江湖名士凌雲雁，並令他任事於群英決。

論年齡，流雲飄蹤僅次於總堂主凌雲雁一、二歲，然而後者自少年時便闖蕩江湖，其歷經十數年寒暑的閱歷和滄桑，盡顯露在外貌氣質上，兼以長官和部屬的身分有別，流雲飄蹤總是不自覺地將凌總堂主視為大長輩，並如對待師傅般地敬重他。

至於堯兒，流雲飄蹤僅知他曾拜師名士，年紀輕輕便掌理霜月閣井井有條，然而他的出身、經歷，盡皆成謎。即便當面問及，堯兒亦如平常那般一笑，迂迴而答：「身世這種東西，還是不宜太過彰顯的好。流雲公子，如果你同我一樣，經歷過當年的黑暗時代，你會明白我所說的話。」

看著流雲飄蹤滿心不服的神色，堯兒補充道：「我只能告訴你，我起碼死過四次、活過四次。江湖人心之險惡難測，我以自身的家世和性命，血淋淋地體驗過。若非天下五絕屢次相助，我或許活不到今天。」

流雲飄蹤聞之，臉上不禁浮現關懷和敬佩之意，並帶有一絲困惑。他問堯兒：「以我的立場，問這問題似乎不妥。但是既然天下五絕於你有恩，你又何不……」

「何不逕投無心門，為之效力？是嗎？」不等流雲話盡，堯兒先答道：「原因有很多，一時難以詳盡，也不便於此刻道破。我只能求你相信，我於霜月或群英，並無危害之意。」

流雲飄蹤正要再次發問，忽覺雙肩一沉，便問候道：「大前輩，您也來了？」

跨上流雲雙肩的正是臨光，他笑道：「流雲公子，是你當初答應我坐到滿意了再下來，現在反悔也來不及囉！」

流雲飄蹤笑道：「當然，前輩請自便。倒是沒想到，你竟未曾出席『萍水』之邀」

臨光笑笑，回答：「我另有要事，等會你自然明白。」說完，他轉向堯兒正色問道：「話說阿堯世子的命案，可有頭緒？」

堯兒無奈搖頭，臨光又問：「那『鳳霞金冠』呢？」

「同樣下落不明。」堯兒說：「話說回來，『鳳霞金冠』不過前朝遺物，江湖人心各異，又有誰會真心聽命於一頂金冠？」

「不能這麼說，畢竟共主的名分，可是令幫會名正言順，伐逆命、令不臣的大旗。」

兩人聞言俱不作聲。流雲飄蹤曾經從家人口中，略為聽說這金冠的來歷。據傳它是某朝皇帝下令江湖各大幫會為之輸誠的信物，江湖大小幫會曾締結盟約道：「得金冠者，得為全江湖之共主。」儘管朝代更迭不已，鳳霞金冠仍舊流傳於不同的主政者手中，最後傳到阿堯手上。然而正如堯兒所疑惑的：江湖中人恣意成性，豈會真心聽命於一頂冠帽？

流雲飄蹤要再次發問時，忽然瞥見劍奇白龍海，他一身正裝，身揹漆黑長劍，腰繫白鱗短銃，騎一匹高大駿馬，毛色閃亮如天上星光，輕蹄答答踱步穿越市集。而令流雲飄蹤吃驚的是，馬背上還有一位溫婉女子，手抱古琴，綽約身姿如出水芙蓉，她正是天風浩蕩的琴師，漣漪。

劍奇白龍海攙扶漣漪下馬，向流雲飄蹤、堯兒和臨光一揖，堯兒回禮道：「久違了，劍奇白龍海，難得見你帶著女伴。」

劍奇白龍海笑笑不答，向漣漪介紹群英諸位俠士後，拉兩個位子坐下，點兩盤麥餅，沖一壺鐵觀音，以茶代酒，舉杯與諸俠互敬。

茶過一巡，漣漪問劍奇白龍海道：「不知先生約小女子會面，有何貴事相求？」

「姑娘，妳懂愛嗎？」

劍奇白龍海這沒頭沒腦的劈頭一問，在場的流雲飄蹤、堯兒和臨光都大吃一驚，漣漪更是蹙眉而問：「先生，這玩笑過分了。」

「這不是玩笑。」劍奇白龍海又說：「當時在『阿房春熙』，在下聽了妳的琴聲，真是驚為天人！」

漣漪微微欠身答謝，但神色仍舊困惑不已，又問：「先生過奬了，但是為何出此言？」

「姑娘，妳的琴聲真的很美，但是，沒有愛。」劍奇白龍海嘆道：「在下從妳的琴聲裡，聽不到妳的真感情，妳心中對一個人的愛。姑娘，妳正值風華最盛的年紀，為何心中卻沒有愛？難道在妳身上發生了甚麼事，令妳不願去愛？」

漣漪的臉色則由白轉紅，一言不發，兀自轉身離開，留下劍奇白龍海任由眾人調侃。劍奇白龍海徒然長嘆不已：「唉，可惜。在下並無戲侮之意，但姑娘還是誤會了。」

流雲飄蹤拍拍他寬大厚實的臂膀，安慰他道：「白龍，別介意。話說你果然不愧為我群英決之愛的傳人。」

「謝謝你，大師兄。」劍奇白龍海又說道：「在下當窮盡畢生精力，為中原世人宣達這真諦。」

「你宣教的誠心我心領了，但是敬謝不銘，」流雲飄蹤笑說：「我現在只想專心在精進武學，致力江湖和平。不容自己分神於男女感情事。」

「大師兄何苦出此言？」劍奇白龍海仍不死心，勸道：「愛，是天地萬物繁衍的根源，亦是人心之所向。可以說，人一生所欲為善事，盡皆為愛所驅動。」

「說的倒好聽。」臨光不知何時攀下流雲的雙肩，提議說：「咱們移師戲臺吧！聽說今天來了一位新歌伶，一曲索價一千兩。」

堯兒訝問：「這可真是天價！甚麼樣的新人竟有這膽識，如此自抬身價？」

一夥人遂移師戲臺棚子，見一粉墨歌伶鶴立臺上，身形看來是個結實健朗的男子，但見其柳眉杏眼，持一摺扇半遮面孔，柔美氣韻竟然不亞於女流。他在面前擺了一具七弦古琴，凝望臺下的觀眾和臺前一只打賞箱，箱子裡早裝滿了銀兩和銀票子。

此時有個人投入約莫一百兩，喊道：「又一千兩了，歌神，請獻一曲！」

眾人鼓譟間，歌伶「啪它」收起摺扇，撥弄琴弦，弦音鏗鏘，待他輕啟絳唇，歌聲似笑帶泣，婉約鶯轉於太虛間，眾人聞之，無不陶醉。

當流雲飄蹤癡醉於臺上歌聲時，臨光悄聲點醒他道：「趁現在不會被打擾，不妨告訴你們，我這兩天發現的事。」

說完，臨光遞出一張告示，眾人打開一看，臉色全失。告示上面寫道：「五方俠士策馬行，絕塵蹄聲穿雲峰，欲獻金冠無處覓，反思人心歸何蹤？」

流雲飄蹤迅速摺起告示，啞聲問臨光道：「前輩，這告示的訊息，知道從哪傳出的嗎？」

臨光搖頭表示不知，又道：「這消息才剛在水都一帶流傳，但遲早會傳入其他主城。基於幫會情誼，咱們應該要警告他們才是。」

大夥一致贊同，離開戲臺棚子。這時忽見一騎，奔向流雲飄蹤面前，是一位流雲府的使者，下馬抱揖直說道：「公子，出事了。得麻煩您一趟。」

流雲飄蹤慌張問道：「家中發生何事？」

「不是家裡，是西邊府。」

使者簡約向流雲飄蹤說明事情的來龍去脈，流雲飄蹤不禁頓足而嘆：「真是，一波未平，一波又起。」便連忙向眾人辭別，上馬離去。策馬古道上，流雲飄蹤忽道：「不對，這事還得找墨塵才是。」於是扭轉轡頭，又往蕪芯門。

和平暗影六

亂世也罷，和平也罷，醫術始終是門好生意。因此，市集不乏有叫賣醫術的江湖郎中，各憑本事，在人來人往間求生。

望君崖（三）

清晨，蕪芯門的山徑下，便來了一位仙風鶴骨的道人，他身材高大，留三縷銀白長鬚，穿著一身華麗道袍，手持一串虎撐環鈴「磯鈴鈴」、「磯鈴鈴」的搖著，身旁還跟著一位侍從。待圍觀的人漸漸多了，侍從清清嗓子，喊道：「各位蕪芯門的鄉親父老，這位仙人乃來自天道，師承一代天地宗師『臥龍殘焰』，人稱拉薩米亞九轉活佛的道醫名人『米亞神君』，今日蒙命運之神的召命，特來此貴寶地。貴寶地果然是洞天福地、地靈人傑，明山如詩、秀水如畫！多麼叫人感動啊！」

侍從尚未說完，人群中忽然匍匐出一癱瘓男子，在一連串驚呼聲中爬行到米亞神君身旁，抓住他的道袍哀求道：「仙人，我找您找了好久。我久病未癒，如今腳不能行、食不下嚥，聽聞仙人的仙丹能治百病，求仙人授我仙丹，索費萬金也無所謂。」

「米亞神君」扶起那癱瘓男子，淡定道：「貧道乃天山得道居士，救人於水火之中，乃是貧道一生志業，又豈是為了區區萬金而為之？這位老爺，您今日蒙命運之神寵召，得以遇見貧道，貧道便授予您這味「天山九倍丹」，莫道萬金，僅收您煉丹的仙材工本，約莫百兩即可。這『天山九倍丹』神奇之處在於……」

「哦？腳不能行、食不下嚥？」

某位神祕行腳醫，一身黑衣，用一只斗大竹笠掩住他的臉孔。他腰配一把短劍，又掛了一只虎撐環鈴。他不知何時闖入人群之中，蹲下身來，觀察那癱瘓男子的病狀。

「讓倚某也瞧瞧。」

話說完，不待那癱瘓男子的反應，只見那姓倚的取下斗笠，信手一爪，掐住男子雙頰，與他四目相望。男子吃了一驚，不敢動彈，更說不出話。「米亞神君」和侍從面面相覷，束手無策，只得在一旁諄諄勸道：「這位同行，請善待病患。」

姓倚的聽若未聞，指間稍一使勁，那男子便自動張開了口，任由這位行事神祕的行腳醫擺布。只見他手持一根小木棍，在男子口中挖啊掏的，痛的男子連聲直呼「嘔噁」。那醫生又伸手抓住男子手腕，觸其脈象，最後一掌拍在他的額頭上，將他拍退數步。

「色白、脈滑、肝氣鬱結，但不至於癱瘓才是。總之，讓倚某下個兩針看看。」

說罷，那行腳醫探手入囊，掏出兩根亮晃晃的二尺銀針。

「咿咿咿，娘親啊！這跟說好的戲碼不一樣啊！」

男子看到那兩根長如前臂的銀針，嚇得立馬翻身，輪起雙腿飛奔逃離，其癱瘓病亦看似不藥而癒。姓倚的醫生遠遠招呼說：「保重，兄臺，藥費就免了。」

米亞神君和其侍從的騙術被揭穿，一時羞憤，顧不得旁人還在對他指指點點，遷怒姓倚的大夫，齊聲斥道：「擋人財路，可恨！」他倆舉起拳頭就要打下去，卻一個被一掌拍飛，另一個被伸手掐住了臉。

「你病的比他重，」大夫盯著米亞神君，一眼立斷，告誡道：「沉緬酒色三年之久，腎氣盡失。從現在起遠離酒色，修身養性，大概還可以活個十年。否則，不出半年。」

那騙子吃了一驚，脫口道：「胡謅！」

「看在同行情面，倚某開張方子給你，算你一百兩。費用待下回見面再付清即可。」大夫笑道：「若遇不著面，可托人代送：歸燕谷，倚不伐。」

倚不發道出名號，群眾盡皆譁然。

「原來是那歸燕谷的名醫，倚不伐！」

凡是那些識得倚不伐名號的，立馬洶湧團團圍住他，求其問診。倚不伐氣度從容，來者不拒，而他那俠風四溢的「望聞問切」手法，亦不曾有絲毫收斂。他就這麼自辰時忙到午時將至，求診民眾終散。倚不伐喘口氣，收拾行囊，轉移陣地，正好與墨塵錯身而過。倚不伐不經意望了墨塵一眼，並未將所見異相放在心上，找到了一間奉茶亭，點一壺清酒，兩盤點心，就這樣吃起來。看遍野稻黃般的蕪芯草，隨風律動，形成一層層金色波浪。

倚不伐正凝望眼前良景出神，忽見店小二送上一盤肥美的清蒸鱖魚，說是隔壁桌客人付了錢的敬菜。隔壁的客人坐定倚不伐面前，舉杯敬酒，倚不伐亦不辭讓，就這麼吃喝攀談起來。

酒過三巡，那陌生客人望著窗外說：「寒霜甫降，就要入冬。」

倚不伐押杯頷首道：「正是，估計這幾天，便是第一場冬雨。」說完，他盯著那陌生人問：「蒙兄台破費，請問您找倚某有何事？」

陌生人一笑，問：「久聞倚大夫博學多識，試問，您可曾聽過『穹蒼』？」

倚不伐將這問題、和眼前問這個問題的人，細細思索一番後，回答：「略知一二。」

「那麼，倚大夫可曾親眼見過『穹蒼』？」

「倒是沒見過。」

「喲？或者，憑倚大夫長年閱人，可辨識得出何人曾收得『穹蒼』？」

「憑倚某，或許能光憑雙眼看得出些許徵狀，」倚不伐笑道：「但是，關乎個人功力修為，還是得親手試過一招，方才有個準吧？」

「所言甚是吶！」陌生人聞之怏然，笑而舉杯，再與倚不伐相敬，聊過好些風月話題，乘興辭別。倚不伐目送那神祕男子的背影離去，神色極其肅穆。

此刻午時已過，蕪芯門除了墨塵以外，並無其他訪客。而悟能大師一如往常，對墨塵極其冷淡，只要墨塵欲趨上前求教，便迎面一掌拍退他。墨塵亦如往常般謙恭有加，然而秋陽肆虐，他忍受著烈日，冷汗淋漓，身體似乎已承受不住，僅憑其一股意志支撐住身子，不至於頹然倒地。

這時他聽到水中月的聲音：「畫圓，持盈抱虛。」

墨塵照著水中月的指示，手勢抱圓，深吸長吐。水中月又誦口訣道：「馭氣若水，氣聚丹田，而發乎末，流經脈絡，輪迴循環。」墨塵隨水中月誦唸口訣，神色終顯舒緩。

「下山罷！」一旁遠觀的悟能忽然開口道：「貧僧沒甚麼能傳授給施主的！」

說完，悟能拂袖而走。墨塵正要開口，忽然聽見馬兒嘶鳴聲，原來是流雲飄蹤飛騎上山，招呼墨塵喊道：「墨塵！隨我到西邊府。家父自作主張，備了聘禮庚帖，遣親信至西邊府求親去了。我正要去當面取消這門親事，你也隨我來。」

墨塵一怔，卻不肯行。流雲飄蹤急切又問：「墨塵，為何不走？」

墨塵長嘆而問：「大師兄，吾既非屬流雲府，亦非西邊家。吾一介外人，當以何身分與大師兄隨行？」

流雲飄蹤聞言而怒，忿忿不平的神情溢於言表，但他自知冒失在先，勉強收攝怒氣，正色勸道：「墨塵，我明白這次是我操之急了。就像你說的，你並非我們兩家的家人，但事關瓜兒的終生大事，難道你僅憑一句外人託辭，即可置身事外？若你志在迎娶瓜兒，遲早也要面對西邊府的族勢，可不是？」

語畢，流雲飄蹤再不容許墨塵有任何推辭，便帶著他一同前往西邊府。到了府外，兩人便察覺到氣氛有異。流雲、西邊兩家家丁成批進出大門，持刀舉槍，在第一重門外擺下陣形，朝內戒備。與其說是迎接貴客，反倒更像是防範入侵的外敵。

流雲家的大管家負責指揮陣形，見到流雲飄蹤，趕忙迎上前道：「大公子，沒想到您也來了，真是萬幸。咱們與西邊府的人馬，只得擋住那嬌蠻姑娘不騷擾到兩家老爺，卻拿她沒其他辦法，著實慚愧。」

「哪位嬌蠻姑娘？」

「她自稱是西邊府千金的師姐，說甚麼不允許她的師妹嫁給群英啥的。」

流雲飄蹤明白，是灵蝶來阻撓這件親事，長嘆一聲而道：「看來我到的正好，讓我進去勸她看看。」

走進第一重門，流雲飄蹤便看見眾多家丁團團圍住一名妙齡女子，正是灵蝶。灵蝶冷眼面對眾人，身旁有上百隻細紋白蝶飛舞護身，她既不打、亦不退，更不打算逃跑。

「流雲飄蹤？」

灵蝶看見流雲飄蹤的身影，瞇起雙眼，壓抑怒氣而問道：「就是你要娶瓜兒？」

「灵蝶姑娘，這是誤會。」流雲飄蹤搶先一揖，辯解道：「這是雙親私訂的婚約，我事先並不知情。我今天便是來取消這門親事的。」

流雲飄蹤無視家丁們驚惶的眼光，又道：「我自會向兩家的父執輩解釋這件事，擔起這份責任。請灵蝶姑娘您相信，我和瓜兒是清白的。」

倘若流雲飄蹤自忖，他的這番表白能平息灵蝶的怒氣，顯然他是大錯特錯。

「你把瓜兒當成了什麼？敝屣？粗帚？」灵蝶亢聲怒斥：「一個女孩人家的一顆心，就這麼任由你們這群臭男人召之則來、揮之則去？」

流雲飄蹤驚覺失言，連忙辯解：「絕非如此！我對瓜兒並無輕慢之意。當前我志在精進武學修行，無心於男女情事之上。」

「你瞧不起咱家瓜兒？」灵蝶咄咄逼問：「論外貌、人品、修為，瓜兒哪一點配不上你？」

「配得上，當然配得上。」

「少往自己臉上貼金！你以為自己配得上我師妹？」

流雲飄蹤一陣苦笑，再一次辯解道：「我絕無匹配西邊府千金的妄想，亦非玩弄女性的好色之徒。我現在只想鍛鍊自身武學修為，精進至化臻完美的境界，至於其他事情，著實不敢多想。況且西邊小姐早心有所屬，兩情相戀，我萬萬不可奪人所好。」

「兩情相戀？聽起來，流雲大公子你也認識『他』。」灵蝶抑制住怒氣，壓低聲音，靜靜地問道：「是誰？」

「吾。」

不等流雲飄蹤開口，墨塵應聲而出，一抱揖後，雄朗回答：「吾對瓜兒是一片真心，天地為證。」

眾家丁聞之色變，流雲飄蹤先是一怔，失聲笑道：「哈哈哈，好樣的，墨塵。這才是堂堂群英豪傑。」

「你也配？」

流雲飄蹤話未說完，灵蝶已按耐不住，盛怒之下一閃逼近墨塵，朝他胸口就是一掌！那一掌乃乘勢而發，其威力又加倍。墨塵無從閃躲，也無意閃躲，被一掌拍退了十幾步，靠自身內勁接下此招，這掌中蘊含了灵蝶十成內勁，令墨塵差點站不穩身子，一陣暈眩，癱軟跪地。

「墨塵！」

「墨塵師兄！」

西邊一顆瓜趕回西邊府，正好目睹這一擊，她驚呼一聲，衝向墨塵身邊，敞開上衫驗其傷勢，只見墨塵厚實胸膛上，印了一掌血一般鮮紅的印子，可見其掌勁之強大，出手毫不留情。

「蝶師姐！」

西邊一顆瓜又氣又急，對她的蝶師姐卻又說不出半句氣話。反倒是墨塵站起身子安撫西邊一顆瓜，喘著氣說：「瓜兒，沒事，吾的傷不打緊。」

另一道身影隨著西邊一顆瓜走進了西邊府，是西邊一顆瓜和灵蝶的大師兄，上官風雅的開山弟子，靈稀。他命灵蝶道：「收手，蝶，妳鬧的過分了。」

灵蝶又看了墨塵和西邊一顆瓜這對情侶，冷哼一聲，說道：「瓜，妳此生所託，當由妳做主，妳要嫁誰我也無所謂。但是，只要是群英的人，就像這樣，」

話未盡，灵蝶忽地信手擊發一只舞蝶暗器，暗器打在牆上，「轟」的一聲巨響，在眾人面前崩塌出一處破洞。

「來一個，我打一個。」

落下這句狠話，灵蝶便跟隨靈稀踏出西邊府大門。上官風雅的第五弟子，天風歌姬夏靈薇，早已備妥馬車等候多時。她猶戴一只薄紗半遮臉孔，向靈稀、灵蝶請安，並招呼二人上車。

在馬車上，上官風雅見到灵蝶，不嗔、不怒，安靜地凝望他的弟子。灵蝶在西邊府曾散發的漠然傲氣，到了她師傅面前便折減大半，在馬車咖答聲中，灵蝶與上官風雅四目相望，沉默良久，終於低垂著眼，自白道：「師傅，徒兒這次知錯了。」

上官風雅微微一哂，問灵蝶說：「妳在西邊府，打了那位群英的墨塵一掌？」

「是的。」

「從那一掌中，妳對那位墨塵的武學修為，可有甚麼發現？」

灵蝶想了一會，徐徐答說：「他的內力深厚，遠超過我所預料。徒兒一時激憤，以十足內力打了那一掌在他身上，卻被他用內力化去泰半掌勁，只留下些微皮肉外傷。可是……」

「可是甚麼？」

灵蝶猶豫半晌，試著將她在當下那一掌攻防間的困惑，娓娓道出：「那位墨塵雖然有深厚內力，卻貌似不懂得馭氣。徒兒感覺到他任由體內豐沛的浩然強氣竄流，衝撞全身經脈，卻拙於用內功運氣護身。這不像是一個練就成如此深厚功力的習武者，所應當有的行為。」

「他拙於馭氣，是因為他從未曾練就成如此深厚的功力過。」上官風雅聽到了他要的答案，嘆道：「恐怕連他自己也要花費好些時日才會發覺，悟能的『穹蒼』已得傳人。」

「果然是那位墨塵嗎？」靈稀低呼了一聲，問道：「沒想到劍仙師叔所言，竟一語成讖。但是悟能師叔正值青壯之時，功成名就之頂巔，何以選在此時開啟『穹蒼』？」

「急流當思勇退，」上官風雅笑而反問靈稀：「亢龍尚且有悔，何況我等凡夫俗子？」

靈稀一時語塞，夏靈薇則問道：「請問師傅，您們所說的『穹蒼』是什麼？」

「那是一門氣宗心法。」上官風雅解釋道：「凡習武者修此心法，可以內勁開啟體內十六處『穹蒼』穴位，將其畢生內力，以化臻境之氣運行體外，習武者凡得此化臻之氣，即可將蘊含其間的武學修為，納為己用，即『穹蒼力量』。」

上官風雅又說：「別看你們悟能師叔平日戲謔成性，他的內力可說是咱們五絕之首。想來他也運籌了好些時日，將他畢生功力，以『穹蒼』點滴傳給那位墨塵。何以悟能最後選擇將『穹蒼力量』授予他？為師亦無從知之，然而，既是你們悟能師叔所點選的傳人，想來那位墨塵亦是可造之材，不會壞到哪裡去的。只是，」

上官風雅長吁一口氣，仰望而嘆：「看來無心門，暫時要由為師支撐好一陣子了。」

靈稀再次壓低聲音，又問：「師傅，您想悟能師叔選在此時傳授功力，是否和那謠言有關？」

「你是說那紙公告？」上官風雅又笑道：「這一點不得而知。但是悟能不會在意那些流言的，倘若他親眼見到那紙傳言，八成會說：」

＊　＊　＊

「這首詩，寫的真不高明。」

是夜，在蕪芯門的茅廬中，悟能低吟著那紙告示上的詩句：「五方俠士策馬行，絕塵蹄聲穿雲峰，欲獻金冠無處覓，反思人心歸何蹤？」

「高不高明，並不重要。」送來這張告示紙的臨光，看著悟能樂呵呵的表情，氣急急的警告道：「『五絕欲反』，這可一點也不好笑。倘若是哪個有心人，開上這麼一個玩笑，上奏天聽呢？」

「隨緣、隨緣，該來的劫數終究會來，何須煩憂？」悟能顧而之它，忽讚許一旁的水中月道：「話說，今天貧僧可吃了一驚，原來水施主對於馭氣化勁的心法口訣，竟然如此純熟。」

「這是大師您親口真傳，當然純熟。」

「貧僧所傳？」悟能歪了歪頭，苦思不解，問道：「貧僧以為我們相識不過二、三年，是何時傳授口訣給妳？」

「大師您果然忘了，」水中月笑道：「五年前的齊賢地，一夥山賊下山劫掠民家，大師您搶先我們一步，以一招無心飛刀，取下賊首。當晚，您還傳授我們馭氣口訣。」

悟能恍然大悟，驚呼道：「原來那個小姑娘是妳！」

「是，正是我。」

「那麼說，當晚還有一個小妖怪？」

「甚麼小妖怪？」臨光笑罵道：「我當年就說過，我是返老還童，皺紋不見了。」

語畢，三人大笑。笑完，悟能嘆道：「人世間的因緣，果然妙不可言。五年前曾誓殺天下諸惡徒的小娃兒，如今長得亭亭玉立了，貧僧竟茫然無知。這樣也好，江山代有人才出，說起來，咱們這『天下五絕』啥勞子的，也在江湖待的太久了。」

水中月聞之大為緊張，問道：「大師，何出此言？」

「老而不退，謂之妖孽。」悟能自嘲道：「能和平無事的將這片江湖交給下一代，是最好不過了。只怕錯過了這時機，將來還要多生事端。」

感慨後，悟能端詳手上告示，自言自語道：「俗語云：『趨吉避凶』，然而是在趨求什麼？迴避什麼？生而在世，為的又是什麼？」

悟能一連串的自問不答，令在場的臨光、水中月二人也一時語塞。他笑了笑，忽地起身說道：「時候不早了，兩位施主請回去休息吧！」

「哦，下逐客令了？」臨光問：「那你要做啥？」

「收拾行囊去。」悟能抓著手中告示，賊笑道：「貧僧要雲遊好一陣子，就是一般說的那什麼來著？啊，避避風頭、避避風頭哩！」

臨光不疑有他，又告誡悟能道：「你這一路上可要小心。別忘了當年你們天下五絕打在我身上的那一掌，廢了我起碼三十年功力。你這小命我可預訂了，別就這麼死了。」

「想不到臨光大前輩如此記恨，」悟能促狹地問：「既然如此，貧僧的小命在此，何不就此拿下？」

「少來，我也有尊嚴。」臨光拒而嗤之，答道：「『穹蒼』既閉，你只剩至多全盛時的五成功力，我沒興趣現在跟你打，起碼等你雲遊回來，功力恢復個八、九成再說。」

「那就這麼說定吧！」悟能約道：「貧僧出門後，七天以內，必有消息。再過七天，諸位施主請在此等候貧僧返來。」

說完，他又戲弄水中月道：「貧僧說啊，水施主妳也老大不小了，趁現在正值青春年華，找個好歸宿嫁了，這間茅廬就送妳當作嫁妝吧！」

「免了，大師，這間破草屋您自個留著住吧！」水中月譏嘲道：「要娶我，起碼準備個五十萬兩聘禮，我才看得上眼呢！」

悟能笑笑不響，臨光反而狐疑起來，他追問悟能道：「這麼神祕兮兮的，你這趟遠行，到底有什麼事？」

「有什麼事啊？」悟能將眼光放遠到窗外，用只有他自己聽得見的聲音低喃道：「無事，一身輕。」

和平暗影七

無心門（一）

入冬後的第一場雨，一下，就是七天。

第七個雨天，是悟能和諸人約定，歸返蕪芯門的日子。清晨的蕪芯門，連綿陰霾令人感到不耐，空無一人的茅廬更教人感到不安。

水中月茫然環顧四壁，臨光則拉了張椅子坐下，雙手抱胸，閉目養神。在場還有群英決諸俠，以凌雲雁為首，帶著上官楓、蕭寒、西邊一顆瓜等人，盡皆低垂雙眼，不發一語。

蕭寒打破沉默，說：「上官前輩、劍仙前輩都不在。」

「他們也不便現身吧，」凌雲雁嘆道：「畢竟，現在朝廷風聲正緊。」

朝廷掌權朋黨對江湖中人的態度，就在改朝換代、一統天下後遽然不變。首先，就是對江湖各幫會的施壓，在黑幫覆滅後的這段日子裡，在朝廷施加兵源逼迫之下，原本林立中原各地的幫會一一解散告終，如武宗、授宇、一人幫、絕殺會、血刀門、六扇門，甚至曾經名震中原、江湖中人所嚮往之二大名樓：寧安客棧與朝露酒樓，也在朝廷持續施壓之下關門大吉。在一番整頓後，江湖上僅存群英決、無心門、霜月閣、和天風浩蕩四大幫會，尚有實力在朝野之間站得穩身子。

而在那張暗指「五絕欲反」的告示現蹤市集後，一如江湖諸俠所料，掌權者以此大作文章，劍指無心門，廣發皇令，旨在捉拿天下五絕歸案。一時之間，天下五絕從江湖中人皆景仰的前輩，化身成不可多說的忌諱。

五絕當中，曾多次與衙門為敵的香鰻魚蓋飯，便與朝廷捕快和密探周旋多回。香鰻魚蓋飯選擇隻身挑戰朝廷威信，他一向善於易容欺敵，甚至曾偽裝成朝廷欽差，將一群奉命搜捕他們的捕快，乘隙一腳給踢進河裡。因此，想當然耳，他自然是捕快們首要緝拿對象，並在一次朝廷重兵對峙中，選擇飛身一躍，殺入重兵之中，在一連串兵刃相接的激戰白光後，不知所蹤。

五絕的劍法高人，無始劍仙，對朝廷的態度深感不滿，不惜多次廣發武林告示，陳情抗言。最後，徒勞無功下，他選擇收起名劍「文殊劍」，歸隱山林，少問世事。然而江湖豪俠或許仍可看見好賭成性的他，身影穿梭在不夜賭城之中。

而五絕當中武功最深不可測的，當屬悟能大師，因此他也成為朝廷頭號針對的假想敵。然而，悟能自出門雲遊四方的第三天起，便失去了消息，市集的告示榜上貼滿了捉拿悟能歸案的懸賞單，其聲勢甚至蓋過了江湖上惡名昭彰的獨孤刀客。

朝野之間，為了天下五絕之事爭議四起，有同情江湖諸俠為中原和平而努力的，亦有批判五絕為首的江湖中人目無綱紀的，就在此時，江湖間發生另一件大事：悟能大師雲遊第七天的清晨，悄然現身武神峰下，望君崖邊，與一名神祕蒙面殺手對峙。

然後，從此消失在世人眼前。

如今，離望君崖一案又過了七天，與五絕相善的江湖諸眾，特別是群英諸俠，齊集悟能所居住的茅廬，等候他的承諾。除了茅廬裡頭的水中月、臨光、凌雲雁等人以外，群英茅廬外頭還有二人，一人倚在屋簷下，看著連綿陰雨。另一人身背字軸，佇立雨中，凝望眼前一塊巨石碑。

忽地，他從字軸中抽出一把長劍，劍風所指，自劍刃散發陣陣墨黑劍氣，只見那人隨氣之所趨，御劍而舞，舞出數道恢弘肅殺劍氣，刃光如湧潮，虎虎一聲，斬向石碑，石碑應聲而碎裂成砂土。

「好一招『墨武塵揚』，威力更甚以往，」屋簷下的那人見到此招，讚嘆道：「看來傳言不假吶，墨塵，你果然師承了大師的穹蒼功力。想來大師有你這個高徒傳世，亦可瞑目了。」

墨塵聞言不答，收劍仰望雨水迷濛的陰空。

那人又說：「話說，這雨下的真煩。」

「下了一個晚上，都沒停過。」

水中月抓緊身上灰袍，起身凝望窗外。

「風也吹了一晚。」

墨塵信步入茅廬內，他蒼白的髮梢還掛著雨滴。

這時，門外忽然一道問候：「有人在嗎？」

屋內眾人聞聲，齊向門外望去。來者並非天下五絕任何一人，而是一位高大清秀的男子，面對群俠，恭敬一揖而問候道：「諸位安好，在下段玉，是無心門麾下俗門弟子。奉大師之命，為諸位捎來消息。」

他略停一會，繼續說道：「大師早些日子有話留給諸位，要在下轉達，說：『假如有人來訪，告訴他們，貧僧終將歸來，煩請各位稍安勿躁，無我無心。』」

水中月遮掩不住焦躁神情，又問：「可知大師下落？」

段玉答道：「不知道。在下最後一次見到大師，也是十幾天前的事了。除此以外，在下對大師的下落一無所知。」

凌雲雁問：「請教段大俠，對於望君崖一案知道多少消息？」

「實不相瞞，大師究竟於望君崖發生何事，在下亦不知悉。」

「據雲雁的情報，當日有目擊者描述悟能大師最後遭襲的慘況，現場只見連串白光刺眼，貌似有無數暗器發向四面八方。」凌雲雁又問：「這，顯然是五絕互授的劍法『蒼天無影』，你可知此事？」
段玉欠身致意道：「一無所知。」
接著凌雲雁又問了幾個問題，試圖套出些蛛絲馬跡來，然而來者三緘其口，一概以不知推辭。凌雲雁毫無所獲，只好怏怏然送客辭行。
自午至未，茅廬再無任何訪客。諸俠見時候不早，一一辭行。剩下臨光和水中月二人，臨光勸道：「月，走吧！」
「他說，要把這茅廬送我當嫁妝的。」
「走吧！天就要冷了。」
最後臨光引著水中月離開茅廬，離開前，兩人望了蕪芯門最後一眼。
水中月忽然說：「我想離開群英一陣子。」
臨光一陣詫異，脫口問道：「去哪？」
「哪也不去。」水中月說：「我只想一個人靜靜，待總堂主需要我時，我再回來。」
臨光微微點頭，也不打算勸阻她，僅說：「想回來時，記得找我。我一直都會在。」
水中月向臨光欠身一禮，以悽然一笑致謝。兩人就此分道揚鑣。
悟能消失後，江湖局勢再度急轉直下。無心門的天下五絕，剩下上官風雅和暗滅沁殤二人，二人所承受之朝廷公權威勢日盛，不知下一個會是誰先倒下。

就在這樣詭譎的氣氛下，無心諸人的日子仍然要過。當前支持著無心門營運的重要人物，當屬「疾風鏢局」的首領——「銀月刀」夏宸。

疾風鏢局是江湖上數一數二的大鏢局，而夏宸本人和五絕名人——上官風雅長年友好，和朝廷要員之間也保持良好關係。儘管朝廷將無心門視作威脅，卻無損於夏宸的鏢局生意，因此，即便天下五絕遭逢朝廷威勢壓制，中原四方馳道上，仍然可見到疾風鏢局的運鏢車馳騁其間，負責護鏢的江湖好漢則以夏宸為首，還有夏宸身邊的第一護衛——「神疾風」隨侍在側。

而近日，疾風鏢局又多了一位新夥伴，以食客的身分暫居鏢局，她是位有著一頭烏黑短髮的少女，一襲布衣，自個駕著一輛鏢車，哼著歌兒。殊不知偏僻山路上有一批專劫掠鏢務的土匪，已盯上了她車上的物資。

土匪們發出一道暗號，一聲怒吼，自馳道兩側襲擊鏢車，抽刀便刺向車上裝得飽滿的麻袋，麻袋被刺破一道洞口，流出的竟是一灘粗砂。

「什麼？沙子？不是碎銀嗎？」

土匪詫異之際，忽有兩道身影從他們後方躍起，正是夏宸和神疾風。兩人各持一刀一劍，一陣刃光血影，砍翻了來襲的土匪們。剩下一個殘兵敗將，怒而將目標轉移到駕車少女，舉刀便砍。想不到少女抽出腰間長枝，一個旋身，長枝正好刺中土匪的咽喉，攻守一體，乾淨俐落，土匪悶哼一聲，隨著杜湧血泉倒下。

就這麼一陣廝殺後，來襲土匪俱遭三人擊殺。夏宸喝采道：「珞姑娘，好身手！」

少女本名珞巴，來自西南山境，自道是為了尋親而來到中原國土遊歷。她逢人便道出自己的身世，自詡是龍族人，卻屢次被視作怪人。因此，當夏宸初次聽聞她的身世，卻絲毫不帶戲謔神情時，珞巴當下甚是感動，就這麼在疾風鏢局住了下來。

「也多虧珞巴姑娘想得到，設置誘敵的餌包來欺敵。」神疾風翻開裝滿泥沙的麻布袋，迅速點收深藏鏢車底下的銀兩和物資、藥材是否安好，並讚許珞巴道：「近來匪徒猖狂，而且專挑鏢車下手，著實難纏。珞姑娘的好點子，可省了我們不少事。」

「兩位前輩過獎了，」珞巴受了稱讚，臉兒興奮的飛紅，抱持矜持微笑道：「此地不宜久留，我們盡早出發吧！」

輪到神疾風駕著鏢車，馳行車道上，珞巴坐在車後，晃著腳丫，乘著凜朗徐風，觀望遠山冬景。正當她自在的哼著歌謠時，她胸前的衣襟忽然鼓動起來，並從領口竄出一團小東西。

珞巴輕輕呵護這團小小的毛絨寶貝，原來是隻眼神機靈的花栗鼠，她問候說：「小巴大人，日安。想要來些堅果嗎？」

夏宸看這親暱的一人一鼠，會心而笑，時又慨歎不已。至於他在慨歎什麼，也只有他自已知曉。

過了幾天，在一個濃霧瀰漫的清晨，一名來路不明的蒙面人，潛身人來人往的市集，輾轉繞過幾個路口暗角，來到某間藥鋪。藥鋪裡一個尖嘴撓腮的老鼠臉掌櫃，撚著二縷細鬚，百般無聊地坐看藥鋪裡裝滿燻黑藥材的陶罐瓦盆。

蒙面人進了藥鋪，開口便說：「請來五斤肉包。」

老鼠臉的掌櫃沒好氣地瞪了蒙面人一眼，譏諷他問說：「小子，沒看到咱們這是藥鋪？」

「我要五斤肉包，每顆要純正黃牛肉百兩，佐麻椒和碎筍入味。」

「小子，你需要的是張藥方子，治你的瘋病。」掌櫃欠身而起，哈一哈腰，又說：「有帶方子的話，我可以開藥給你。」

「方子在此。」

蒙面人掏出一封密封信函，和一包沉甸甸的銀兩。掌櫃愣了一下，接過密函和銀兩，用手秤了秤重，擺擺手打發顧客離開說：「明白了，藥這幾天就會開好。」

說完，他目送神祕貴客離開藥鋪，然後拉動一串銀鈴，一聲滴鈴響後，從櫃台後方的祕門出現一位臉色慘白的夥計。掌櫃將密信交給夥計，低聲吩咐幾句，夥計便轉身隱沒祕門後，走著一條幽冷祕道往下，到了一間陰暗且深邃不見四壁的密室。夥計貌似一刻也不想待在這密室，撕開密函，將信中一張筆整方子釘在牆上，迅速離去。

夥計離去後，從密室的暗角浮現出兩、三道黑影，像鬼魅一般的滑向釘在牆上的方子，上面寫著寥寥四字：

「暗滅沁殤。」

和平暗影八

無心門（二）

冬雨過後，江湖迎接入冬以來的第一場雪。雪後，滿山可見霜白色覆蓋山頭，沉積樹梢，朔風抖動枝椏，積雪便「積凜」一聲，鬆然垮落。

對此時的江湖中人來說，這是最寒冷的一場雪。朝廷對天下五絕的逼壓日甚，那戒嚴的氣氛，連帶影響了其他江湖中人。即便是江湖間公認最消遙自在、浪蕩不羈的天風浩蕩幫眾，也不免受此感染。

冬日的「阿房春熙」，一如往常高朋滿座，氣氛卻不太對勁。這當中，有五位俠客聚首一桌，其中的四位，彼此結拜為義兄弟，雖屬不同幫會，卻互敬互愛。他們各有來頭，行遍天涯，桀傲不馴。他們是「天下無跡，浪蕩不羈」的「浪蕩四兄弟」。其中最長者是天風浩蕩的「奪命書生」黃天行，其次依序為「浪蕩刀客」曲夜風、群英決的劍槍奇俠，劍奇白龍海、和霜月三妖之一，傲天。另外，傲天的從弟槮午夷，貌似以為這會是場有趣的酒席，也跟了傲天過來。

他們已在大廳坐了一天，三位義弟看著大哥黃天行喝了一天的悶酒，說了一天的酒話。

一旁的椮午夷好生無聊，先是將頭柱在那把他珍愛的大油紙傘上，打著呵欠，然後他的頭慢慢地滑到桌上，趴著沉沉入睡。

黃天行忽地又大罵：「隨便一張紙，就要入人罪名！咱們入江湖逍遙的，受的一屁股鳥氣，還要碰見這種蠢事！」

「天行大哥，算了。」一曲夜風已數不清，這場酒席自己到底說過多少遍同樣的話：「事關那幫掌權者，他們肚子裡的打算，不是咱們江湖中人懂的。」

「朝廷是其次，我就是看不順眼那個傳這張告示的人！」黃天行又拍桌，仰首朝天，亢聲喝道：「我草你妹的六塊肌！我就罵你！給我來張告示誣賴我啊！」

其他三人又要相勸時，酒樓大門忽然打開，進來了兩班人馬，一批是近日轟動江湖的「千金歌神」長孫封宇，由一群支持者前呼後擁著，邁入「阿房春熙」。另一批人馬則是天風浩蕩的「黃鶯兒」夏靈薇，領著一班天風幫眾，當中包含了阿房春熙的名琴師，漣漪，她身旁有一幫眾，捧著一只紫金緞面的繡盤，繡盤上又盛著一只瑩光珠玉寶盒，另外有數個幫眾，手捧著成團錦簇的花束，每一束估計略有一、二百朵紅花。

夏靈薇率眾迎向長孫封宇，問候道：「你就是自稱『歌神』的長孫封宇？」

夏靈薇語調婉約柔和，語氣裡卻帶著七分冷漠，三分不屑。長孫封宇拱起雙手遜謝道：「不敢當。如此招搖的封號，非我所願。」

「一曲喊價一千兩，難道就不招搖？」

夏靈薇說完，有個幫眾將瑩光珠玉寶盒打開，裡頭是三千兩的銀票。

「小女子買你三首曲子，由你挑選曲目。」

幫眾們迅速將成束的錦簇紅花分給酒樓諸客。夏靈薇又說：「你唱完，我接著你唱，由在場諸位看倌評價，誰的歌勝，便將紅花給誰。三首曲子下來，誰得的紅花多，誰就贏。」

長孫封宇問道：「假如我輸了，會怎樣？」

「你一樣收下這三千兩銀票，然後離開這裡。只要有我天風浩蕩立足之處，我就不想看見你。」

「那如果我贏了呢？」

夏靈薇停了一會，一字字道：「小女子再奉送三千兩給歌神您，從此封嗓，不再獻醜。」

此言一出，諸位酒客一片譁然，叫好聲、鼓譟聲、挑釁聲，諸聲此起彼落，宛如一把猛烈的柴火，將「阿房春熙」這鍋冷爐又燒旺了起來。待群眾聲歇，長孫封宇點了點頭，這賽局就這麼談成了。

然而，不待長孫封宇開口獻唱，門外忽地又闖入一大批補快，圍住酒樓的諸多豪俠。眾人再次譁然之際，一個官樣十足的欽差大人，搖擺著踏入大廳，攤開命令，用誇張的聲調宣讀：

「諸位江湖俠士們，衙門有旨。朝廷將舉辦冬至大典，自即日起至冬至後一日，實施宵禁！自酉時至翌日辰時，各地縣城城門嚴禁外出。此外，城中禁止一切喧嘩鬧事，如有違規，必按律令嚴懲之。宣此！」

待官差宣達完畢，諸俠又是一陣忿忿不平的騷動，但是在捕快大陣的威壓之下，敢怒不敢言。官差離去前，還留下一隊捕快守在阿房春熙的四周戒備，在如此壓迫的氛圍下，長孫封宇向夏靈薇拱手致意道：「戒嚴令已下，我看，還是另擇他日，再一較高下吧！」夏靈薇儘管貌似不滿，但是環望四周，諸人一切舉措盡收捕快眼底，她也不敢妄動，只得目送長孫封宇等一夥人離去。

沒想到，長孫封宇尚未踏出大門，就被幾個支持夏靈薇的幫眾擋下來，幫眾挑釁道：「想走？怕輸嗎？」

長孫封宇的支持者見狀，憤而一擁而上，就在衝突一觸即發的當頭，夏靈薇及時開口勸阻幫眾，說：「罷了，就另擇他日分勝負，讓他們走。」

幫眾們聞言，悻悻然讓出大門，長孫一眾紛紛魚貫而出。大家本以為衝突就要告終，一個不知進退的小廝，在踏出酒樓大門前揚起鼻頭，朝酒樓裡的眾人拋下一句：「叫你們的黃鶯兒，找她的姘頭兒廝混去！」

只消這一句話，就令天風浩蕩諸位幫眾，轟然而上，甚而連原本置身事外的黃天行和曲夜風，也同時拍桌大罵：「狗娘養的！臭嘴含狗血噴人！」

幫眾們再次團團圍住那個來不及逃掉的小廝，捕快見狀也趨前擋下怒火騰燒的天風諸眾，意欲平息這場鬥爭。這小廝心知他一時口快，闖下大禍，反而更拉高了聲音，喊道：「我可有憑有據！三個月前在市集，大家都看到那天風黃鶯兒和一個生得丈八尺高，持一把二丈鐵槍的少年漢子，肌膚親密，胡天胡地！江湖盡知此事，你們還敢說我誣陷人？」

天風幫眾聞言，更加憤慨，那一把把猛烈怒火，宛如能燒盡湘河的滿月大潮似的，甚至連捕快們都快招架不住。幫眾們穿過捕快人牆，一同輪起拳頭，眼看就要把那小廝活活打死。

「諸位，請聽小女子一言。」

夏靈薇一如往常的溫婉美聲裡，帶有罕見的悍然剛氣，像蒼天飛劍般鎮住了在場每一個人。眾皆靜默，一雙雙眼睛望向夏靈薇。

夏靈薇緩緩說道：「數個月前，小女子的確與一位高大男子在市集相遇。然而，他其實是小女子的親哥哥。那天，兄長與小女子失散多年，終得相見，一時過於興奮，方有略為過當的肌膚接觸。請諸位切莫誤會。」

傲天聽到這裡，忍不住大喊：「喂！瞎說！我哪來的親妹妹？」

此話一出，黃天行、曲夜風、劍奇白龍海三人，猛地一起瞪向傲天，各個滿臉驚異。幫眾們亦將矛頭轉向傲天，丟下那小廝，齊上圍住浪蕩四兄弟。夏靈薇穿過眾人包圍，走近傲天，微微欠身一禮，說道：「哥哥，小妹明白您一時過於欣喜，踰越了男女之間的規矩。請您向諸位解釋，還小妹一個清白。」

傲天又要辯白，猛見夏靈薇那雙深邃如秋水月影的淒美垂眸中，彷彿有兩支燃了火的利箭正對準他的心窩。一向傲氣凌雲的傲天，氣勢竟然就這麼被壓了下去，他頓時語塞，支支吾吾半晌，方才吐出數個字：「對，對不起，是哥哥的錯。」

傲天此話一出，眾皆歡然，紛紛恭賀夏靈薇與傲天終於尋獲失散家人，甚至連浪蕩三兄弟也參與當中。傲天吃了這一記悶招，表情很是無奈，卻不得不配合著接受眾人的道賀。而早被這場騷動驚醒，卻躲在一旁看著好戲的槮午夷，則忍不住嗤嗤偷笑，貼近夏靈薇問候道：「姊姊，我是三弟槮午夷啊，我終於能再見到妳了！」

「阿房春熙」的諸位俠士，就這麼避開了一場牢獄之災。然而散居其他縣城的江湖中人卻不見得有這般運氣。中原四處的縣城都可聽聞江湖俠士不滿衙門執法過嚴，憤而反抗卻遭逮捕的消息。打著綏靖的大旗而行的戒嚴令，卻令江湖更加紛擾。江湖中人為此憤而退隱避居者，不下少數。

江湖紛擾不斷，天地間的季節循環卻依舊。冬天的臨湘城，有南方第一大河：湘河，流貫城中，於城東入海。這是南方唯一的不凍港，港內船隻往來彷彿魚群順流而下，城中市集亦擾嚷如繁鳥在林，很是繁榮熱鬧。

往城外走五里路，便可見湘河之濱。流雲飄蹤獨坐河畔一塊巨石上，凝望著悠悠湘河出神。這時，他身後又出現另一個人，小小身形，一襲錦麗華緞，是「三妖」之首臨光。臨光身邊並無水中月或傲天陪伴，他信步到流雲飄蹤旁邊五尺處，問說：「準備好了？」

流雲飄蹤翻身而起，信口道聲：「好。」

一聲「好」字甫落，臨光甩出兩袖緄帶，打向流雲飄蹤的心窩要害！緄帶出招，外表柔軟，實則蘊含剛猛內勁，與劍刃交鋒時，不但能彈開劍勢，甚至還能聽見清冽「鏗鏘」作響。流雲飄蹤一個轉身閃過這致命殺招，臨光見勢，信手一轉，打出去的緄帶翻了一圈，就像掀起一陣風浪般，再轉往流雲飄蹤殺去，這次卻又被流雲飄蹤輕步一蹬，輕盈盈的避開。

就這樣，兩人在湘河對決數十回合，臨光的每一招，招招致命，不留情面，而且久攻不下之際，他神色愈是煩悶，招式也愈快愈猛，然而流雲飄蹤只守不攻，在這臨光連番無理猛攻下，縱然他已練就純熟的劍術和步法，卻也逐漸要招架不住。直到臨光最後一擊，雙緄齊發，逼向流雲飄蹤的兩脅，流雲飄蹤看破此招不可閃避，竟不走，也不躲，就這麼迎向前去。臨光見狀，慌忙將雙手一轉，緄帶向兩旁一閃，打在兩棵樹幹上，樹幹劈啪應聲而斷，唰然倒地。

臨光怒斥：「為什麼不反擊！想死嗎？」

流雲飄蹤聞言不答，淡然一笑反問道：「大前輩，氣消了沒？」臨光怒瞪著流雲飄蹤，甚麼話也說不出口。流雲飄蹤收起劍，坐回那顆湘河河畔的巨石上，輕拍了拍肩膀，問臨光道：「大前輩，不上坐？」

「不了，沒心情。」

臨光收攏緄帶，攀上石頭，與流雲飄蹤並坐。流雲飄蹤取出一只水囊，仰首灌了第一口清水，臨光便一把搶去，一飲而盡，抹一抹嘴，問道：「我聽說西邊府的事了。現在你的親事如何？」

「親事取消了。」流雲飄蹤苦笑答道：「家父自然是氣壞了，我也受了處罰。不過這件事情總算是圓滿告結。」

「再怎麼樣也不得圓滿。」臨光嘆道：「生了衝突，要何等的氣量才能放得下？要我就辦不到，沒把他趕出家門就算是仁慈了。」

流雲飄蹤聽到臨光話中帶話，關切道：「所以，大前輩也有孩子？」

「你當我到現在還是個童子之身？」臨光嗤之而答道：「返老還童前，我可也是湘河一帶的望族，有家庭，也有兒女。」

「那後來呢？他們在哪？」

流雲飄蹤問題一出口，便知失言，臨光倒是一笑置之。

「誰記得？」臨光答道：「一百五十年前的事了，連他們葬在哪都忘了。」

流雲飄蹤沉默了，轉頭望著臨光的矮小身影，後者正凝望湘河的波光帆影。

忽然，臨光問流雲飄蹤道：「再唱一次臨水謠？」

「現在？」

「當然是現在。」臨光說：「這臨水謠從我幼年傳唱至今，有好些歷史了。我想再聽你唱一遍。」

「好。」流雲飄蹤頓了一會，養足丹田氣勁，朗唱臨水謠：

「臨水滔滔～湘河洮洮～城中子民笑開了，安樂長居臨湘城……」

暮日將落，映出湘河一片金黃。流雲飄蹤將這臨水謠唱了一遍又一遍，忽地發覺旁邊的臨光默不作聲，轉頭望去，驚覺他竟潸然淚下。

「前輩？」

臨光察覺自己失態，連忙以袖拭淚，起身說：「好了，我們走吧！」

入冬後的日落早了，酉時五刻不到，萍蓮鄉已被寧靜的夜幕壟罩。這個尋常的冬夜，在一如尋常的萍蓮鄉。涼空居士的「萍水居」裡，有三位不尋常的客人。

其中兩位是常客，一位端坐燭火間，乃群英決總堂主，凌雲雁。而另一位則靜候暗處，戴一副血焰假面，面具上繪有赤紅似火的花紋，微佝僂著身子，雙手抱胸，那雙藏在烈焰紋裡的雙眼，正緩緩的逡巡樓台四周警戒著。他的身世成謎，只道名字是「太歲」，是凌雲雁身邊的「暗部」判官。

還有一位客人，坐在凌雲雁對面，一眼凹陷並戴著眼罩，用殘存的另一隻眼睛，和凌雲雁對望。萍水之主，涼空居士端著玉露茶和點心進來，為兩位對坐的客人各斟滿一杯茶。兩人舉杯互敬後，放下茶杯，又凝望彼此許久。此刻剛過酉時，可聽得窗外的寒鴉嗚嗚。

終於，凌雲雁打破沉默，問道：「特使大人，特邀雲雁前來『萍水』一聚，有何貴事？」

「總堂主心知肚明，」特使大人開口說道：「冬至當日，皇上將親臨霜嶽頂巔，主持祭祀大典。屆時衙門須傾盡可用之兵護駕，屆時，亦須仰賴總堂主率領群英決等諸多江湖英雄，靖平一切有可能的匪亂。」

凌雲雁不禁冷哼一聲，將殘茶一仰而盡，語帶譏諷道：「在這個時候，說這種話，朝廷諸臣果然深察人性。」

「你不要怨，」特使大人並不動怒，並再次相勸：「你我同為江湖出身，嘗盡人情冷暖，都知曉在上位者的心態：既要惡狠狠的毒打你，又要你心悅誠服，毫不怨懟的傾命相報。試問，除了泯滅人性的賤畜以外，誰辦得到？」

凌雲雁冷笑一聲後，特使大人繼續說：「浮雲蔽影下，咱們要活得像個人，就得表現得像個畜牲，但是一顆心又得把持得住。然後呢，」

特使大人邊說，邊用手按住心臟的位置，再輕輕敲了敲太陽穴。

「心把持住，這兒就會管用。雲雁，你該了解，朝廷在這個節骨眼，對付無心門的同時，又廣召江湖幫會，派下這個任務，用意何在。」

凌雲雁默不作聲，特使大人繼續說：「好好的把這差事做好，到時候朝廷敘獎，甚麼都好說話，甚至要特赦『天下五絕』亦非難事。這不只是群英的自救之道，也可算是幫了無心門一把，聊表一番江湖情義。即便咱們要背負什麼走狗的罵名，咬一咬牙，兩片耳朵一閉，也就熬過去了。」

「你說的我都明白，」凌雲雁長嘆而答：「雲雁與群英諸眾，當為這場冬至大典傾盡棉薄之力，捍衛王土安危。」

「這就是了，」特使大人一笑起身，抱拳而道：「我還另有要事，這就告辭。」

送別特使大人後，涼空悄聲道：「總堂主，您的器度了不得，竟能嚥得下這口氣！」

「再氣，也得嚥下去。」凌雲雁說：「誠如特使所說，心把持住，頭腦就會管用。再者，雲雁也有自己的打算。」

涼空一時困惑，但是當她凝望凌雲雁沉默而堅毅的眼神後，忽然全身一陣顫慄，似乎頓悟了什麼。

凌雲雁要了筆墨和紙，寫下寥寥數句話後密封住，召來守候在一旁的太歲，吩咐道：「把密函交給流雲，聽其指揮，另外，我有口信要你轉達。」

凌雲雁頓了頓，將剩下的話，用最輕微的聲音，伏在太歲的耳邊說：「告訴流雲，『我要一個以下犯上的人』。」

和平暗影九

無心門（三）

某城外五里的山路小徑上，劍奇白龍海護送著女俠漣漪，持琴踏雪，步往一處小屋舍。屋舍裡已有數人，其中一人是五絕之一，暗滅沁殤，另外數人亦為江湖名俠，包括上官風雅的大弟子靈稀、群英決長老堯兒，和群英四奇之一，自詡謀士的周天策。

暗滅沁殤見了漣漪，問道：「怎麼妳也來了？」

漣漪回答：「特來向師傅告別。」

「漣妳也稱我師傅？」暗滅沁殤笑說：「妳是靠自己的天賦和努力得到今日成就的。我不過教妳音律，何德何能妄稱人師？」

「師傅您總是這樣。」堯兒嘆道：「您授予我等武功，教漣漪琴藝，助我等在江湖路上存活下來，卻又不肯居其功。」

「在徒兒痛失前夫，頓無依靠之際，是師傅傳授的音律挽救了徒兒。」漣漪持琴深深一禮，含淚答謝，又向周天策道：「也謝謝天策哥哥，在小妹無能謀生時，傾囊相助小妹。」

「去，不過幾張銀票的事吶，就這樣要認作哥哥？傻妹子。」

周天策誇張的擺了擺手，做一副毫不在乎樣，改個話題問暗滅沁殤：「我再問一次，死士要來了，你真的不走？」

「死生皆有命，惟情義常存。」暗滅沁殤又嘆：「江湖路行到此處，我也倦了。剩下的，就拜託你們了。」

眾人無語以對，就這麼望著這位年歲未到而立之年，卻已貌似心灰憔悴的五絕奇人。

「漣漪，既然來了，陪我再奏一曲。」

暗滅沁殤取來古琴，調好琴弦，彈指律動間，彷彿又有紛紛白雪自天際降下。漣漪以琴音和之，悠然音色交錯，並帶著濃厚的無奈。

一曲未完，屋外浮現一道幽魂般的身影，這位神祕的使者披著斗篷遮住全身，只露出一雙深邃雙眼。

「貴安。」他說：「該走了。」

「山賊嗎？來的還真是時候。」

堯兒和周天策同時起身，告別合奏的師徒二人，招呼使者道：「走吧，五芒星。」

群英三人正要離開前，卻有件事情耽擱了他們的腳步。

暗滅沁殤甫奏完一曲，隨意問劍奇白龍海說：「我似乎還沒問你，你來做甚麼的？」

「特來請前輩成全。」劍奇白龍海抱拳一揖，恭敬一禮，朗聲道：「劍奇白龍海願娶漣漪為妻，請暗滅沁殤前輩成全。」

宣言一出，暗滅沁殤、群英諸人都怔住了，瞪大眼睛看著劍奇白龍海。暗滅沁殤失笑道：「好、好啊，我是樂觀其成，就看漣漪怎麼想囉！」

漣漪聽聞此言的神情卻略顯詭異。倘若是一般女子，一旦遇到像劍奇白龍海如此俊偉、多情、才華洋溢、人皆稱羨的俠士，忽然在公眾面前向她求愛，她們的自然反應不外乎欣喜、或惱怒、或慌亂、或羞澀，但是漣漪卻像是靜謐若一處無風無浪的湖水，毫無反應，彷彿是聽到一件和自身毫不相干的無聊事。

她專注於重調琴弦，頭也不抬的反問道：「白龍海先生，小女子已將自身的過去都告訴您了，您何苦仍要執著於小女子不放？」

「沒關係，」劍奇白龍海答說：「妳的過往，無損於我對妳的感情。」

漣漪依舊面無表情，平淡的聲調宛若無味的清水，她邊旋緊弦鈕，邊反問劍奇白龍海：「即便小女子是個死了丈夫的寡婦？即便人們都說小女子面相不宜家室？即便經過三、四個大夫的診斷，都說小女子的身體……」

話說到此，漣漪闔上雙眼，緊抿雙唇，沉默許久後，吐出寥寥數字逼問道：「這些，難道您都不在乎？」

「我最在乎的是，妳還願不願意相信愛？」

劍奇白龍海徐徐道出他的過往：「我也曾有過家室。那是我初訪中原時結下的姻緣，我愛那與我結髮的妻子，和我們一同養育的孩兒。雖然她們都已離我而去，重回傲寒女神的懷抱中，但，我感謝女神為我那稱作命運的旅程中，所安排的一切人和物。」

劍奇白龍海用他那暖如戶外冬日的微笑，面對埋首無語的漣漪，繼續柔聲說道：「我明白妳的過往，那如同妳體內的血肉，是構築妳形體的一部分，我愛過往的妳，一如現在的妳，並將我們未來的命運，交付傲寒女神的安排。在愛之中，過去和未來都不如妳的真心重要，在女神的愛之中，我只捫心自問：我是否還相信愛？是否願意為了愛，再次躍動我自身的性靈？」

劍奇白龍海對漣漪柔聲道：「而我想幫助妳，用此生陪伴妳，重新再一次相信愛。」

「繃！」

漣漪將弦鈕轉的過度，緋寒琴弦應聲崩斷，她雙手抱緊斷弦的琴，渾身顫慄不能言語。她緩緩抬頭，眾人可見她淚痕滿盈的美麗臉龐，雙唇因過度的喘息而發抖。

劍奇白龍海不再多言，只將漣漪擁入懷中。儘管漣漪仍未回應白龍的一脈深情，但從在場所有人釋懷而笑的神情看來，大家都心知肚明：「喜事可成。」

暗滅沁殤撫掌笑道：「好、好，又了一樁心事，真好。」

周天策用肘推了推堯兒和五芒星，問道：「該出任務了吧？這裡沒我們的戲份了。」於是三人向大家辭別，靈稀也隨他們一同離去，下山途中，靈稀瞥見一旁的林子深處有一道俐落身影，往相反方向飛奔而去。

「那像是天風浩蕩的幫眾，虛無飄渺。他現在不應該出現在這裡的。」靈稀臉色一白，喃喃自問：「莫非，要發生甚麼事？」

靈稀正要轉身回到暗滅沁殤身邊，卻被堯兒一把按住。堯兒搖頭道：「別回去。」

「不回去？就這麼看著暗滅師叔遇害？」

「你以為我就不在乎？」堯兒說：「只要他死意已決，你就幫不了他，我也一樣。」

此時，山徑的一端再度傳出悠揚琴聲，並有暗滅沁殤的歌聲相和之，歌聲宛如風刮在石頭上的清揚般悲嘆著，為逝去的友人和過往情誼而悲，為昨是今非的朝廷態度而嘆。

悲嘆間，天又降雪。這次雪降了一天一夜，降在中原皇土四方。赭紅色的衙門廳堂屋頂，也覆蓋上一層潔亮的銀白。

衙門是江湖中人經常進出的地方，凡有獲罪的江湖人士，必先被押解至衙門地牢，等候刑司論罪發落。然而，衙門地牢的管控，並非一般老實人所想像的那般嚴謹。

衙門地牢絕不是一個好的居住場所，簡陋、陰暗而狹隘，多的是長期積壓此處的江湖人士，因為受不了如此惡劣的環境，發了失心瘋而終日自言自語的。此日，這處地牢裡關了一個貌似不該出現在此處的小姑娘，她是疾風鏢局的成員，珞巴，如今被關進了衙門，席地而坐在牢房的角落，雙手抱膝。

獄卒清晨時曾送來粗糙酒菜，珞巴是一口也吃不下，此後兩個時辰間，陪伴她的只有為她送進一絲冬陽的一面窄窗，以及一隻毛色柔亮，身形優雅的貓兒。這貓兒敏捷地穿梭各扇牢門間，輕盈的步伐宛如飛舞花叢間的彩蝶。它用無辜而有神的雙眼，凝視著珞巴落寞的表情，「咪烏」的輕喃一聲，將它柔軟的前掌搭在珞巴的手臂上，貌似要安撫這位天真的孩子。

珞巴輕輕撫弄它小巧的額頭和雙耳，勉強擠出一絲笑容問候：「小貓咪，妳要陪我聊聊天嗎？」

「喵。」

「妳知道嗎？我真的不是故意的。那時候有件待招的大鏢，偏偏被那個叫甚麼鍾離淵的傻子給搶在我面前摘下鏢令。我一急，就這麼一揮，誰知道他竟然這麼不經打，就這樣死了……」珞巴將貓兒抱在懷裡，把她的故事一口氣說完後，嗚咽道：「夏前輩和神前輩一定很生氣，可是說甚麼都來不及了。算了，聊些別的吧，妳叫什麼名字呢？小花？小巴？還是……？」

正說著，珞巴注意到貓兒脖子上掛了一塊斑駁的名牌，那顯然是獄中囚犯的名牌，上面刻了一組數字：「二四八七四八七」。

「哦？」洛巴端起這塊名牌，又問貓兒道：「這不是妳的吧？是妳的主人嗎？」

此時，只聽到「喀拉」一聲，獄卒又端著簡陋的酒菜進了地牢。他一靠近洛巴的牢房，就先唾出一口痰液在她面前，譏諷道：「哼哼，你們江湖人很神氣的嘛，還不是落在咱們手中？只要我這麼一刀……」

他還來不及說完話，黑暗中忽閃現一條銀白鎖鍊，從他背後勒住他的脖子。獄卒倒抽了他死前最後一口氣之後，隨即被一雙輪舞如月的白銀雙刃，劃開了咽喉和胸膛。

獄卒無聲無息的倒在血泊中，那刺客二人組迅速翻找他的身軀，搜出一串鑰匙，其中一人立馬用那串鑰匙試過每一扇牢門，試到了洛巴這扇門，正好應聲而開。

「小姑娘，妳運氣真不錯。」

那刺客靠近緊抱住貓兒的洛巴，被這一幕嚇呆的洛巴，藉著微弱光芒，方能看清她的模樣。她身著一襲東南方山住民的白底彩虹衣，正曾現身市集的馭虎高手，曲無異。

「我好像見過妳？」曲無異仔細端詳洛巴的臉孔，笑道：「對了，那天在市集，妳被我家的小無異嚇跑了。是吧？」

「那個……」

「哦，我們其實是要來救另外一位朋友的，不過先救出妳也無妨。趁其他獄卒還沒查覺到不對勁以前，妳快走吧！」

「可是，這獄卒……」

「哦，他啊？甭擔心。」曲無異招呼她的夥伴道：「三生，幫個忙。」

於是曲無異和沉默的三生，合力將獄卒的屍首，扔到牢房的窄窗外頭，不一會，外頭響起一陣「咯咯嘎嘎」的啃咬聲。

珞巴就這麼趁著衙門獄卒尚未察覺前，和曲無異等人逃了出來。她向曲無異道過謝，正要離開時，那身掛名牌的貓兒也跟了出來，「咪烏」一聲，凝望著她。

「妳想去找主人嗎？一起走吧！」珞巴終於綻出笑容，抱起貓兒，親切地說道：「那，我就先叫妳『數字』囉？」

就在同時，就在衙門東南三百里，蕪芯門西南約莫五百里的遙遠彼方，有一美地名為華池，位處五千尺高的神峰之間。華池以溫泉馳名中原，亦為天下五絕之一，上官風雅的居處「華池觀」所在。清晨，眾弟子和幫眾忙著用鹽水和鏟子，從深厚積雪中鏟出一條通路。上官風雅推開大門，凝望遠山翠綠銀白相間的雪景出了神。數日前，華池收到又一噩耗：暗滅沁殤遭死士和虛無飄渺連手夾擊，身受重傷，下落不明。曾經的天下五絕，如今終於剩下上官風雅一人。

此時，門外忽然傳來一陣粗鄙的鑼鼓嗩吶聲，一批官差大搖大擺的闖進「華池觀」，身邊還有成群捕快護衛著。為首的官差是個猴嘴鼠腮的五尺小人，無視兩旁弟子和幫眾的憤慨神色，當著上官風雅的面，揚起鼻孔怪聲喊道：「上官風雅小人，你可知罪？」

「你不正是五天前來求師的那小子？」上官風雅笑道：「我沒看錯，你果然只是個眼線。」

「住口！」那官差亢聲喝道：「你羞辱朝廷要員，意圖謀反，罪無可赦！你可知錯？」

「只因為我那天叫你『滾』？」

「住口！朝廷本欲派遣大軍，一併討平了這華池觀和蕪芯門，念在你過去政局動盪時，護土有功，是故聖上只降罪你一人，隨我付有司論刑，其餘幫眾弟子，皆可免罪。」官差指著上官風雅，又喝道：「還不快磕頭謝恩？」

「謝妳娘親！」

一聲猛獸般的巨吼響起，眾人大吃一驚，猛地回頭，只見一名約莫八尺高的蒙面漢子，持一把鐵槍，兀立在華池觀門外。他身邊還有一位頭戴半截面罩的神祕跟班，手持著一把巨傘，從露在面罩下的半截碧玉臉龐看來，顯然是梼午夷。

官差驚問：「來者何人？」

「無姓無名，就叫無名！」

無名舉起鐵槍，直指諸官差，亢聲怒斥道：「上官風雅大前輩用己身性命，力抗獨孤刀客等諸多惡徒，帶領江湖諸俠們守護這片朝廷河山，何罪之有？你們這些朝廷鷹犬，狐假虎威，想妄加罪名在無辜人的頭上！告訴你們，沒那麼簡單！」

「好大的狗膽，以為蒙個面具裝模作樣，本大人認不出你們來，就治不了你？」官差高喊：「先給我拿下他！」

眾捕快領命包圍住無名漢子，觀裡的諸眾弟子亦拔劍舉刀，欲為無名大俠助陣。就在血戰一觸即發前，上官風雅卻用低穩卻宏亮的聲音喝止道：「住手！」

華池觀頓時一片靜默，所有人目光轉向上官風雅。只見他緩緩下階，走向官差面前，拱手就是一長揖，恭敬地說道：「上官風雅知罪，願隨諸位大人共赴有司，等候發落。」

此言既出，眾皆譁然，無心門的幫眾們意欲辯駁，卻又被上官風雅以眼神示意而退，其憤慨的神情溢於言表。而那無名大俠先是一怔，繼而脫口哀求道：「上官前輩，你又沒有錯！何必……」

「無名大俠。」

上官風雅從容穿過捕快的包圍網，來到無名的面前，笑道：「上官對兩位無名壯士的俠義風範，甚是折服，懇請無名壯士，在上官等候論刑的這期間，代為守護華池，以及無心門。」

兩個蒙面俠客見狀甚是慌亂，不能自己，上官風雅又說：「然而，華池乃上官氏之產業，須為上官族人方可把守此地。可否煩請這位無名壯士，權且降尊紆貴，暫從我上官姓氏，改名為『上官無名』？」

「上官無名」正待開口，上官風雅又阻止他，低聲請託道：「就讓我去，切莫造次，這已是目前最好的解決辦法了。只是無心門和午夷，暫且都拜託你。特別是午夷，我所有的徒弟中，最擔心的就是他。在我歸來前，請你好好照顧他，莫讓他走上了偏路。」

接著，上官風雅朗聲謝道：「一切有勞上官無名大俠相助，如此恩情，上官此生難忘。」說罷，他便服從官差指令，由一批捕快大隊給拘提出華池觀，往衙門前行。

上官無名站在門邊，目送大隊人馬離去，甫出觀門，那官差就作勢要踢上官風雅的後背，惡狠狠的咬牙道：「還不走快點！豬玀！」

目睹這一場景，槮午夷的怒氣涔然而生，抽出油紙傘柄內的銳劍，就要衝上去追殺那群神氣活現的隊伍。上官無名横出他的臂膀，硬是擋下了槮午夷。槮午夷一時怒火難以平復，焦躁間，竟然「嘎」一聲咬住無名的上臂。

「別追，」上官無名握緊拳頭，不喊疼也不收手，一字字的說：「你師傅說了，就讓他去，別插手。我們還要守護他的東西，明白嗎？」

槮午夷聞而不答，他的嘴巴仍緊咬住無名的臂膀，咬到滲血。

和平暗影十

暗影密布（一）

那一年，中原政局初定，江湖上的黑暗世代似乎就要落幕，然而，隨著新朝廷藉著一紙莫須有的罪狀，逼壓天下五絕，那年的冬天，似乎比往年更加漫長、嚴寒。

離皇上的冬至大典還有十五天，這天又來一場風雪，在呼颯北風中掩蓋了大地。冬天日落早，酉時二刻，各地已陷入一片昏黃和暗沉。

在流雲家的兵府內，流雲飄蹤盤坐在一間四尺見方的禪室，閉目聚神，表情肅穆而眉宇舒緩。與之並坐的還有空虛禪師，如一株玉樹般，誦念經文，裊裊禪聲音調分明，卻又靜謐如窗外的黑夜。

「……凡所有相，皆是虛妄。若見諸相非相，即見如來……」

須臾，燭火將燒盡，誦經聲亦停。禪室中的二人緩緩收勢起身，深深吸納了一口凜冽的寒氣，再徐徐吐出。

這每日的禪修，是流雲飄蹤為自己而設的課題。身為一個志在至上武道的劍客，他深知自己不能僅求取外在的武藝。他自幼跟隨父親，在兵府中看過、聽聞過太多的武林高手，因為心性不足以支持其武道，最後落得走火入魔的悲慘下場。因此，流雲飄蹤懇請江湖人皆景仰的護國大法師——空虛禪師，來引導他的心向不至於墮入旁道。

空虛禪師接下了這個請託，一來是本著他以慈悲佛理度化眾人的意願，二來，他自知時日已經不多。

兵府管家特意為流雲飄蹤和空虛禪師，在禪室旁騰出一間小小的茶室。在每日課題完畢後，兩人可在茶室內對坐品茗，凝望窗外黑夜白雪間的微紅燈火闌珊。

流雲飄蹤謝道：「感謝禪師帶領弟子，得以把持內心長在正道而不墮。」

「阿彌陀佛，流雲施主不必言謝。」空虛禪師辭謝道：「貧僧在此，也是為了修練自己。」

「禪師德行天下盡知，想來您的修行必定也是高深。」

「不然，至今，貧僧仍須日夜面對自身的殺心。」

「殺心？」

空虛禪師長嘆一氣，娓娓道來：「多年前，貧僧苦行中原四方，曾落腳一處，名為染家庄。那時有一婦人施捨貧僧羹飯，一連數日。豈料有一天，蒙面匪徒來襲，將此庄劫掠一空，貧僧為了保護那位女施主逃脫，與敵首一戰，傷其面目，卻還是救不了她……」

空虛禪師說到此處，仰首闔目良久，又道：「貧僧有愧於那施捨的恩人，亦痛恨自身的無力，遂矢志度化眾生，務使天下再無殺生，然而……」

「然而？」

「……欲救世，亦殺生。」空虛禪師目向雙掌，表情似笑又非笑，悠然說道：「這是貧僧的業……咳咳！」

說到一半，空虛禪師猛烈咳嗽，咳到彎下了腰，甚至咳出了血。流雲飄蹤慌忙扶住他，問候道：「禪師，不要緊吧？」

「不打緊。」禪師止住咳嗽，勉強說道：「貧僧明白自己的病，惟有藍雲頂巔的祕方，才可徹底根治，然而，祕方既已失傳，此病再不可解。」

「難道再尋不到任何良醫，可配出同樣的方子？」

「無妨，貧僧已坦然面對此事。心知來日不多，反而能以歡喜心，珍惜活著的每一個當下。」

就在兩人相望無語的這一刻，茶室外傳來一個聲音：「大師兄，我捎來總會的消息，明天的布署都備妥了。」

「知道了，天策。」流雲飄蹤起身問道：「明天誰主軍？」

「十二羽。」

一聽聞「十二羽」的名號，流雲飄蹤和空虛禪師都蹙起眉頭。

在闌珊燈火下，守候在茶室外的群英四奇之一，周天策，外貌乍看之下生得鹿目馬臉，細看才發現他原來是戴著一副有著圓亮鹿眼的半掩面罩，露出長吻下巴，模樣極其滑稽。他操著一副黏膩沙啞的嗓音，勸流雲飄蹤道：「大哥，如今群英各部，就屬『羽家軍』功績最盛，底下幫眾盡皆推崇十二羽兄弟領兵有方，你也別露出這副表情來。」

「我明白。」

流雲飄蹤一嘆，將此事擱置一旁。他恭送空虛禪師離開兵府，交代周天策護送禪師回到居所。路上除了打更的燈火外，只有月色陪伴二人。

空虛禪師忽然問：「周施主，為何您在茶室外待了許久時間，方才出聲呼喚流雲施主？」

周天策頓了頓，回答：「因為剛好聽到有趣的事，就忘了時間。」

「何事如此有趣，能讓施主忘了時間？」

「這個嘛，吶！」

周天策突然轉向空虛禪師，猛地掀起鹿眼面罩的一角，只見他的眼角到太陽穴間，竟有一塊半個巴掌大的凹痕。禪師見這傷痕，身軀一動，雙手握緊了禪杖。

「我今晚才知道，那年在染家庄，是您的禪杖，在我頭上留下這道傷。」周天策重新戴好面罩，說：「但我不恨您，也不想報仇。入群英前我為了錢財，幹下不少虧心事，吃這點痛，也算是報應吧！」

空虛禪師問道：「那麼，為何周施主據實以告？」

「我佩服您，所以告訴您實情，」周天策笑道：「況且，諒您也不敢告發我，畢竟這可牽涉到群英的名聲，不是嗎？這件事就此算了，兩不相欠，如何？」

空虛禪師默然，周天策又說：「走吧，空虛大師。順便告訴您，後來我聽說那女人只是重傷，死不了的。您就別放在心上了，畢竟，這可是江湖。」

是夜亥時，天色正暗，尋常人家在此時盡皆已返家閉門，此刻尚在外頭逗留的，除了更夫、巡邏的捕快或江湖人士外，就只剩一些雞鳴狗盜的不良分子，譬如，一組匆促趕路的騙徒三人行。

這組三人行，分別是「米亞神君」、「神君徒弟」、「病人」，他們行騙各地，最終在蕪芯門被揭穿了把戲，眾相指責下，不得不連夜潛逃。行經某山腳時，「神君徒弟」按耐不住情緒，對他的「師父」咆哮：「都是你想的這『神君治病』鬼主意！這麼隨便就穿了，搞得我們這樣下場！」

「你還敢說！也不想想我這個『神君』為咱們撈了多少錢！要不是你沒拉住那個搞事的混蛋大夫，咱們還能繼續吃香喝辣的……」

「喂喂喂，最倒楣的是我吧？差點被兩根銀針給戳爛屁股！那個……」

三人爭執尚未平息，忽然間，天頂傳下一聲巨響，大地一陣撼動後，靜默了好一陣子。須臾，一道冷酷聲音說：「匹夫焉敢假冒神君之名？招搖撞騙，還想苟活？」

三人並未回話，他們的身影已從這江湖徹底消失。

那晚，在萍蓮鄉，則有另一道神祕的高大身影逼近涼空居士的「萍水居」。是時，凌雲雁總堂主受邀至萍水作客，他藉著通明的燭火，微笑著端詳一只作工精緻的藥瓶子。

凌雲雁念著印在藥瓶上的小字：「天山頂巔，有仙人名鴨梨真君，世居雪海島濱，飼一神獸，目露狂氣，身負寶刀，爪掌巨旗，乘三尺巨浪而行，其口有三舌，舌長三尺，舌上有涎，味美似甘露，香氣可傳三里，乃仙丹『三浪涎香』也，得此仙丹，可強精健骨、益氣延壽……」

念到這裡，凌雲雁再也忍俊不住，大笑而問涼空道：「哈哈哈，居士，妳可信這玩意？」

「不管它寫什麼，我會靠自己，研究出這瓶藥劑的配方。」

涼空含笑抽走凌雲雁手中的藥瓶，與之並坐，遞出一封書函，請求道：「總堂主，我明白群英近日諸事繁重，但是我惟有這一請託，請您應允調派人手，助我成事。」

「雲雁明白。」凌雲雁笑著收下書函，承諾道：「居士為苦難蒼生著想的仁心，雲雁甚是感動。群英決將傾力援助居士，招安歸化從良的土匪到萍蓮鄉，並設法擒殺各地賊首，務使百姓得安居樂業。」

「總堂主一諾值千金，我在此為萍蓮鄉親，不，為中原百姓向總堂主道謝。」

「居士不必言謝，」凌雲雁話鋒一轉，說道：「但是，朝廷政局甫定，中原盪漾卻尚未平息，這些被迫為盜的匪徒，即便歸化良民，返鄉而見家園早已荒蕪，也無從維持生計。若是因迫於生計，再度落草為寇，豈不辜負了居士的一番美意？」

話說到此，凌雲雁問：「藥涼空一向配藥精準有度。居士，對此症狀，想必妳已有良方？」

「總堂主果然想的深遠。」涼空讚嘆之際，笑而答說：「我的確有些打算。歸化的賊匪若重回正途，要返鄉的，自然無償奉送一筆盤纏，幫助他們回家。回不了故鄉的，我就安置他們，在萍蓮鄉謀求生計。」

「哦？怎麼為他們謀求生計？」

「實不相瞞，這些日子以來，我在萍蓮鄉大肆收購荒地，為的就是在招安這群歸化之人時，得從中召募勤懇之人，將荒地闢為良田，耕作謀生。」

「唔，這年頭米珠薪桂，居士行此計正是得宜，不過……」

凌雲雁話說到一半，蹙起眉頭，傾身問道：「雲雁也耳聞居士廣收荒地一事，然而這些荒地，多半丘陵起伏，並非適於耕作的良田啊！」

涼空笑道：「正是因為這樣，所以才能收多點荒地啊！」

「荒地收得多，種不出米麥，亦是枉然。」凌雲雁追問：「居士，還是妳另有打算？」

「哈哈，正是，告訴總堂主您也無妨。」涼空回答：「要種米，自當另尋河濱的肥沃良田。但是我要種的，不是米。」

「那是……？」

凌雲雁正要問個詳細，忽然門扉一開，闖進一道巨大身影。凌雲雁見了，也不禁陡然一驚。那是一名外族的壯碩女人，身材高大，膚色黝黑如炭，一雙牛眼閃亮如星，闊鼻厚唇，髮捲如豆，牙白似美玉。

她咧開嘴，用生硬的腔調問候道：「許久不見。」

涼空介紹這位奇異女子，說：「她的本名是『況』，來自醒神黑茶的故鄉。」

「『咖啡』。」

凌雲雁困惑道：「『咖啡』？」

「那是她們故鄉母語，對黑茶的稱呼。」涼空解釋道：「我打算與況合作，在萍蓮鄉的丘陵荒地，廣植醒神黑茶，召募無家可回的難民和歸匪，在萍蓮鄉以此牟生。」

「噢。」

凌雲雁凝望著興高采烈的涼空，聽她訴說對於萍蓮黑茶的全盤規劃。他對於涼空所陳述的這一切都感到茫然而困惑，但是，無妨。

這段時日，他儼然成了萍水的常客。凌雲雁心知，他嚮往的並非萍蓮鄉閒適而豐饒的鄉景，亦非萍水所陳設的異域風土奇物，而是萍水主人，涼空居士，在這險惡江湖中所釋出的熱情、善意和溫暖。

如果眼前的涼空是光，凌雲雁的身後，便是黑暗。

離開萍水居後，凌雲雁第一個要找的人，就是「暗部判官」太歲。

在半成的「雲曦迴雁樓」外，凌雲雁終於找到太歲。佝僂的太歲戴著血焰假面，拎著一包沉甸甸的包袱，走在雪地上，留下他細小深沉的腳印。

太歲向凌雲雁垂首行禮，凌雲雁好奇地問：「那包袱裡是甚麼？」

「栽種的樹苗。」

「哦？為何不選在春天種樹呢？」

「想到了，就種。」太歲笑說：「活不成，也是命。」

凌雲雁嘆了一口氣，又問：「找到他了沒？」

「找到了。」

「在哪？」

「此地的市集外十二里處，有他的屋舍，依山而居。」

凌雲雁如釋重負，喃喃自語道：「好極了。事情至少成了一半。就等蕭寒和墨塵從霜月閣回來，以及流雲的消息了。」

「總堂主，屬下冒昧一問。」

「請說。」

「為何要找他？」太歲用他瘦小的身軀貼近凌雲雁，抬眼望著，悄聲問道：「群英不缺高手，為何要特意去尋一個信不過的外人？」

「他也是活過了當年的江湖，黑暗時代的高人。」凌雲雁趁四下無人，低聲解釋：「務必請『劍傲蒼穹』大前輩再度出山，目前這個節骨眼，也只有他，能幫我們再次『請出』独孤客了。」

凌雲雁特意強調「請出」二字，太歲會意，點了點頭，接下凌雲雁交辦他的又一件任務後，轉身離去。此時傳來打更聲，原來已到了寅時。

月將西沉，暗影再起。

和平暗影十一

暗影密布（二）

朝廷換代的那一年，權臣們為了皇上的冬至大典，特頒戒嚴令。然而戒令愈嚴，匪徒益發猖獗，這當中多的是在無能官差假戒嚴之名、行欺榨之實下，走投無路而落草的無辜百姓。在此大局面下，群英諸俠接了靖平國土這麼個艱鉅任務，各有不同看法，有的像是涼空居士，對那群被逼入絕境的弱勢民眾心懷悲憫。也有江湖人痛恨這群落草土匪劫財傷民，然而白刃相向時，劍鋒所指，就彷彿是指向了自己。

然而，亦有對此樂而不疲者，渴求力量和勝利。譬如「羽家軍」，一支群英決俠士當中，遭人非議最盛，卻也戰績最盛的強悍之師。

這日，群英決的周天策、五芒星等人，風塵僕僕來到了指定會合地點，預備剿滅一批聚眾劫掠的土匪。那兒已經有數十名群英幫眾在等候著，為首一位持槍遠望的威壯男子，面色狠戾如虎狼，一雙吊眼貪婪地盯望著遲來的諸人。他是「破軍星」十二羽，「羽家軍」的常勝不敗將軍。

「喲，羽兄弟，看來你等不及了。」

「當然，」十二羽緊握長槍的手正顫動著，而他臉上的獰笑更深了。他說：「你們拖太久了。走吧，大殺四方！」

群英諸眾浩浩蕩蕩，策馬來到情報所指的地點，剛好遇上目標的土匪大軍。匪徒軍勢不下百人，正要掠殺臨近村落，見群俠來襲吃了一驚，然而土匪恃其勢眾，無懼於群俠，遂勒馬轉向，朝群俠殺去。霎時間，黃沙漫天，那錯落交織的馬蹄聲，彷彿能撼動遠方圍繞的群山。

「竟然全軍衝陣？」十二羽大笑道：「再好不過了，省事，省事！」

笑罷，十二羽一馬當先，拔出背上長槍，槍尖和槍柄皆散發出絲絲黑氣。他長嘯一聲，揮槍向前，竟憑空奔出數條黑焰巨龍，隨著怨毒的呼號聲，將敵軍前鋒部隊盡皆吞噬殆盡。羽家軍士一股作氣，隨十二羽衝陣，莫不敢落後，逢敵便連劈帶砍，所到之處，敵軍首級殘軀四散飛落，哀慟震天。

殘存土匪部隊見到前方慘狀，盡皆驚駭不已，正要撤退，五芒星的身影竟忽地浮現於軍陣後方，擋在土匪們撤退的路線上。

「貴安，諸君，」五芒星和緩道：「竭誠地，請你們去死。」

語罷，為首的三、五個土匪連人帶馬，竟憑空燃起黑色烈焰，連哀號也發不出來，就這麼燒作一團黑骨。

餘眾既驚又怒，高喊：「妖道！」便舉起槍矛戮去，乍看就要刺中時，五芒星的身形卻化作一道幻影，閃過了這群亡命之徒的臨死一博。

五芒星再度現形，不疾不徐的辯解：「我不是妖道，若用中原語言之，我的殺人術乃是……哦！」

他靈感忽現，「啪」的敲一下手指，旋即，眼前敵軍化作朵朵黑焰，就像一盞盞扭曲的黑色光明燈。

「法術。」說完，他歪一歪頭，喃喃自問：「還是，該說是魔法？」

至此，土匪諸軍幾已遭殲滅，但仍然有些許漏網之魚，逃竄進山野樹林間，豈料林子裡竟竄起熊熊大火，風助火勢，將逃兵們燒傷的傷、死的死，就這麼又逼出了林子，遇上追擊來的群英幫眾，此時殘敵早已戰意全失，俱被剿滅。

接著，周天策自火場現身，得意道：「哼哼，我早知道會有漏網之魚，是故設了一支風火伏兵在此。」一幫眾皆讚嘆周天策智謀高深、先人一籌，殊不知他原本是打算避開戰場，躲在林子裡開小差烤野味，卻失手釀成一場大火，還為自己燒出一筆功績。

當群英諸軍凱旋歸返時，在那長年雲霧繚繞間的霜嶽頂巔，一座神祕而巨大的岩洞內，蕭寒和墨塵，兩位群英決的使者，正蹲坐在一扇青銅巨門外的長廊上，藉著兩旁火炬晃動著的光芒，苦思著該如何通過銅門另一側的重重機關。兩人明白：那機關顯然是出自某位高人之手，而且正是他們所要會見之人。

「好，墨塵，我們再看一次。」

蕭寒用劍尖在地上飛快的刻劃著簡單地圖。

「這裡，是四條水道。銅人布陣在這端，和這端……」

墨塵和蕭寒被這扇巨門背後的機關拒之在外，已經過了整整一天。他們奉總堂主的命令，蒞臨霜月閣神祕的幫會所在之地，卻誤觸陷阱，導致兩人都被困在這條長廊上，前不可進，後不得退。

「這不是普通的關卡，」蕭寒邊思索破解機關之道，邊喃喃自語道：「這是模擬兵陣圖，設計者預測我們的行動，來部署陷阱和銅人陣，我們將計就計，利用機關之間的掩護，避開陷阱。」

墨塵看著兩旁牆邊下的零星枯骨，心裡清楚得很：「如果不解開這機關的謎題，我們的下場也會是這樣。」

「……好了，再進去試一次吧！墨塵。」

兩人商定了破陣之法，再次推開青銅巨門。頓時豁然開朗，巨門的另一端是廣闊似無垠的明亮大廳堂，四條筆直水道橫亙其間，水面清澈不見底。水道之間，有一處處的銅人陣，乍看似一尊尊銅雕塑像，然而一旦誤觸開關，它們就會像有生命般的動起來，一步一步殺向闖關者。

「別忘了步法，小心。」

墨塵和蕭寒謹記著他們受困在這一整天下來，所記住的步法。他們按著最後摸索出來的步法，小心行走在水道之間，務求閃避那些會觸發銅人陣的開關。這回，約莫半個時辰後，蕭寒和墨塵終得走近廳堂另一端的巨門，他們奮力推開巨門，走進了另一間空無一人的密室。

「難道又是陷阱？」

正當兩人慌張不能自已時，密室迴盪起一陣規律的鼓掌聲。他們身後竟出現一個貌似十七、八歲的男子，穿一襲鮮綠袍子，身背一刀，腰繫錦囊，笑吟吟的，像擊鼓般的為蕭寒鼓掌。

「不錯、不錯，你是第一個破了『天風浩蕩世界』的外界人。這個陣形當初是為了天風幫主和黑幫少幫主而設，可惜他們兩人都解不開。」

兩人驚詫之際，異口同聲問道：「巴波國師？」

「不錯。」

男子伸出雙掌向前，做了一個手勢，不一會，冒出了一顆顆鮮綠的泡泡。

「你們很帶種。」巴波笑道：「明明在霜月殿的入口，只要照著指標左轉，就能簡單見到愈安，進陳要事。你們偏要往右，來挑戰我三百機關陣當中，最難的這一道。」

兩人聽到此言，神色驚異又困惑。巴波見情況不對勁，問：「怎麼回事？」

蕭寒解釋：「是指標，指引我們右轉到此。」

「哦？」

巴波揚起眉毛，眼珠子翻了一圈，問：「我們還沒自我介紹對吧？我是霜月閣的巴波，你呢？破我機關的兄臺？」

「在下群英決，蕭寒。」

「好，那麼，」當墨塵正要開口，巴波竟搶先一步說：「你一定是墨塵了。」

墨塵吃了一驚，脫口而問：「大師，汝何以知道？」

「蠢問題！」巴波訕笑道：「我大概知道，是誰移動指標，誤導你們。而我也因此知道，只要另一個人不是，那你一定就是墨塵。」

「這、這？」

「你還沒想通嗎？」巴波轉而大笑，道：「她瞞著我動手腳，就是為了欺負你，不想你如此順心如意啊！」

話說至此，墨塵終於頓悟，一掌拍額大嘆：「哎呀！」

「不過呢，你們算是有福報。」巴波說：「我知道你們來霜月閣，所為何事。剛好這件事，只有我才能幫你們。」

「甚麼？」

「當然，你們也可以去找愈安，但是愈安到頭來還是要找我，而我，不見得要答應他。這麼說起來，你們辛苦一天的時間破我的陣，反而是條完事的捷徑。」

說到這裡，巴波伸手，不知用何種手法，竟憑空生出一只信封。蕭寒見了，臉色一白，伸手探了探衣襟，駭然發現貼身收藏的密函竟不翼而飛。

「我喜歡挑戰我的人，所以我喜歡你們兩個。」巴波搖著手上密函，笑說：「群英決總堂主的請求，我就代為接受了。蕭寒，隨我到寶閣，我帶你去取你們要的東西。」

蕭寒大喜，一揖拜謝巴波，就要隨著巴波去霜月的藏寶閣。墨塵跟了上去，卻被巴波擋下。他手指一扇莫名現形的藏門，對墨塵說：「你該面對的人在那，去吧！別怕，她只是嘴巴硬，心還是軟的。」

墨塵感到口乾舌燥，木訥地點了點頭，轉身穿過那扇藏門。門後是一處花園，氣候溫暖中帶有幾絲冷冽，恰如暮春。花園中心有一小湖，湖邊種滿了海芋花，花色正好，雅緻脫俗，清香盈滿花園每一處角落。

灵蝶獨坐海芋花邊，背對墨塵，不發一語。墨塵則沉默良久，方才吐出一句：「灵蝶姑娘，午安。」

「別喊的那麼親熱。」彔蝶起身，說：「可恨，我還以為巴波的機關陣能難倒你。你來討打的嗎？」

「汝說過，想娶瓜兒的，來一個汝就打一個。」墨塵深吸一口氣，抱拳一揖道：「群英決墨塵，特來討打。」

彔蝶臉上滿是惱怒，晃了晃身子，忽地消失，瞬間逼近墨塵眼前，揮手順勢就一掌打在胸前！

墨塵毫不閃躲，口中默念他學得的馭氣心法，用內力驅動氣勁循環，化解了這功力十足的一掌。彔蝶迅速點步退後，取出十數隻幻舞蝶，隻隻蘊含了可折頸斷骨的驚人內力，射向墨塵。墨塵大可用「墨風劍」擊落這些舞蝶，卻不抽劍，反之，他竟運氣至雙臂雙掌，如徒手捕流螢一般的，速將隻隻舞蝶一一抓入掌心，使不致折損。抓不到的，他便以臂護身，讓舞蝶刺入臂中，並以內力擋下。

彔蝶臉色轉作怒紅，伸掌朝上，掌心四周竟憑空浮現點點冰冷藍焰，四周空氣為之凝結。藍焰愈燒，墨塵便愈感到膽寒，他不敢輕忽這莫名的藍焰，手握劍柄，戒備以待。

彔蝶掌心一揮，藍焰掃向墨塵，焰火所觸之物盡皆燒成死灰。墨塵正要抽劍接下這險惡的一招時，忽然一名頭髮斑白的靜雅男子擋在面前，取下幻影般的斗篷一揮，包住點點藍焰，火焰在斗篷中閃耀了一會，便化作餘燼消失。

那靜雅男子正是靈稀，他蹙起眉頭問灵蝶道：「師妹，我的『冰焰』豈是用在這裡的？」

灵蝶怒容未褪，眼中擒著淚水，倔而轉身，不發一語。靈稀嘆了口氣，對墨塵說：「小蝶不憎惡你，只是她把瓜兒視如自己的親姐妹，怕你從她身邊奪走了她。別怪她，好嗎？」

墨塵痴痴地點了點頭，然後，後方一道令他心動的聲音：「墨塵師兄？」

墨塵猛地回首，西邊一顆瓜出現在花園裡。兩人既驚又喜，執起雙手，激動的不能再言語。

「隨便你們！」灵蝶忽然大吼：「我不管了！」

吼完，灵蝶背向墨塵和西瓜，快步離開花園，靈稀向墨塵聳了聳肩，苦笑著留下一句話說：「我不反對你們，我先去看看蝶。」便追上灵蝶去。

花園裡，西邊一顆瓜和墨塵四目相望。

「所以，我們終於可以……在一起了？」

瓜兒似問非問的問了一句，隨即臉兒一紅，羞怯的不敢言語。

「眼前還有關卡，汝的家人，和上官風雅前輩。可是別擔心，」墨塵按住瓜兒的雙肩，凝視著她，一字字說：「吾以天地為誓，與汝相伴偕老。」

「嗯。」

瓜兒盈亮的雙眼閃著淚光，然後，她撥開墨塵的雙手，請求道：「我去陪陪蝶師姐。」

墨塵笑著答應她，待瓜兒踱步離開花園，他舒了一口長氣，似乎此生再無憾恨。

當他返回密室，巴波和蕭寒早已等候多時。巴波一見墨塵，便已知曉方才發生何事，他笑嘻嘻的向墨塵賀喜，又承諾道：「想打聽甚麼寶物儘管找我。除了鳳霞金冠和不老仙泉以外，其他的我都弄得到手。」

「國師說笑了，」蕭寒笑道：「鳳霞金冠早已失蹤，而不老仙泉更只是個傳說，誰能弄得到手呢？」

「是誰說仙泉只是個傳說的？」

墨塵和蕭寒驚訝地看著巴波。巴波一時得意，侃侃道來：「不老仙泉的遺址，就在當今昀泉仙境。雖然泉水已乾涸了，但是只要拿到掌管地下水門的十二把金鑰，便可再次打開活水。這十二把金鑰分別由昀泉十二氏族所持有，讓我想看看……」

巴波摸著下巴，一一誦念道：「容氏、古氏、繆氏、末氏、杜氏、火華氏、染氏、青氏、葉氏、司徒氏、祁氏、重氏。百年來，這十二氏族如今四散中原各地，有的甚至已經併入其他氏族當中，但只要燃起昀泉宗主的『四方煙』，就算相隔再遠，原十二氏的眷族都得派出一名子女，帶著金鑰，齊聚仙境，共啟水門。」

說完，巴波笑著對墨塵和蕭寒道：「看來我說太多了，那就再多說一點吧！『鳳霞金冠』，不是我弄不到手，而是我不想弄到手。鳳霞金冠是頂詛咒，當年江湖『十一幫會』忌憚它蘊含的祕密，才將它奉為統領諸幫會的令旗，束之高閣。我記得當年堯兒還在閣裡，老是說『豈會有人真心聽從一頂金冠？』那是因為他沒參透鳳霞金冠的祕密。至於這來歷為何？我先問你，墨塵，你收了悟能的『穹蒼』對不？」

墨塵木訥地點頭，巴波又說：「二百年來，共有九九八十一位高人，將其『穹蒼』之力，封印在鳳霞金冠當中。一旦破解金冠的機關，就可得到這至高穹蒼，起碼九倍於己身的修為。你們說，是不是讓人肯真心聽從？」

看到兩人驚詫的表情，巴波繼續說道：「我閣的月副幫主，便破解過鳳霞金冠，得到八十一倍的驚人內力，然而她如今行蹤成謎。現在金冠也失蹤了，但是我要說：失蹤的好！」

「國師，何出此言？」

「力量不是壞事，但過高的力量，是頂會令人生不如死的詛咒，不是每個人都受得住的。」巴波嘆道：「所以我寧可不要這頂咒人的金冠，好了，話說到此，我帶你們去見愈安。一旦貴幫的護樓大陣竣工，別忘了也讓我瞧上一眼。」

巴波領著群英決的兩位貴客，拜見霜月閣代理副幫主，愈安，四人相談甚歡，聊了將近一個時辰後，方由西邊一顆瓜送客出閣，盡興而返。

三人風塵僕僕回到群英決總會，卻發現總堂主並不在總會內。此時，天已黃昏，市集人潮迫於戒嚴，早已四散。卻另有三道身影現蹤市集，他們是凌雲雁、流雲飄蹤、和太歲。三人走到一攤賣蘿蔔的攤子，顧攤的一個中年大叔，放任著一位約莫十二、三歲的小姑娘四處蹓躂，冷眼斜覷三位客人，道：「收攤了。」

「敢情是撫家蘿蔔？」凌雲雁抱拳道：「群英決凌雲雁，想見劍傲蒼穹前輩一面。」

「他就住在市集外頭，自己去找便是，幹嘛找俺？」

「雲雁自慚形穢，不敢擅自叨擾。是故，懇請您念在往昔朱皇幫主的情誼，向劍傲前輩舉薦我等。」凌雲雁說完，又一長揖，請求說：「特請前任朝廷四大密探之首，撫大鏢頭相助。」

撫大鏢頭搔搔頭，又起身抓了抓屁股，嘆道：「俺就知道，今天時運不順。」他把攤子交給那小姑娘，又吩咐：「不准再給俺去找那雨家老頭麻煩，聽到沒？」說罷，就帶領群英諸人去拜訪劍傲蒼穹。

劍傲蒼穹的屋舍在市集外十二里處，他本人身形高挑如松杉，一身素雅布服，配一柄形式古樸的長劍，劍鞘刻有篆體二字「蒼」、「穹」。撫大鏢頭向劍傲蒼穹說明來意，劍傲蒼穹便邀四人入屋，用半壺濁酒招待四人。

凌雲雁話不絮煩，簡要說明了請求，劍傲蒼穹聽完，意味深長的一嘆，道：「獨孤出山，可是江湖一等大事，你們懂吧？」

「雲雁明白事關緊要，自會小心行事。請前輩寬心。」

劍傲蒼穹點點頭，答應了凌雲雁的請託。群英眾人謝過劍傲蒼穹和輔大鏢頭後，轉而來到雲曦迴雁樓，這時，流雲飄蹤發現樓外約十尺處，竟已種下成排樹苗，一打聽才知是太歲所為，笑問：「太歲，冬天種樹，種得活嗎？」

「該活的，就是會活。」

「好啊，哈哈，願它們都活得長長久久。」

流雲飄蹤的祝福果然靈驗，待這風雨飄搖的一年過後，雲曦迴雁樓於翌年春時隆重開幕時，這排樹苗也挺過了這場寒冬。

往後，它們將看顧雲樓所歷經的風風雨雨。這一顧，起碼十六年。

和平暗影十二

暗影密布（三）

古書云：「一冬一春，靡屈不伸。一起一伏，無往不復。」所闡釋的不外乎「循環」二字。天下太平時，天真的人相信和平能永遠持續下去，就好像盼望著春天永不離開，但是世故的人會說：「世事循環，治極則亂，亂極思治。」

而真正歷經亂世存活下來的人，不會去爭辯治亂循環的理論，他們只想好好的善用餘生，度過每一個得來不易的平靜日子。劍傲蒼穹，正是這樣的一個人。

時值入春，天氣晴。劍傲蒼穹心血來潮，隻身漫步市集，坐在平常的小酒肆裡，選個門邊的位子，點一壺混濁的小米酒啜飲著。他就像青田中央的一隻蒼頭白鷺，在庸庸人群中是如此突兀，卻又如此平凡。

酒肆的角落，坐一個滿面鬍渣的潦倒酒鬼，他披著一件深沉的樸紅斗篷，背著一只白蠟大旗。旁人見他時而仰首舉杯，時而臥倒桌旁，笑容和醉眼一般迷濛，他生得一雙炯炯虎目，臉色卻敗壞難看，顯然是長年酗酒所致。醉臥間，有個年約十五、六歲的少年，擦過他的身旁，得手了一只單薄的紅布囊。

少年正要悄悄離開酒肆，忽然一隻冷不防的快手，一把取走了他扒得的贓物。那是一位高窕而五官精緻的女子，年歲約莫二十，穿一襲落雨繡花白衣，紮的玲瓏有致，挽著簡單髮髻，盤住一頭烏黑長髮。

不過，她最引人注意的並非那秀麗容顏，而是她身上的香氣，那香氣來自她腰間的香囊，以桂香為基底，摻入數種不知名的幽然花香，香氣可傳數十尺之遙，清新卻不逼人，還帶著一絲雨後春陽的舒爽。

少年立馬大聲嚷嚷，吸引酒客和店小二注目，喊道：「喂喂喂！大人搶小孩東西啊！」

「喔？你的東西？」

女子一笑，從布囊中掏出枚奇特的令牌，上面畫著團團躍動的火焰，一看便知是明教的信物。她笑問少年道：「所以，你也是明教中人囉？」

少年心知露了馬腳，趁隙轉身逃跑，悻悻然丟下一句：「多管閒事！」

女子也不追趕，而是將布囊還給失主。酒鬼嘿嘿一笑致謝，打開布囊清點失物，道：「失而復得，完璧無損，定是酒神助我，哈哈，妙極！」

風波就此平息，酒肆恢復平常的喧鬧。這時香囊女子朝向劍傲蒼穹欠身一禮，問道：「敢情是劍傲蒼穹前輩？」

「我是劍傲蒼穹。」劍傲蒼穹笑道：「小姑娘，剛才妳熱心，可惜涉世未深，差點鑄錯。」

「前輩，這是何意？」

「妳似乎還沒發現自己唐突？」劍傲蒼穹嘆一口氣，解釋道：「幸虧那明教弟子是個好人。人家假若意圖不軌，妳還傻傻的奉上失物，一旦就這麼被誣陷成小偷，找妳索討贓款，妳要怎麼替自己洗刷冤屈？」

女子一愣，無言可駁，只有欠身一禮，道謝說：「多謝前輩指點。小女子雨紛飛，奉樓主之命，敬邀劍傲前輩赴宴。」

「雨紛飛？」聽到雨紛飛的名字，劍傲蒼穹眉頭一動，追問道：「妳是『及時雨』的孫女？」

「先祖父正是『及時雨』，您認識他？」

「算不上熟識。」劍傲蒼穹喃喃道：「可是我記得『及時雨』的孫女……喔！」

劍傲蒼穹忽然頓悟，一拍大腿，問道：「所以妳才佩帶這香囊，這是令祖父的傑作，對吧？」

「正是如此。」雨紛飛面帶微笑，輕嘆道：「妾身自幼便配帶著它。先祖父曾說，就算妾身不說話，憑著這獨一無二的香氣，也能找到妾身。」

劍傲蒼穹也嘆道：「也只有鼻子一流的『及時雨』，才想得出這番點子。」

「也只有劍傲蒼穹，才能參破這當中的玄機。」

酒肆外傳來一道吊兒郎當的輕佻笑聲，隨著笑聲，一位掛著玉白狐面的男子邁入酒肆，與劍傲蒼穹對坐。

「真想不到你還留在中原。」劍傲蒼穹問候道：「久違了，『四眼狐狸』，你從何時開始待在外頭的？」

「從這位雨姑娘剛來到的時候吧！虧得我來的巧，才見得到劍傲大俠一面。」

「『四眼狐狸』？」雨紛飛訝然問道：「難道你就是傳聞的大內密探『四眼狐狸鄭亦邪』？」

「是，但也不是。」四眼狐狸苦笑道：「很快的，我就要調往西域，遠離江湖了。『四眼狐狸』這名號將為他人所用。但在這之前，我還有一搏的機會。」

劍傲蒼穹問道：「甚麼一搏的機會？」

「當然是翻出幾件大案子來一搏。」

「要翻案，何必刻意堵我？」劍傲蒼穹笑問：「而且要發達，何須如此費事？只要把你那一套逢迎恭維的功夫用在朝廷上，還不愁沒有飛黃騰達的機會嗎？」

四眼狐狸聞言不喜，只用鼻子「哧」了一聲，說：「別將我和那些跟紅頂白的傢伙相提並論。」

「但你仍把那些傢伙放在心上，否則，又何必選擇離開？」

「自己人說老實話，當然會放在心上。」四眼狐狸道：「看著身旁的人宦途一個個紅的發燙，自己屈沉三年，卻還是原地打轉，豈會甘心？畢竟，不是每個人都像您一樣甘於淡泊度日。」

四眼狐狸自顧自的呷一口酒，又說道：「當年叱咤黑暗時代，可與六扇狂刀、独孤客相敵的『無心三劍』，其中上官風雅、無始劍仙，俱屬天下五絕，名滿江湖。惟獨您，婉拒一切封號，守拙養晦，這一潛沉，就是二十餘年。」

「你想說甚麼？」劍傲蒼穹問：「既然我已潛沉二十幾年，你又想從我身上問出甚麼案子？」

「霜嶽案。」

劍傲蒼穹噗笑一聲，又問道：「都十六年前的案子了，朝廷也早已結案。可不是？」

「但是御史的紀錄中，從未提及您。」

「那是因為我從未踏入霜嶽頂巔一步過，置身事外，這有甚麼好懷疑的？」

「一度轟動江湖的行刺大案，挑在皇上舉行冬至大典當日，一萬禁軍眼皮子下的霜嶽頂巔行動，這計是如此危險，又如此行事縝密，而您敢說『無心三劍』竟有人能置身事外？」

四眼狐狸傾身向前，低聲問道：「難道在霜嶽這案中，您真的甚麼都沒做？」

「甚麼都沒做。」

劍傲蒼穹話這麼說，眼光卻飄的老遠，飄向市井車道的另一端。

「看來，我得加點籌碼，才能令前輩多說一些了。」四眼狐狸攤手一笑道：「我用三個大消息，換前輩幾句肺腑實話。如何？」

「我無所謂，反正這把交易我一定不吃虧。」劍傲蒼穹笑道：「不過，對你可就不一定了。你要提供什麼消息，但說無妨，就怕我的『實話』不一定會稱你的意。」

「您一句實話，值得千金。」四眼狐狸說：「身為後生晚輩，由我先說吧！第一個大消息，和這位雨姑娘捎來的大喜之事有關。」

「什麼大喜之事？」劍傲蒼穹大笑道：「『雲曦迴雁樓』此番設宴，不就是為了與『流雲兵府』締約一事？流雲府和群英決一向合作甚佳，即便群英總會已亡，雲樓樓主和流雲少主的交情並未稍減，締結盟約，勢之所趨。一件江湖人盡皆知的必然之事，竟被你說的像是甚麼天大消息似的。」

「我當然知道，然而，雲樓大宴，為的可不止是締約一事。」

「那還有什麼？難道兩方論及婚嫁了？哈哈！」

「喜事豈止限於男婚女嫁？拜師也算啊！」

「拜師？」劍傲蒼穹眉頭一簇，問道：「是誰？拜誰為師？」

「流雲兵府二少子，任雲歌，歷練四方多年歸來，拜雲樓樓主凌雲雁為師。」四眼狐狸笑道：「這個算是大消息吧？」

一旁的雨紛飛不禁脫口驚呼：「任公子回來了？」

這一驚呼，引來不少酒客側目。劍傲蒼穹和四眼狐狸見狀，便起身付了酒錢，改到另一棟新建酒樓避人耳目。新酒樓樓高二層，一樓賓客滿堂，四眼狐狸情商店小二好久，才為三人找到一張角落的桌子，正好相談事情。

「話說任雲歌歸來，拜師凌雲雁，確實是個大消息，而兵府要員的行程，保密功夫也必定做的周詳。」劍傲蒼穹問四眼狐狸，道：「你又是怎麼知道的？」

「自然是極其可靠的消息來源，我花了一點功夫才要到的。」四眼狐狸道：「假如這個大消息還不能讓前輩您滿意，那我再說另一件事，這場宴席的另一個目的。」

「什麼目的？」

「與疾風鏢局有關。」四眼狐狸答道：「疾風鏢局大當家夏宸，將與流雲兵府合作，共同拓展鏢局生意。兩方將齊赴此宴締約，由雲樓樓主擔任見證人。」

劍傲蒼穹抬起了眉頭，喃喃道：「夏宸和無心門諸位私交甚篤，如今竟然也去和流雲氏合作了，無心門那邊的態度又是如何？」

「問的好。無心門管事者，上官風雅，自然知曉此事。不過，他對此也不置可否。」

「確實，江湖除了刀劍仁義，也講生存和名利。疾風鏢局要長久發展，勢必要與雲樓友好。這也是意料中的事。」

「真高興前輩與我等所見略同，既然如此，您對將來又有何打算？」

「原來這就是你的消息來源啊！」劍傲蒼穹笑道：「想必是雲樓樓主將這消息透露給你，託你來當說客吧？」

「凌樓主仰慕前輩已久，但是您與上官風雅、無始劍仙的私交，是非比尋常的深厚，邀您入雲樓，自然要花一番功夫。」

「可惜，我一介不識時務的山野匹夫，囿於舊情，勢必要辜負凌樓主的一番誠意了。」劍傲蒼穹又道：「真是抱歉，得讓你空手而返。」

「這倒無妨，游說只是順帶一角，我的目的仍是您的幾句實話。」四眼狐狸道：「我這兒還有第三個大消息，一定能打動您的心思。」

「我對此抱持懷疑，不過你這麼想說的話，我無所謂。」

「好，在這之前，您可發覺這酒樓的可疑之處？」

「賓客滿座、戶限幾為穿，新樓新氣象，有何可疑？」劍傲蒼穹環顧四周，道：「真要說的話，就是這一樓大堂，未免太擁擠了點。而樓上，似乎太安靜了點。」

「正是如此。我剛進來時也覺得奇怪，就向店小二打聽一下。原來有五位貴客，包了整層二樓。」

「不過就是一群闊客？難道他們大有來歷？」

正說著，樓上忽然傳來一聲轟然巨響，射發出一股熾烈的純陽正氣，把天花板給砍破了一個大洞。土塊碎片垮然散落，泥沙漆屑瀰漫各處。眾食客驚惶奔逃，場面一片狼狽。

「哇啊啊啊～～！」

一個穿著跑堂布衫的少年，倉皇皇滾下樓梯。劍傲蒼穹等人認出他是稍早的那個小扒手。少年懷裡兜著一只珠玉錦囊，正要逃出大門，卻有一條白綾和一條青藤齊發，纏住他的腰身和雙臂，他越是想掙脫，就被纏的越緊。

「好痛！放開我啊妖怪！」

「小黑貓啊，你說誰是特麼的妖怪？」

一襲大紅少女，幽然信步下樓，長髮披肩如錦緞，一點絳唇似寶石，兩抹眼影碧映有采，正好襯托一雙閃亮的梭子眼，而眼神，閃現著冷漠凶光。她迎著少年的面，一手抽走他懷裡的錦囊，一手持著銀針，用針尖挑起少年的下巴。

「乖，別動。」紅衣女子沉靜而笑道：「你說你叫貓神？來，學一聲狗叫給你容繾老娘聽聽。」

少年臉色慘白，氣虛虛的應了一聲：「汪！」

「喲，他真的叫了呢！」手持純淨白綾的妙齡女子輕巧下樓，嬌笑得惡意滿面，說：「來，換學青蛙叫，像這樣，呱呱，呱呱～」

「妳很開心嘛，古琰？」

「當然，我正悶著呢，難得有這麼個玩具送上門來。」

「放了他吧！容兒、小古。」

二樓傳來一道柔弱的男嗓，勸道：「既然錦囊和信物都討回來了，就放他走吧！」

手持青藤的綠衣姑娘現身樓梯間，聞聲嘆道：「日月哥哥就是人太好了，才老是吃虧。妳說是吧，末翙？」

又一位稚氣的妙齡少女則站在綠衣姑娘旁，紅起雙頰燦笑道：「繆箏姊姊，就是這樣的日月哥哥才可愛嘛！」

「既然是日月哥哥說的，就這麼辦囉！」紅衣的容繾噘起雙唇，凝望貓神少年道：「小貓神，你走運，不會被作成油炸貓兒酥囉！」

貓神緊張陪笑說：「謝、謝謝各位姊姊的不殺之恩。」

「記住，永遠、永遠，」古琰收回白綾，冷笑道：「都別想打昀泉四司姬的歪主意。」

「昀泉四司姬？」一旁的劍傲蒼穹訝然，脫口問道：「難道是昀泉仙境？」

「您猜的沒錯，這就是第三個大消息，也是最動人的一個。」四眼狐狸悄聲道：「昀泉十二氏的後裔，開始往仙境集結了。」

和平暗影十三

暗影密布（四）

少年不知道自己的出生來歷，曾有一次，他的養父又在酒後毒打他時，痛罵道：「給你白吃白住十五年，什麼都不會做！」所以，他應該是十五歲，或更年長吧？

少年自稱「貓神」，他每天睜開眼睛，想的第一件事，就是在市集活下去。

貓神住在某座主城的西市。他不常回家，入夜便借宿市集各家攤子，或是躲在溝渠裡，捲條自己縫的雜被睡一晚。他喜歡市集的人，但是更喜歡他們懷裡的錢包。他和市集攤子有三條不成文的默契：不偷攤子、不惹官差、不偷的太過分。

他對市集瞭若指掌：西門的鹹魚舖老闆是個傳奇，曬出來的鹹魚乾連宮裡的大太監都極為讚賞；北邊的葬儀社少人光顧，但是笑口常開的老闆出手很大方，偶爾會找他賺外快，為陌生人家帶孝假哭，一天就是三百兩，夠他七、八天餐餐有條鹹魚可吃；靠近南門的書舖老闆，喜歡研究棋譜，找幾個熟人，擺幾碗酒，一談棋就是把個時辰。偶爾會來一攤賣辣椒的，老闆七老八十歲了，兩縷白鬚，長的像一大片橘子皮貼在臉上，叫賣聲中氣十足。

而貓神最喜歡待的地方，還是撫家的蘿蔔攤。蘿蔔攤據說已傳了三代，當家的撫大嬸子生來高頭大馬，是市集知名的大嗓子和情報通。他最愛待在蘿蔔攤，享用熱騰騰的蘿蔔糕，聽嬸子陪著顧客或其他老闆，說著三姑六婆的話題：

「我說那個疾風鏢局的三當家啊，一個南方小姑娘，入關十幾年了，從疾風鏢局的跟班，一路做到三當家，可是都還沒個歸宿，怪啊！聽說她對鏢局的大當家一見傾心，可是又和那個命運聖門的少主，還有個隱居雪山的道士……」

「雨家的長孫女，在雲樓當了迷魂玄女。可是啊，女孩子家老大不小了，都沒聽說她看上哪家男兒郎？據說她每晚就攬一面銅鏡，一照就是把個時辰。還據說她的……哎，不足為外人道啊……」

「那個流雲府的大公子，著實奇怪啊！都活到這把歲數了，竟然身邊連一個姑娘都沒有……除了十幾年前認的一個義妹……就是啊，要不是這樣，流雲府又何必再招一個關外來的螟蛉子呢……」

對貓神而言，撫家蘿蔔攤白天的話題稍嫌無趣，待入夜後，撫大嬸子會換一批行事更加神祕的客人，談論的話題也更加精采。即便嬸子將貓神趕出攤子，他還是會悄悄潛回，裹條毯子，偷聽攤子裡的對話：

「……昀泉仙境，歷來都是十二氏族掌理宗主一職，這回竟然出了族外宗主，而且還是一對兄弟……那名影子護衛也是個謎……」

「……羽家軍一手創立的『罪淵閣』，如今大權旁落……」

「……真想不到，『夢仙觀』自十二年前內鬥重傷後，再次捲土重來。不知『周公解夢』究竟歸誰繼承……」

常年打滾市集，令貓神練就了一身察言觀色、見凶避危的本事，但他寧可靠著扒盜維生，自甘活在人群的邊緣。貓神的身手俐落，鮮少失手，但偶爾還是會栽了跟頭。可是，像那天那般連栽兩次，他還是頭一次遇到。第一次，他挑上一個外地來的酒鬼，得手一只紅布囊，偏偏被雨家孫女壞了事。雨家老頭的孫女遊歷四方，鮮少現身市集，看來沉靜漂亮，卻沒料到竟然這麼厲害，也這麼愛管閒事。

他趁著雨紛飛自認為獲勝，卸下心防的瞬間，逃出酒肆，免去一頓牢飯。可是一想到今天毫無所獲，於心不甘，決定再去市集最大的新酒樓碰碰運氣。

酒樓的一樓大堂擠滿了賓客，貓神上下其手，獲利甚豐，本來可以見好就收，可他聽店小二講說樓上有五名貴客包了場子，就偷了一套跑堂衣服，冒充跑堂，上樓碰碰運氣。

原本他以為能包下整層樓的貴客，肯定是大口吃肉、大碗喝酒的豪俠，沒想到竟是四個年紀和他相差無幾的姑娘，和一個女扮男裝的麗人。五人的裝扮均奢華之至，看來絕非等閒之輩，桌旁還斜插著一把起碼一丈高的沉鐵巨劍，劍刃散發著炙熱殺氣。

四個姑娘吃喝閒聊間，有意無意的逗弄那位麗人，貓神假裝整理，尋找下手的機會。這時，麗人忽然開口哀求道：「容兒，我已經撐過半個時辰了，可以給我解藥了嗎？」

「別這樣嘛，日月哥哥。」為首的一個紅衣姑娘笑道：「咱們這幾天無聊的緊，給妹妹們一點樂趣嘛～」

貓神這才發覺，那位乍看似女扮男裝的麗人，竟是貨真價實的男兒郎。他不知服了什麼丹藥，臉色泛著潮紅，眼眶含著點點淚光，可那紅衣容兒竟又掏出一顆丹藥，笑道：「哥哥，我這兒還有一顆妲己姊姊給的『陰陽異變散』，據說可以把哥哥給變成姊姊哦？你就試給我們見識見識嘛！」

「別、開玩笑啊，容兒！」

貓神徐徐側身，趁機悄悄將一只珠玉錦囊踅入懷裡，豈料正要下樓前，卻被那日月察覺了。

「小偷！」

日月一聲驚呼後，飛奔躍起，纖纖雙手順勢握住巨劍劍柄，一把抽出！那起碼有百斤餘重的沉鐵巨劍，日月竟能像抓根稻桿般的自在揮灑，橫砍豎劈，舞出陣陣熾烈劍風，劍風所波及處，盡遭劈裂，斷片碎屑飛散，且日月一個不留神，施力過度，竟然便將二樓地板給砍出一丈長的巨口。

「哇啊啊啊～～！」

貓神倉皇逃下一樓，仍被樓上貴客給逮住，在日月勸說下，僥倖保住一命，狼狽而歸。他想：這一定是他此生最恥辱的一天。

一旁觀戰的劍傲蒼穹、四眼狐狸、雨紛飛三人，趁亂之隙離開酒樓。劍傲蒼穹與雨紛飛拜別後，領著四眼狐狸回他的茅廬做客。他逕自為自己斟一杯酒，道：「我還是要說，這筆交易你虧大了。你的三個消息的確動人，可是我的實話只會讓你失望。」

「所以，你仍然堅持，那年在霜嶽頂巔的冬至大典，你甚麼都沒做？」

「當然，這千真萬確。」

「那我換個問法，」四眼狐狸也為自己斟一杯酒，眼神忽然銳利：「那一年，從凌雲雁找上您，到冬至大典後，您都做了甚麼？」

劍傲蒼穹端詳了四眼狐狸好一陣子，和緩問道：「老弟臺，這十六年來，朝廷又改朝換代好幾回，江湖局勢也與當年大不相同。現在追索這案子根本沒有意義，稍有不慎，反而還有殺身之禍。我活到現在孑然一身，倒無所謂，可你還有未來，如此執著，又是何苦？」

四眼狐狸按住眉頭，躊躇良久，終於透露實情。

「施大元帥就是栽在這件案子上，」他說：「老將軍往昔於我有恩，把這整件事查個明白，算是我在退隱前，給自己一個交代。」

劍傲蒼穹聽了，眉色舒展，舉杯敬道：「這句真心話，你早點說出口就好了。」

＊　＊　＊

劍傲蒼穹說的不全屬實，他平生的確未踏入霜嶽頂巔過，在十六年前的冬至大典那天，他也的確甚麼都沒做。但是他曾做過的兩件事，也許是霜嶽一案中，最為關鍵的兩件事。

冬至大典前夕的那段日子，劍傲蒼穹終日與凌雲雁、流雲飄蹤、水中月三人為伍。白天，他持一把竹刀，在一處隱密的竹林中，與三人對練劍法。晚上，他們徹夜長談，每每談到三更天時方散。

到了十天前的下午，凌雲雁抽空問流雲飄蹤：「我這幾天忙，耽擱了幫務。最近可有什麼要事？」

「除了冬至大典，也沒其他要緊事。」流雲飄蹤苦笑道：「朝廷以綏靖為名，需索日漸繁重，幫裡的人手愈來愈吃緊，這倒是個問題。」

「人手著實是個問題。」凌雲雁慰勉道：「江湖代代有人才輩出，如果你注意到適合的年輕後輩，務必好好拔擢他們，即使是他幫人士也無妨。像上次那位木仁石，就是個不錯的人才。」

流雲飄蹤不禁啞然失笑，回想起他與木仁石重逢的時刻。那天，流雲飄蹤率眾巡視市集，注意到一高一胖的身影，正是木仁石的那票狐群狗黨之二。兩人神色慘淡，一見流雲飄蹤，旋即雙雙撲通一聲跪下。

流雲飄蹤沒料到這麼一著，慌忙問道：「喂喂，這是做什麼？」

「大俠，大人不計小人過。」兩人齊聲哀求：「請您行行好，救救咱們石頭老大！」

「石頭老大？木仁石嗎？」

兩個嘍囉爭相夾七帶八的說了幾遍，流雲飄蹤才稍微釐清事情始末：原來木仁石突然要籌出一大筆錢來，無計可施之下，索性領著一幫混混到市集偷拐搶騙，豈料戒嚴令下，各大主城皆加派兵力維持治安，木仁石就這麼被重重捕快逮個正著，關進死牢，等候處決。

在暗無天日的死牢，一夥混混連見上木仁石一面的機會都沒有，流雲飄蹤花了好些功夫，終於讓獄卒領著他進死牢，保木仁石出獄。保釋當天，混混們又帶了兩個小姑娘，哀求流雲飄蹤攜之同行。三人隔著厚重的牢門，見到木仁石，木仁石卻毫不領情，背著牢門，不說一話。

「笨石頭！賺錢的方法那麼多，幹嘛偏要做壞事？」其中一個探監的小姑娘抽抽搭搭的說：「如果縣老爺真把你砍頭了，怎麼辦？你不是說要娶我的嗎？說什麼要娶小嫣楓過門的啊？你說啊？」

「哭又有啥辦法？砍就砍了！」木仁石聽得心煩，脫口罵道：「娘子哭屁啊！」

小嫣楓一怔，竟真的嚎啕大哭起來，木仁石慌忙間，說不出半句安慰的話，場面荒唐，一發不可收拾。流雲飄蹤以眼神示意，獄卒便打開牢門，沒好氣的說：「小子你走運，流雲大公子保你免刑，跟我上來。」

木仁石這才注意到流雲飄蹤，吃驚不已，就這麼茫然跟從到審訊堂。墨塵在堂上等候多時，見木仁石便問道：「吾等大致明瞭來龍去脈，不過吾想知道，汝為何行險？」

另一個探監的少女欠身行禮，代為回答：「石頭哥哥是為了小女子。小女子名叫蔚秋，家逢巨變，亟需孔急，石頭哥哥熱心，一肩攬下小女子的債務，卻籌不出錢，才鋌而走險，犯下重罪。天幸兩位大俠相救，小女子，深深感激各位的恩情。」

說完，蔚秋領著小嫣楓，就要跪謝，被墨塵慌忙扶起。木仁石乾著嗓子，反問流雲飄蹤：「為什麼救我？」

流雲飄蹤笑道：「這個嘛，因為你的本性不壞，而且天資也不錯吧？」

木仁石臉上紅一陣、白一陣，就這麼服了流雲飄蹤。流雲飄蹤將他引薦到各大幫會效力。木仁石帶著那一票死黨，洗心革面，與四方群俠齊力掃賊蕩寇，竟在短短時間內，就闖出一番名堂來。

時間匆匆的過，冬至前三天，忽然降下一場瑞雪，覆蓋了帝都之下的將軍城。白天，在擾攘的將軍城下町，眾人來往，踏出一條條雪白的車馬足跡。

人潮中有一女子，名為花非花，手上有一封未署名的密函，邀她在將軍城的市集與某位要人見面。她依約直赴將軍城，卻見不到任何人影，兀自茫然等候著，殊不知十三尺外的酒店二樓，有兩個人正盯著她。

兩人遠遠的監視花非花，私私切議道：「沒問題嗎？」

「當然沒問題，我們都準備這麼久了。」

「我是指，這位花非花的安危。」

「不打緊。況且，『他』出手是懂得輕重的。」

正說著，市集忽然傳來一陣擾動。一名神祕刀客邁步而來，逼近花非花，旋即抽刀一斬！

「喔？」

無情刀客只一招，花非花胸前便開了一道赤紅的口子，她連一句「救命」都喊不出口，就這麼倒臥市集，任鮮血染紅了雪地。刀客趁著市集大亂時從容逃脫，正要出城時，遇上了聞聲前來的捕快大隊。捕快隊長一見刀客，表情是七分驚詫，三分憤慨，脫口怒斥道：

「独孤客！膽敢光天化日下行兇！快快束手……」

話未說完，独孤客又是一刀，捕快隊長瞬間倒臥血泊。其他補快大怒，齊聲一喝：「抓住要犯！」便蜂擁而上，但是独孤客絲毫無懼，踏步挪騰，抽刀收勢，一陣殺伐聲中，須臾間，第一波捕快前鋒竟皆倒地不起，独孤客便在眾目睽睽下，身形一動，從將軍城消失。

酒樓上的兩人目睹這場兇案從頭到尾，這才徐徐起身，信步下樓。其中一人負手而立，昂然長吸了一口凜冽的寒氣，吁嘆道：「試刀完畢，大前輩，我們回不了頭了。」

被直呼大前輩的另一人，正是臨光。他點頭道：「就看三天後的造化了。不過總堂主，不，雲樓樓主，真沒想到，你竟然為了『天下五絕』而出此險招。」

「雲雁也是為了江湖。」時任群英決的總堂主，凌雲雁，垂首低喃道：「但願，我這麼做是對的。」

將軍城的血案震驚了江湖中人，也震驚了朝廷。案發後，特使連三天修書十餘封，告誡群英諸俠嚴加戒備，不可讓獨孤刀客影響朝廷的祭典大事。此外，朝廷一方面火速頒下數道禁令，將各地要塞管控的更加嚴密，另一方面又發詔各大江湖幫會，表彰諸幫主的功績，欲行宣慰之事，恩威俱陳於字裡行間，極其做作。而這紙詔書，自然也傳到了華池觀。

就這樣，朝野上下，在瀰漫著不安氣氛的情況下，舉行當年的冬至大典。那將成為攸關群英決與雲曦迴雁樓、無心門，乃至於全江湖命運的一場大戲。

和平暗影十四

霜嶽頂巔（一）

所謂道理，內容往往平凡得無趣，而待經歷過人生起伏，方知無趣的常談，才真正是堅不可駁的硬道理。

出門在外，靠的是關係，就是這麼一件無趣的真道理。

隻身入江湖，單憑藉一身高強本領而出類拔萃者，幾希矣，更多的是依附上強韌不可輕拔的關係，為之後盾，若是後盾之上還有後盾，那更是可靠中的可靠。所以，江湖人投奔幫會，幫會之間結為盟友，是江湖上稀鬆平常、卻又至為重要的大事。

也因此，雲曦迴雁樓和流雲兵府締結兄弟盟約，一時之間成了市井街坊間的話題。雲樓樓主凌雲雁一向與流雲氏關係良好，而兵府的惟一嫡親傳人，流雲飄蹤，更是雲樓的副樓主，凌雲雁身邊的左右手。樓府之約，在江湖中人看來是時勢之必然，真要說有什麼不對勁的話，那就是這締約的時間，未免太晚了些：何須待流雲飄蹤離開任事的群英決和雲曦迴雁樓，代替老邁父親職掌兵府大事，且又相隔多年後，才宣誓此一盟約？

不過對貓神而言，這一切都與他無關。他自認為不會和這些江湖的風風雨雨牽扯上關係，直到有一天深夜，他記得自己明明是睡在市集後頭的水溝裡，清晨卻驚醒在撫家攤的板床上，身上還披著一件青白相間的錦繡棉襖。

撫家孀子笑著對貓神說：「小伙子，你運氣不錯。前一晚兵府的『百韜策侯』發現你，看你可憐，商請我這兒供你一宿，還借你一件流雲錦襖禦寒。小伙子，你可要把這錦襖的味道洗乾淨了，還給流雲府，好好的向人家流雲少主道謝啊！」

貓神「喔」的應諾一聲，眼神卻看得出是百般不屑：東西收了，哪有再還回去的道理？況且他根本不想和這些江湖大人物扯上關係！

貓神雖然喜歡市集的人們，但也未曾信任過他們。他平生只相信一個人，一個他從未謀面過的神祕大俠。那個大俠武功高強，會在他深處險境時挺身相助，力退惡敵。有一次，南街的王麻子找貓神麻煩，帶了一批惡棍趁夜偷襲，擊昏了落單的他，而那位神祕大俠竟及時趕來，力退群惡，救他脫險。貓神在昏迷中，未得一見恩人的英姿，只知此後王麻子和一夥跟班，再不敢現身市集，只因他們全丟沒了臉——是真的都沒了臉。

貓神從未和別人分享過這位大俠的祕密，畢竟，誰也不會相信竟有這麼一個莫測高深的高手，願意挺身相護這麼個市井邊緣的小人物。再者，貓神對這位神祕大俠的外貌、來歷、甚至名號皆一無所知。他為這位英雄私下取個名號，也許，有一天可以當面告訴他吧？

就在貓神經歷了那難堪的一天，被四個嬌蠻漂亮的姑娘戲弄一頓後，他稍微收斂了點，好一陣子不再逡巡獵物下手，轉而幫忙撫家蘿蔔攤作些雜活度日。有一天，蘿蔔攤來了一位貴客，年歲尚輕，容貌卻已飽受滄桑，腰佩長劍，身罩一件斑駁綠袍，內裡隱約透出一副金縷甲，一望便知是個將官子弟。貴客上門，便先行軍禮問候道：「請問撫岑大娘在嗎？」

「哎喲，快別這麼叫呀！我的將軍貴客。」撫岑老闆娘趕忙迎上前，陪笑道：「今日幸得振騎少將軍光臨，令本店蓬蓽生輝。敢問少將軍有什麼事？」

「我不是什麼少將軍了。」貴客嘆道：「在下施晉，請教您霜嶽該怎麼走？距離這有多遠？」

「霜嶽？」撫岑微微蹙起眉頭，依舊笑問：「您問的該是雲樓或兵府吧？怎麼會想到霜嶽去呢？」

霜嶽郡，以朝廷口中的聖山「霜嶽」聞名中原。霜嶽高三千尺，自古以雄偉著稱，歷來朝廷得權者，必定選在冬至時分，親臨霜嶽頂巔，祭拜天地，祈求國泰民安，政權久存。江湖一大幫會「霜月閣」即源自此山，霜月閣長年盤據霜嶽，憑藉霜嶽在朝廷的地位，歷經江湖諸多動亂而屹立不搖，雄踞天下第一大幫的名號起碼十來年之久。

然而，論當今江湖誰聲勢最雄，非雲曦迴雁樓莫屬。霜月閣的衰微，其來有自。諸位掌閣要人，長年行蹤成謎，對閣聲的傷害自是不小，這是其一。而閣內要務，原先交由一代才俊愈安管理，愈安凡事親力親為，帶領霜月閣度過一段紛擾歲月，卻在幾年前遭刺客襲殺重傷，此椿大案又對霜月閣的名聲造成一大打擊，這是其二。

就在愈安傷勢不明之際，一支來自北方鮮卑地的異族乞伏氏，在霜月閣內迅速崛起，攬下閣主大位。歷年冬至的朝廷大戲「霜嶽大典」，因此蒙受質疑：「我中原聖上，祭祀天地的大典之處，豈得為外族把持？」

自此，霜嶽的地位迅速衰微，朝廷的冬至大典一度移師齊賢郡和雅咸陵，霜月閣也瀕臨消亡。此刻適逢雲樓兵府的盟約大吉之時，忽然來了一名曾經地位匪薄的少年將軍，要到霜嶽一遊，其動機著實令撫岑感到可疑。

「在下並無他意，適逢先父忌日，想去舊地走走罷了。」

「既是這樣，剛好我也想到霜嶽一趟，便由我來為少將軍領路如何？」

聽到這把聲音，撫岑和施晉兩人都吃了一驚。只見一男子笑而佇立，斗笠蓑衣遮住他的容貌身形，卻掩蓋不了他那股優雅的滄桑，和眉宇間的英銳之氣。

「久仰大名，『百韜雄略』流雲策侯大人。」

施晉深深一揖，行禮而道：「施晉不才，早已沒了爵位名分，不堪這少將軍的稱號了。現在的施晉，就是一介初入江湖的平民，豈敢斗膽求策侯大人相助？」

「真要說的話，我也擔不起『大人』這稱號。」斗笠男子正是流雲飄蹤，他笑道：「且別說閒話，正好我們同路，就當做多個旅伴，彼此路上也有個照應，如何？」

「近日貴府不是正有大吉之事？您在這個節骨眼離開兵府可好？」

「那些事，我可以托付給雲歌，他擔當得起的。而我還有更重要的事情，非親自去做不可。」

「什麼？」

「咱家小九主子的生辰禮之重要，不下結盟。」流雲飄蹤促狹地嘿嘿一笑，道：「我這回來市集，就是為了挑選禮物。不過現在一想，霜嶽殿的珍寶閣收藏似乎更豐。」

施晉不知何言以對，唯有乾笑置之。流雲飄蹤忽然又正色道：「而且，我也知道施兄弟你這趟去霜嶽，是為了什麼事。這件事，或許我正好可以幫你。」

施晉臉色一變，手按金烏劍柄，追問道：「果然你知道些什麼？」

氣氛一時巨變，殺氣四伏，市集眾人感受到這不祥的氣息，盡皆走避。撫岑和貓神亦變了臉色，惟流雲飄蹤泰然自若，答道：「儘管多年前的事了，有些話，還是不方便在這說。到霜嶽再說吧，我以兵府宗主之名保證，屆時必定知無不言，言無隱瞞。」

施晉凝視流雲飄蹤良久，緩緩收勢，抱拳致歉，這場邀約就這麼定了。流雲飄蹤此時注意到貓神，笑道：「孩子，那晚睡得可好？你可嚇著我了，我看你蜷在溝裡，以為你死了，沒想到你睡的可香甜。」

「那錦襖……」

「你就留著吧！東西送了，哪有再討回來的道理？哈哈！」流雲飄蹤問道：「話說，想不想到兵府來隨我闖蕩，好好歷練一番？」

「不了，我不想跟江湖還是幫會什麼的沾上關係。」貓神聳聳肩，答道：「反正我活在邊緣慣了，就這麼平平順順，渡過一生就好。」

流雲飄蹤輕嘆了一聲，說：「曾有個人對我說過，我該把眼光放在全江湖，在天下。你不曾想過以天下為志？」

「您不一樣，您是豪門世家，是大人物、武林高人耶！我算什麼？」

流雲飄蹤默不答話，忽地身形一閃，一拳打向貓神。

「哇啊！」

貓神一驚，一個退步不留神，整個人癱坐地上，不敢動彈。

「失禮了。」流雲飄蹤虛晃一拳，蹙眉搖首，歉然一揖道：「我只是想試出你的武功底子。看來你是不肯輕易顯露了。」

「大人您想多了，我沒有什麼武功底子。」

「你不承認也無妨，」流雲飄蹤笑道：「只要你願意入府，我必定歡迎你。」

流雲飄蹤向撫岑和貓神致意道別，便與施晉一同策馬奔往霜嶽。臨走前，施晉問貓神道：「為什麼拒絕『百韜雄略』的邀請？這不是個出人頭地的機會嗎？」

「我不用什麼出人頭地，多謝關心。」

「為何不？」施晉又問：「一輩子就這麼活得邊緣，你，真的甘心？」

貓神默然，目送兩騎揚塵而去。

往霜嶽的路上，施晉問流雲飄蹤道：「策侯，您對剛才那市集的孩子挺感興趣啊？」

流雲飄蹤笑道：「是人才，我都感興趣。」

「我看他反應快，就是膽識差了點。」

「的確，膽識正是闖江湖的本錢。」流雲飄蹤望向遠方，道：「可是他明明有那膽識的。」

施晉笑了笑，一副不以為然的表情。流雲飄蹤又道：「告訴你也無妨，包含今天在內，我已和過那孩子交手過兩次。」

「兩次？前一次什麼時候？」

「就是我發現他的那晚，我見他蜷在溝裡，以為是餓殍，正要翻他的身，他竟先發制人，迎頭給我一爪。」

施晉看著流雲飄蹤輕撫臉上的兩道爪痕，驚嘆道：「這年頭竟有人能在『百韜雄略』臉上留下傷痕，而且，還是個孩子！」

「是啊，」流雲飄蹤道：「所以我才再試他。看來我錯了，那一次只是我太疏於防備。」

與施晉的談話到此打住，然而，流雲飄蹤其實隱瞞了一些情節。當晚，那逆殺的一爪，其勢可抓下流雲飄蹤的臉皮，情急之下，他舉起護身鐵簫擋住這一招，僅讓指尖掠過臉頰，又急急蹬步一退，報上名號：「我是流雲飄蹤，並無惡意。」

少年瞪著圓眼，擺出自成一路的架式，大口緩緩吐氣，反問：「你是『百韜雄略』？」

流雲飄蹤一笑，示出他的家傳名劍：古雲單鋒「俠骨」，這把流雲府世代單傳，世間謹此一把的名器，正好示明他的身分不假。少年見狀，收手致歉道：「對不起，我以為您又是個想拐走哥哥的人販子。」

「你哥哥？」流雲飄蹤四下環望：「他在哪？」

「在這，正睡著。」

少年的手掌，按住自己的胸口，笑道：「他是我哥哥，叫『貓神』。而我沒有名字。」

流雲飄蹤瞪大了眼，他想起雲樓名醫「醉華陀」曾說過的奇事：有些異人，會不自知的變成另一個人的神貌，明明是同一副身軀，其記憶、性情、甚至聲狀卻都變得大不相同。眼前這少年，顯然就是如此。

「我是為保護哥哥而誕生的。」少年又道：「似乎哥哥他約略察覺到我，卻以為我是個外人，這樣也好，他不知道我這個弟弟，以後也不必讓他知道。」

少年突然請求道：「如果您真是『百韜雄略』大人，能否請你作主，收我們兄弟倆入兵府？我保證盡力為您做任何事，惟獨請您保護好我哥哥。」

流雲飄蹤收到這突然的請託，脫口笑道：「當然好，可是，你總得報個什麼名號，我才記得住你啊，哈哈！」

「那個，」少年忽然忸怩，吞吐著答道：「哥哥好像會叫我『神貓大俠』，可是，我不是什麼大俠呢！」

流雲飄蹤大笑道：「沒關係，那就別叫你大俠，叫『神貓』就好。哥哥貓神，弟弟神貓，他日歡迎蒞臨府上，報上名號，我自會迎接你們入府。」

神貓抱揖答謝，忽然兩眼一散，一個踉蹌就要倒地。流雲飄蹤慌忙攙扶他，他疲憊地半睜著眼，氣虛地說：「其實，我哥哥不喜歡入幫攀關係，可是我也許有一天會消失，不能一輩子保護他。懇請大人栽培，教我哥哥成為一個能保護自己，真正的武林大俠。」

神貓說完，倒頭便沉睡在流雲飄蹤的臂膀上。流雲飄蹤商情撫岑大娘，為神貓安排一張板床，並將自己的錦襖披在他身上禦寒。他主動邀貓神入府遭拒，也因為神貓有言提醒在先，不以為忤。然而義士一諾，九牛不轉，流雲飄縱心意已定：既然答應了神貓，就一定不負所託，務求說動貓神入府。

流雲飄蹤正想著時，霜嶽已入眼簾。

和平暗影十五

霜嶽頂巔（二）

這幾個月來，雲樓兵府兩大幫會，幫眾上下盡皆勞心張羅著締約大典一事，務求大典要辦得隆重熱鬧，卻容不得滋生事端。

雲樓樓主，凌雲雁，將這一切看在眼裡。他明白這場筵席是行走江湖的規則之一，再怎麼煩悶，也得在締約大宴的當晚，擺出一張笑臉，歡迎諸多嘉賓蒞臨，寬慰為此勞苦的幫眾。然後，抽空轉身上雲樓頂的房間，去關切更為重要的事。

太歲在雲樓頂上守候已久，向凌雲雁稟報他的工作。

「昀泉十二氏，到目前尚未集結完畢。百年來，各氏族衰微的、遭吞併的，亦不在少數。能否湊齊水門金鑰，都是個問題。」太歲道：「依卑職的看法，實在無須擔憂『不老仙泉』重現世間。逐月湖主想求，就給他去求，我等無須插手此事。」

「話雖如此，不得不防。」凌雲雁道：「這『不老仙泉』本是江湖的禁忌之物，危害更甚於鳳霞金冠。繼續盯住十二氏的動向，話說，她們也是今晚的嘉賓吧？可有邀請函發到『昀泉仙宗』？」

太歲默不做聲，凌雲雁苦笑道：「唉，其實無妨，有沒有邀請，她們都會來的，務必好好招待貴客們。」

「另外有一事稟報。」

太歲說完，輕輕遞上一封密函。凌雲雁接過看了，嘴角一揚，笑道：「知道了。」

太歲見凌雲雁一副輕描淡寫狀，又啞聲提醒道：「兩方人馬在此刻重查霜嶽案，頗為詭異。萬一，有不利於雲樓的消息流出？」

「四眼狐狸也是你的老朋友了不是？持續盯著就好。」凌雲雁道：「至於少將軍那兒，流雲他自有安排。」

凌雲雁交代一切妥當，信步下樓，尚未踏入大廳便聽聞眾人此起彼落的驚呼聲。原來是昀泉四司姬，直闖雲樓的宴席大廳。

一襲華貴紅綢的容纔，迎著諸幫眾和賓客的猜疑眼神，打量四周道：「真窄，擠的我特麼的不自在。」

「而且有股臭味，」一身穿白緞的古琰作勢捏著鼻子，張望道：「臭味從哪來的啊？哦～原來是只臭臭包。」

古琰指著雨紛飛佩帶的祖傳香囊，雨紛飛正坐席間，臉色泛起一陣怒潮紅，正要起身抗言，一只溫暖厚實的大掌按住她的肩，是一名高大的俊美男子，一頭玄亮的髮絲紮成一束馬尾，他示意雨紛飛：「莫動氣，大局要緊。」

「項陽兄，這廝明擺著來惹事，怎叫人不氣？」

「難道妳也和她們一樣，小瞧在場諸位高人？」項陽兄悄聲道：「她們倘若真要惹事，莫說別人，雲樓決不罷休。但在樓主還沒有指示前，姑且忍一忍。」

容纔見狀，又高聲問：「怎麼？沒有咱們四司姬的位子？」

「端看主人是否有邀請妳們。」

答話的不是雲樓或兵府中人，是另一名妙顏女子，她是明教子弟風潔綾，一身深沉的紅衣，紮束得玲瓏有致，內裡隱約透出防心軟甲的光澤。她冷眼瞧看四司姬們，瞧的容纔滿腹不悅，冷笑道：「連妳這個明教異類都有位子了，咱們昀泉後人當然也有。看妳旁邊放了一團大布團，給老娘當坐墊正好。」

容纔笑指著醉臥在風潔綾身旁的另一明教男子，風潔綾變色而起，怒斥：「此乃我明教陸浩宇大師兄，休得侮辱！」

風潔綾使出一雙貌似鴛鴦鉞的輪刃，容纔亦抽出數枚銀針在指間，準備迎戰。另一邊，古琰先發挑釁，甩出手上的純淨白綾，像條蜿蜒白蛇纏向雨紛飛的咽喉，雨紛飛倏地起身，拔出身後細劍，劍鋒若雨絲般水靈透亮，準備要將白綾切成碎段。

忽然，一名高大的黑影擋在雨紛飛面前，那一襲墨色披風，正是雲樓「醉華陀」倚不伐。他一手擋住雨紛飛，另一手接下古琰殺招，任白綾層層綑住他的手臂。古琰冷笑，猛力收勢，要將倚不伐摺倒，倚不伐卻氣定神閒，以內力穩穩的定住身子，文風不動。古琰臉色一變，正要抽回白綾，竟被倚不伐用指力扣住絹頭，她與之相持不下，又氣又窘，卻無可奈何。

另一邊，當容纔和風潔綾正要短兵相接時，忽然從容纔身旁冒出一道身影擋住她，那身影來得如此突然，就好像是從影子裡竄出來的。容纔見那身影凌厲的眼神，氣勢頓餒，收勢恭維道：「參見祁護衛。」

而醉臥的陸浩宇也猛然冒起，攔阻下風潔綾，笑道：「師妹，只是小姑娘鬧情緒，說了些閒話，妳師兄我還撐得住。別氣了，好嗎？」

倚不伐亦稍稍鬆手，古琰趁勢抽回白綾，怒瞪著倚不伐，碎念道：「臭老頭！」

雲樓管家見風波已息，趕緊邀昀泉諸客入座。凌雲雁也隨之進場，與他新收的徒弟——流雲府義子任雲歌，一起列席主位。待締約儀式既成，大宴舉行三日。觥籌交錯談笑間，弦歌不綴，歡聲四溢。凌雲雁位居席高一等的主座，正好俯望這一切。突然好生感慨，長歎一聲。

任雲歌問道：「師傅，您嘆什麼？」

「嘆物換星移，歲月飛逝。」凌雲雁握著酒杯，低聲道：「曾經，我也在那群人之間，抬頭仰望。如今，我竟已身在上處。一切，都不同了。」

語畢，他舉杯致敬群俠，頓時呼聲群起，恭賀凌雲雁和雲曦迴雁樓基業長久。

當年，在霜嶽頂巔的冬至大典，凌雲雁便位居下處，仰望天聽。那時候只有凌雲雁、流雲飄蹤，和極少數群英的精英，得蒙所謂聖上恩寵，在一萬禁衛軍的重重包圍之外觀禮。其他江湖諸俠，甚至根本接近不了霜嶽頂巔。這一切都在凌雲雁的意料之中，而他亦不以為忤，心知江湖中人再怎麼心向朝廷，終究是不受當權者倚重的局外人。

冬至大典的部署極其嚴密，由振國元帥施純騎，兼領三千黃衣虎賁衛、七千綠衣羽林衛，以頂巔的祭臺為中心，重重層層，排下了八卦金鎖陣。若是從祭臺俯瞰下去，那井然陣勢，就像一面面金黃碧綠的令旗。

祭臺上，皇上接過祭器，高舉齊眉，待祭酒朗聲誦念祝文。這時下方陣形有些騷動，一名黃衣衛忽然脫離隊伍，獨身走近祭臺，相當突兀。此時凌雲雁心念一動：「來了！」

不等其他黃衣衛追上他，那脫隊的可疑分子忽然身形一動，消失在眾人眼前。須臾，他竟躍上頂巔祭臺，拔刀砍下祭酒。他用一雙血紅的眼睛凝望著皇上，露出一抹獰笑，隨即身形一轉，欺近皇上眼前，舉刀就要削下首級。

忽然由天際飄然降下一道仙影，擋在皇上面前，竟是上官風雅！

「上官風雅特來護駕！独孤客，休得傷了聖上！」

上官風雅拔劍揮向独孤客，独孤客亦舉刀對抗，兩人在祭臺上相交手十來招，不分高下。祭臺下的陣形一陣騷亂，禁軍眾兵將萬萬想不到刺客竟能偷過這重重包圍網，直取大典祭臺。虎賁羽林諸衛隊長，意欲用弩弓箭雨射下刺客，卻又怕傷了皇上，一時之間竟毫無主意。

忽然，独孤客賣個破綻，上官風雅舉劍一刺，卻被閃過。独孤客便身形一轉，飛下祭臺，上官風雅大喝一聲，也追了下去。禁軍統領拔旗一揮，分一千虎賁衛護駕離去，二千虎賁衛則化作一尾金黃騰龍般，朝独孤客一人追殺去。這時忽然竄起兩道俠影，正是凌雲雁和流雲飄蹤，兩人各持一劍，劍影彼此輝映，躍衝到虎賁衛前，和上官風雅一先一後，殺向独孤客，独孤客且戰且走，逃進霜嶽隱密的山林中。凌雲雁大喊：「休得逃跑！」

虎賁衛聞聲，兵分數路，追殺過去，其中一支小隊發現了独孤客的行蹤，抽刀逼近，一聲喝令下，奮勇群起上前，先是一刀砍中独孤客的下盤，待他傷重倒地，餘眾一人一刀，正好將刺客砍殺萬段。

「刺客伏法！」

「刺客伏法！」

「捷報！第四隊尋獲獨孤刺客，業已伏法！」

「独孤客？」分隊長看著特來傳捷報的報馬仔，困惑道：「是咱們第三隊，剛殺了這刺客才對啊？」

眾人回頭一瞧，卻不見刺客屍首，驚疑之際，只聞數聲隆隆巨響，三分隊驚覺自己竟身處暗不見天日的霜月閣密道中，前後方升起機關巨門，圍困住了他們。

「糟！怎麼會闖進霜月閣的機關陣？」

「別動！待在原地，小心觸動陷阱。」

追殺刺客的二千虎賁衛隊，竟皆被分別困在巴波國師的諸多機關陣中，進退不得。其餘羽林衛隊少了統一指揮，只得盲目分批搜索山林間，亦不得所獲。凌雲雁、流雲飄蹤、上官風雅三人，則闖進另一處密道中，暗中隱約可見一股身影佇立，竟是堯兒。他笑道：「久候多時，走吧！」

堯兒領著三人在蜿蜒的小道裡穿梭，問道：「對了，樓主，那誘導虎賁衛進入機關陣的，似乎是霜月未收藏的天外祕術。」

「是『周公解夢』，」凌雲雁坦承不諱：「雲雁委託群英中熟識丹家弟子的人，請出『夢仙觀』的嫡傳人。」

堯兒聞之動容，道：「原來如此，久聞『周公解夢，夢亦非夢』，今日終得一見。」

四人走了許久，在一處暗壁停下，堯兒拿出他珍藏的霜月信物「璃月玦」，將一只溫潤如月光的透白玉環，嵌進暗壁的一處小洞，向左向右轉了數圈，忽地轟隆一聲，開啟一道洞門，洞門之內，別有天地。

門後的密室，從上空數十尺高的洞口灑下一柱天光，照在密室中的茵茵草原。原上坐了四人，一人正是巴波國師，另一人竟是独孤客，還有一神祕女子，難以認出她的年歲，舉止沉默，為独孤客的傷處上藥。

最後一人，一襲冰雪白紗，冷豔地似能凍結血液。凌雲雁等人見了她，亦斂容而立，抱拳問候道：「久仰了，凝霜閣主。沒想到這回勞煩您特地出馬。」

「似乎挺有趣的，我便來玩一玩。」凝霜嫣然一笑，又對独孤客說：「妳也不錯，離開霜月多時，還記得這密道怎麼走。」

「閣主謬獎。」

独孤客一開口，竟是柔美女嗓。

上官風雅道：「我說，這邊沒有他人了，還請獨孤大俠露出真面目吧！」

独孤客一笑，隻手撕下易容偽裝，原來竟是水中月！

「一名以下犯上的刺客，導出一場高人護駕的大戲，令朝野視聽由此對江湖諸幫改觀。」凝霜笑道：「也只有深黯朝廷習性的凌雲雁，才想得出這樣的計。」

「也要多謝霜月諸多要人，助雲雁一臂之力。」凌雲雁謝道：「易容只是第一步，要避過萬人禁軍，接近皇上，著實需要藉由霜月的密道，方能成事。」

「就算接近了皇上，也要逃得出去才行。」巴波嘆道：「世上多少吹噓『萬軍陣中，取敵將首級如探囊取物』的猛將，可是取了首級，逃不出萬軍陣，亦是無用！沒想到，你竟然單靠一招『周公解夢』，令上千禁軍誤入追殺刺客的夢中，為各位解了危。夢亦非夢，實屬妙計。」

「話說，水姑娘扮的獨孤，外貌和刀法竟如此神似，叫人訝異。」上官風雅問：「想必是有高人指點，不會是劍傲吧？」

流雲飄蹤笑道：「前輩，當事人不願張揚，就心照不宣了。」

「諸君為無心諸人安排的這幕戲，在下感激不盡。」上官風雅又問：「但是，戲落幕後，該如何善後，方不致連累諸君，尤其是霜月和群英？」

「後續自有安排。」巴波笑道：「待會，『霧非霧』會領你們離開這裡，這間密室將永遠消失在霜月閣。而我還得去救出那些虎賁衛們。接下來的政治把戲，就有勞雲樓樓主了。」

「謝閣主和國師，霧非霧姑娘，一切有勞您了。」

「說起來，這戲要在落幕時，才剛開始精采呢！善後的角兒，正是最難拿捏分寸的，全憑功力經驗取勝。」凝霜道：「霜月閣自有高人為之喉舌。至於無心和群英，就看各自的造化，各自保重囉！」

就這樣，一樁籌備多時，暗不見天日的江湖大計，在眾高手一揖而散後，須臾便將落幕。然而，誠如凝霜閣主所說，戲曲落幕之際，才是難處的開端，霜嶽頂巔的英勇護駕之舉，只是提醒了當權者，江湖尚有独孤客等人的威脅，絕非真正的和平。上官風雅和凌雲雁、流雲飄蹤挺身護駕一舉，亦扭轉朝野諸文官武將，對江湖中人的觀感，例如名滿天下的紫陽先生，亦為此專程上萬言書，直至天聽，為江湖諸俠士辯解。然而輿論的分寸最難拿捏，一不小心，反會引火自焚，全功盡棄。凌雲雁為此費時了好一陣子，待數年後，皇上崩殂，御史紀錄定案，方才真正喘一口氣。

凌雲雁心知：如今霜嶽一案再如何翻案，也無損於雲樓。他惟一不明白的是，當年霜嶽案最大的輸家，振國元帥兼禁軍統領施純騎，為了此案引咎自請降等，自此在朝廷再無發聲的餘地；然而霜嶽一案，並無損施府在兵家的地位，即便施府因此重傷，施晉又何須在十六年後，方重出調查此案？

他聳了聳肩，舉杯又敬眾俠，將這一切交給流雲飄蹤去尋覓答案。

和平暗影十六

霜嶽頂巔（三）

他今年剛滿十六，身高六尺又半，有著中原人的輪廓，除了那雙深邃的眼眸，宛若望不見底的湖水。

他自有記憶以來，就住在流雲府中，看著府上客來人往，絡繹不絕。但，他始終不習慣人多的地方，就如同這一晚的盛宴。這晚是個好日子，雲曦迴雁樓和流雲兵府正式締約，他又在同日拜雲樓樓主，凌雲雁為師。他代替兵府新任宗主出席此宴，和他的新師傅並坐主位，看著席間諸俠身影往來，傳入耳中的歌樂聲、觥籌聲、談笑聲，聲聲交織。

一旁的凌雲雁對他悄聲笑道：「那個昀泉姑娘說的倒是沒錯，這裡的確是擠了些。」

他也笑笑，藉故起身辭行。步出擁擠的大堂，深吸了一口冷冽的長氣，一股夜露瀰漫、濕潤的香氣。

這時他忽地回頭，太歲不知何時，悄然現身在他身後，手上還拿只雕刻刀和木塊。他約略知道太歲的來歷和底細，而且心裡有數，太歲對他的了解，肯定比他對太歲來的多、來的深。

正因此，他面對太歲，反而能放下戒心。

他與太歲並坐暗處的台階，看著太歲緩緩的，刨出一片片木花散落。這時他忽然開口：「前輩，我有些疑問，可請教你否？」

「你直問無妨，」太歲答：「我不一定回答便是。」

「聽說，」他刻意又壓低聲音，問道：「有人在追查霜嶽案？」

太歲默不作聲。他繼續問：「以我的身分，想這個問題或許不妥當，但是我也好奇，為何霜嶽案會鬧的如此大，甚至一改朝廷對江湖諸幫的看法？」

他又問：「當年，朝廷當權一派的立場明確，就是要收緊江湖勢力，所以開了『五絕案』，意欲催折無心門諸多高人，又藉霜嶽大典之故，吸納江湖勢力，意圖收歸朝廷軍隊掌控之下。可是，當年朝廷對江湖中的武功高手既然如此忌憚，豈會為了一個独孤客，就翻然改變立場？依我看，独孤客行刺皇上未果，倘若朝廷以此為藉口，派出重兵壓迫、甚而討滅諸幫，這也不是不可能的事。這場行刺，等於把江湖諸幫的命運，全推到了刀俎下。但結果是，翌日皇上在朝廷，大肆褒獎救駕有功的上官風雅前輩，還冊封了『天下五絕』王侯爵稱，對江湖上的戒嚴令也一夕解除。」

最後，他問：「前一時，尚欲除之而後快，後一刻，便盡攏絡之能事。究竟独孤客是甚麼來歷？為什麼他的復出，能讓當年朝廷如此害怕，轉而倚重江湖諸幫和『天下五絕』？」

「這是在你我出生前的往事。」

太歲手中的木塊成了一本精巧木書，書頁微翹，彷彿柔軟的可以翻彎、收折。太歲邊打量手中成品，邊說道：「你只要知道，歷來朝代對独孤客的畏懼，更甚於其他江湖中人。箇中曲折，不必盡知。」

說完，太歲起身告別，留下他獨處暗角。他正要追問，卻被一道聲音叫住。

「原來你在這裡啊，任公子。」

「任公子」轉頭一望，原來是臨光。臨光今年已二百多歲，卻有著宛如二十有餘的青俊秀貌，穿一襲柔亮羅衫，映著月色閃爍出陣陣銀光。他身形高挑有六尺餘，長得一副白淨玉面臉龐，掛上一彎眉月般的笑容，滿臉喜意的看著任公子。

任公子與臨光熟視，彼此並無長幼界線。「臨光大前輩，」他對臨光打趣道：「前些日子我才聽說，那湘河畔待嫁的姑娘們啊，在臨湘城苦候了一天一夜，就為了一睹大前輩的美貌。前輩您可害的多少女孩兒為您哭泣啊？」

「我年老色衰啦，和正值青春年少的公子您相比，可差的遠哩！」臨光亦回嘴損他，接著又道：「任公子，今天是你的大喜日子，理應該要待在上座啊！」

「好了好了，晚輩認輸。」任公子拱手謙笑道：「小生晚輩只是出來透口氣。再者，請大前輩別拿我開玩笑了，我當不慣公子，就直呼我雲歌吧！」

「那就彼此彼此，別叫我大前輩，怪彆扭的。就稱呼我一聲大哥也行。」

兩人說完大笑，笑後，臨光招呼任雲歌回到筵席。是夜未央，大堂上的節目正在高潮處，燈火通明，看來還要熱鬧一整晚。

而在雲樓十里外，劍傲蒼穹在他低矮的小茅廬中，隔著一盞半明又暗的油燈，和四眼狐狸對飲。四眼狐狸托著下巴，端詳著手中的空酒杯。

「現在想想，當年這可是招險著。」四眼狐狸問道：「何故在霜嶽大典後，朝廷非但不藉此加害江湖諸幫高手，反而一改先前立場，大肆攏絡天下五絕等人？這根本違背人性常理。」

「那就要先問，甚麼才是人性常理？」

「趨吉鑓凶，牟利自得，就是人性常理。」

「那麼，朝廷當年的態度，未必就不符合常理。」

「劍傲老兄，如果我是當年皇上，就會趁著霜嶽這案子火燙時，以不敬之名，討伐江湖諸幫，一統朝野。師出有名，何樂不為？這才是人性。可是朝廷卻背道而馳？」

「那是因為朝廷查到霜嶽案的主謀，是独孤客——或者說，以為是独孤客。」劍傲蒼穹駁道：「如果你對王朝時代的過去知曉一二，就能領略，當年朝廷對霜嶽案的態度，不無道理。」

「此話怎說？」

劍傲蒼穹呷一口濁酒，緩緩道：「自有江湖以來，一千八百年間，不乏有武術高人憑藉一己之力，一統江湖諸雄，稱霸天下。甚至威壓朝廷，逼宮換代者亦有之。不過他們多半是一時之英雄，一旦身故，勢力頓時土崩瓦解，再起不能。惟有王朝得傳承百年，末代的王朝霸君，更是中原史上的一代暴君。即使王朝今已滅亡，其威脅仍舊籠罩中原四方，宛如烈日下的暗影，揮之不去。」

四眼狐狸專注地凝望劍傲蒼穹，他繼續說：「王朝以降的當權氏族，多崛起於王朝時的封公列侯，他們的子孫即便日後稱王、稱帝，也仍舊活在王朝的陰影之下。任何王朝餘孽的消息，都會令他們宛如驚弓之鳥，食不下嚥，夜不成眠。」

「大前輩，你說了這麼久的故事，到底想說甚麼？」

「独孤客是王朝霸君的餘孽，或許是血統最純的一位。」劍傲蒼穹答道：「因此歷代掌權者對於王朝霸君或独孤客俱為忌憚，就怕一個閃失，江山拱手讓還王朝，江湖也將重返黑暗時代。」

「而當年，就屬『天下五絕』最能與独孤客相抗衡，所以純粹一場行刺未果的戲碼，尚不足以左右聖上視聽，須令朝廷以為『独孤客就要重出江湖，弒君換代』，這才會一改對天下五絕，和江湖諸幫的態度。」四眼狐狸問道：「這才是諸位尊輩發動『霜嶽案』一計，背後真正的意圖。大前輩，您可是這個意思？」

「就是這個意思。」

「但是，独孤客也不過是一個人。怎可能憑藉一己之力，撼動朝廷？」四眼狐狸嗤笑一聲，又問：「就連歷時十年有六的雲樓、名滿天下的無心門，朝廷都待之如股掌玩物，區區一個独孤客，朝廷有甚麼好忌憚的？」

「如果，」劍傲蒼穹聲音一沉，一字字，徐徐答道：「你同我們一樣，親眼見過独孤客蠱惑人心的手段，和他剷除異己的殘酷，你自然明白。」

四眼狐狸默而望之良久，方才接道：「我是不明白，不過您看的比我多，我就相信您的看法。只是可惜了施老元帥，為了這案子，賠上了他的晚節。」

劍傲蒼穹微微一苦笑，為四眼狐狸再斟一杯酒，敬而嘆道：「這些年來，我等傾盡全力，防堵独孤客捲土重來。可惜，他仍然復出了，一旦假以時日，他羽翼又豐，要再阻止他可就不容易了。」

「我明天就要離開中原了，這對我而言也沒甚麼意義。」四眼狐狸舉杯回敬劍傲蒼穹，道：「我臨走前，專程找上你，就只是想把這件案子查清楚，除此以外，並無他意。」

「哦？你這番話，倒是違背了你說的人性常理啊！」劍傲蒼穹微微一笑，問道：「你查這案子，不但無利可圖，反會帶來兇災。還是說，你還想從這案子裡圖個甚麼？」

四眼狐狸笑嘆一口氣，反問：「劍傲前輩，你能否相信，這世上真的就有人不顧一切查案，只是為了求一個真相、一個交代？」

劍傲蒼穹啞然而笑，又一次舉杯對飲，再不曾說一句話。待酒壺空了，劍傲蒼穹送客出門，然後為自己砌了一壺醒酒茶，啜飲間，太歲來了。

劍傲蒼穹為太歲斟一杯茶，問道：「你見到四眼狐狸了嗎？」

「見到了。」

「你相信，這世上真有人不求利、不避險，就為了求一個真相、一個交代？」

「相信，」太歲將熱茶一飲而盡，端望空杯，道：「這種人最麻煩。」

劍傲蒼穹沉默了，闔上雙眼。換太歲問道：「這幾天，除了四眼狐狸，施晉可有找過你？」

「前振騎將軍施晉？」

「就是他，」太歲又道：「這些日子，施晉四處打聽霜嶽案，甚至有可能找上撫家的攤子。我想，他也曾找過你，對吧？」

「在狐狸之前，確實有人找過我，不過……」

劍傲蒼穹欲言又止，蹙起眉頭苦思。這引起了太歲的注意，追問道：「不過怎樣？」

「不過找我的，並不是施晉。」

太歲雙手托著下巴，眈望劍傲蒼穹。

徐久，劍傲蒼穹坦言：『黃袍將軍』，你也該聽過這號人物。」

「『黃袍將軍』？龍虎山？」

太歲瞇起眼睛，聲音沉得令人心寒，自忖道：「難道，龍虎山也有牽連？」

「我想不至於。」劍傲蒼穹趕緊澄清，又道：「來的人很謹慎，不曾透漏任何暗示或破綻，我也花了一番工夫，才覺察了他的底細，但是，不曾讓他知道。」

「你是怎麼發現的？」

劍傲蒼穹笑笑，與太歲深談許久，直至天將破曉方散。

而這一晚的霜嶽殿中，許久未曾見客的霜月閣主，鮮皁人乞伏乾安，連同巴波國師一起，特意擺了一桌酒席，宴請兩位貴客：流雲飄蹤和施晉。飯菜用畢，酒過三巡，閣主以身體微恙之由離席，留下巴波和貴客對飲。巴波又喚兩位幫眾，抬來一罈絕頂陳釀：邊關名產「大漠孤魂」，一開罈，酒香宛若荒漠中的甜美甘泉汩汩盈流，即便流雲飄蹤此刻心靜如水，也不免嚥了一口口水。

「邊關、賽墨交界，十二年陳釀，」巴波笑道：「不過，兩位都是當地常客，拿這罈酒宴請兩位，倒是弄斧班門了。」

「不會、不會，」流雲飄蹤慰謝道：「這酒很好，勾起我很多回憶。」語罷，舉杯和兩人互敬，交談些江湖市井瑣事逸聞，不知不覺，又過了半個時辰。

一罈陳年烈酒喝到半空，三人都有了五、六分酒意，終於是談正事的時候。施晉問起霜嶽案的始末，不待巴波開口，流雲飄蹤便搶先發難，問道：「少將軍，我有幾句話想說。儘管振國大人當年在霜嶽頂巔栽了跟頭，朝廷卻並未藉此嚴懲施府。既然施府仍得以保全，你於此時忽然追討此案始末，苦苦追查，這又有甚麼意義？」

「百韜兄，」施晉反問：「難道說，施某非要圖己或是損人，有所企求，方才有資格去追查出一個真相，為亡父和自己了一樁心事？」

流雲飄蹤一笑，與巴波相視一眼，示個意思，這便與施晉侃侃而談十六年前的那樁行刺大計始末。三人這一談，又是把個時辰過去。巴波見窗外透入微絲曙光，一推窗，方才驚覺已是四更天。冬春交際，霜嶽四處可見斑白殘雪，或大或小，點綴在碧綠巒峰間。

巴波忽然心血來潮，提議道：「寅時過半，正是霜嶽的日出時刻，兩位可有興致上當年的冬至大典祭壇賞山？」

不等流雲飄蹤回答，施晉欣然同意。於是三人沿著蜿蜒濕滑的幽暗梯徑，走了不知多久，忽地豁然開朗。三人站在當年的祭壇上，但見群峰錯立環伺，彷彿己身是滄海一粟，卻又像是天地的中心。

祭壇覆蓋著熒熒積雪，正對著前方山頭上的初升旭日，曙光如刀，在三人眼前斬出一地亮白。施晉邁步登壇，望景生思，乘著三分酒意，忽地拔劍起舞。翩翩劍鋒連點，似將晨曦切碎成點點金芒，構築漫天光雨。忽地，鋒刃一轉，綻放一抹陽剛浩氣，氣隨勁動，劃開一抹瑞雪，露出了綠意。巴波和流雲飄蹤見了，也為之喝采。

舞畢，三人盡興下壇，再次遁入霜嶽曲折難辨的密道中。蜿蜒碎步間，施晉注意到巴波領著他和後頭的流雲飄蹤，走一條不同於來時的偏僻小徑，引導他們到一處狹窄的迴廊，兩旁幽暗火把，照著毫無青苔的光滑石壁。

施晉忍不住問：「國師，請問這是哪裡？」

「不錯吧？」巴波負手背對施晉，笑道：「這是我花了三年造的新機關陣，叫『渦環迷旋陣』，迄今除我之外尚未有人破解。想不想挑戰看看？」

「國師的好意心領了，施某不敢。」

施晉一笑而揖致歉，正待轉身，忽地感到背後一刺，竟是流雲飄蹤，用銳刃抵住他的後背，令他不得動彈。

施晉臉色一變，漠然道：「想來，我錯看兩位了。」

流雲飄蹤沉聲道：「你沒錯看我們，倒是我們錯看了你。」

「其實，你會說這話，確實是錯看了我們。」巴波回首斜睨施晉，說道：「你以為自己知曉了霜嶽案的真相，我們就要殺你滅口？錯了，我只是在送客出閣前，想先知道一件事……」

流雲飄蹤接問：「你到底是誰？」

和平暗影十七

霜嶽頂巔（四）

雲樓的晚宴熱鬧到三更天時，突然又來了一批意料之外的貴客，正是無心門諸幫眾，領頭的是該幫兩大要人，上官風雅和無始劍仙。

頓時大廳一片寂靜，無始劍仙笑道：「諸位貴安，適逢貴幫吉事，在下特地準備些薄禮，來為各位助興。」

他向後方兩幫眾示個意，幫眾便「澎」的一聲，掀起覆蓋一轎子的布巾，露出轎上堆疊成山的閃亮銀兩。無始劍仙又掏出一把骰子，「喀啦啦」的把玩著，喊道：「在下做莊，拿這兩萬銀子做本錢，與在場諸位同樂。想玩的都歡迎，下好離手，等足輸贏！」

諸俠聞言，欣然鼓噪，場子再次熱絡起來。趁著大廳眾人圍觀賭局，上官風雅向凌雲雁問候道：「許久不見，雲樓樓主，請問百韜策侯在否？」

「你來的不巧，流雲今晚未曾出席。」

「那真的可惜了。」上官風雅嘆道：「想來，他還不諒解我。」

「我想不至於。」凌雲雁寬慰道：「事情都已經過這麼久，我想，他也是該放下了。他今晚缺席，是因為近日有人突然追查霜嶽一事，他要去探個究竟吧！」

凌雲雁忽然又笑道：「不過，看來那個人找錯對象了，應該先找無心諸人打聽才是。畢竟霜嶽一計，盡皆出自你當年遭欽差追捕前，所遺留下來的錦囊妙計啊！」

「當初我也料想不到，為了防堵獨孤復出，姑且一試，留給諸位的一計，竟然會派上用場。」上官風雅問：「不過說來真怪，至今霜嶽一案，理應對大局不再有任何影響才是。是誰在打探消息呢？」

「聽說是前振騎將軍，施晉。」

「真的是他本人嗎？」

凌雲雁一愣，笑著聳聳肩，舉杯敬上官風雅。上官風雅招呼一位隨侍在側的溫婉女子上前，女子面紗半掩，和上官風雅一同回敬凌雲雁。

「想來是靈薇姑娘，許久未見。」凌雲雁問候道：「當年的千金歌神，如今是我雲樓的晨曦歌者，靈薇姑娘可有興趣再一較歌喉？」

「不了，」女子正是夏靈薇，她辭謝道：「從前年少氣盛，一心只想比較出個勝負。如今才知道，這世上有比勝負虛名更美好的事。」

說完，她望了上官風雅一眼，垂眸而笑。凌雲雁亦會心一笑，又一次舉杯致意兩人，就這樣閒散的聊些軼聞往事，待無始劍仙散盡本錢，皆大歡喜、賓主盡興，方才歡送無心諸客離去。此時，已過了四更天。

這時候的施晉，被困在霜月閣的渦環迷旋陣中，腹背受制。面對流雲飄蹤的質問，勉強駁道：「我就是施晉，前振騎將軍施晉。我還會是誰？」

「你不是施晉。」流雲飄蹤嘆道：「不錯，你扮的很像他，就連和他見過幾次面的我，也都被你給騙了。你的樣貌、氣度、腔調，甚至心緒和思路，完全和施晉一模一樣。你非常謹慎，國師空費了一罈『大漠孤魂』，也揭不開你的偽裝。直到在祭壇上，你一時動搖心思，終於露了餡。」

「你使出的劍術，正是龍虎山的『烈陽劍法』，雖然套路有些變化，但是基本招式騙不了人。」巴波接續道：「這套龍虎山蘇家觀，一脈單傳、劍氣一體的道家劍，出身兵家世冑的前振騎少將軍施晉，斷然不可能練得像你在祭壇所演示的，如此精湛、漂亮。」

施晉默然以對，流雲飄蹤又道：「顯然，你來自龍虎山，而非施府。但你究竟是敵是友，該不該請巴波國師送你平安出閣？端看仁兄你自己表示。」

說完，流雲飄蹤作勢將銳刃一轉，就要刺穿施晉的背脊。

「好好好，我招、我招、我招！」

詐稱施晉的男子忽地雙手一擺，舒展眉頭、咧開嘴角，容貌乍然一看仍是施晉，神色卻明顯是另一個人。

「結果還是被識破了。」假施晉笑道：「不瞞兩位，我叫蘇境離。而且誠如你們所料，我來自龍虎山，是蘇家觀的第十四代單傳弟子。」

巴波和流雲飄蹤聞之動容，流雲飄蹤訝然道：「原來，你就是『黃袍將軍』！」

「還懇請兩位高抬尊口，別把這種犯諱的稱號加諸在我身上吧！」蘇境離又苦笑道：「我也不過就是長年來，掃平山南山西的諸多匪窟，稍微有點名氣罷了！又是黃袍，又是將軍的，這稱號受之甚愧。」

「不過，你易容成施晉，竟是如此神似。」

「那是當然。畢竟，我們是同父母的孿生兄弟。」

蘇境離感覺到他背後的銳刃離開了，不禁鬆一口氣，繼續解釋道：「我們兄弟倆在霜嶽案那一年分離，家兄留在施府，而我被送去龍虎山蘇家觀。原因無他，霜嶽一案，先父護駕失職，震驚了施府，舉家上下皆以為大難將至，是故，族人四散避禍。而我被送到龍虎山，一躲就是十六年。如今，我終於下山，人事卻已皆非。」

「據我所知，」流雲飄蹤問道：「施家一脈單傳，到了施晉，確實曾有一個年幼胞弟，可是……」

「可是那個弟弟理應夭折了，對吧？」蘇境離解釋道：「不錯，那個傳言中夭折的胞弟正是我，事實是，當年我去龍虎山後，施府即揑造我染上時疫身亡的謠言，掩埋身分。家兄也知曉此事。」

蘇境離指撥鞘中寶劍，在流雲飄蹤臉上映著凜冽反光。他反問道：「策侯您試想，如果不是家兄已和我相認無誤，我豈又能從家兄手中借到這把與『俠骨』齊名，施府家主的單傳信物『金烏劍』呢？」

流雲飄蹤點頭認同，又問：「既然如此，當年朝廷並未加罪施府，這十餘年間，施家族人也該陸續歸來，為何惟獨你留在蘇家觀？」

「您說呢？」蘇境離啞了嗓子，又反問：「兄弟鬩牆，世家之患。兩位請再試想，今天要是有一個有資格爭奪宗主地位的親弟弟，因故辭家，您若身為宗族長老，在您屬意的繼承人接續大任、成定局前，豈有允那弟弟回家的可能？」

巴波和流雲飄蹤皆喟然長嘆。他們聽得出，這是一番發自真心的實話。

巴波問：「那為何你要專程假冒施晉的名義來霜嶽？令兄可知此事？」

「兩位理應明白家兄的近況。」蘇境離答道：「家兄早已心死，無心干預江湖事，是我擅作主張，向他借了金烏劍，假冒他的身分四處打聽消息，目的就是為了吸引策侯來找我，並藉此進霜嶽殿一窺究竟。」

「如此冒險，你有何目的？」

「就想知道這一切是怎麼回事，就想來看看霜嶽頂巔，就這樣。」

蘇境離又澄清道：「我無意做出甚麼損人前途性命安危的事。之所以設法混進霜嶽頂巔，就只是為了向先父致意。先父生前曾看過的頂巔風光，我今晚也有幸得一窺見，再無遺憾，而我和施府的關連，也就到此為止了。他們姓施，我姓蘇，以施府如今的狀況看來，接下來的路途，得靠我自己去闖出一番名堂了。」

蘇境離雙手一攤，回顧流雲飄蹤笑道：「策侯，您可以不相信我的動機，只要您肯相信我確實是施晉的親弟弟，這就夠了。我知道您想延攬家兄入流雲府，藉施府殘餘之力，壯大兵府。身為他的胞弟，在我離開施家前，可以為您美言幾句。」

「前提是，我得保你平安離開霜月閣，對吧？」流雲飄蹤笑道：「你這算盤打的頗令我心動。可惜，能保你平安的並不是我，一旦進了霜嶽的機關陣，連我自己都難保平安呢！」

「既然百韜飄蹤願意信任你，我也無所謂。」巴波揚起眉毛，道：「你能瞞住我到最後一刻，也是個厲害角色，我挺中意你。看來各位俱有要事在身，不便久留，我這就送兩位貴客出閣。不過……」

「不過？」

「百韜先生你忘了？你不是另有要事？」

「哦！對了！」流雲飄蹤笑道：「流雲特送上一份厚禮致霜月閣，想為府中小主子挑個生辰綱，懇請國師首肯。」

「先不管甚麼厚禮，只怕霜月閣小，找不到甚麼匹配得上貴府的珍寶。」

「一定可以的，流雲無所奢求，只願為小九主子求個平安。」

巴波笑道：「求平安符就到將軍祠啊！怎麼會找上霜月？」

「這個，也只有霜月閣才收得下此份厚禮。」

流雲飄蹤說著，邊遞出一只錦囊。

巴波整個人回過身子來，瞪大了眼，以罕見的驚恐表情，直視這一只再普通不過的小錦囊，低喃道：「這可不是甚麼厚禮，而是麻煩。」

流雲飄蹤正色道：「流雲飄蹤，代昀泉重氏族女，重九，懇求霜月國師代為保管這只重氏專屬的水門金鑰。」

「原來如此，只要霜月願意收下這個麻煩，就等同送給重氏遺族一個平安。」巴波冷道：「可是，我如果是乾安，就會把這位蘇境離、你、和這只災厄化身的錦囊金鑰，統統趕出霜月閣五十里外，眼不見為淨。」

「但是，你不是乞伏閣主，而是巴波國師。」流雲飄蹤追問：「敢情你另有想法？」

「畢竟自霜嶽案合作以來，多年交情，總不能就這麼回絕。」巴波喟然嘆道：「雖說如今的霜月，再也保管不了這份厚禮，有愧於百韜兄的託付，無可奈何。但是，另一個人或許有辦法。」

「真的嗎？請問該位高人的名號？」

「秋霜夢焉。」

流雲飄蹤簇起眉頭，道：「國師，秋霜夢焉和那千年雪貂一樣，不過是傳說中的人物。」

「他當然不只是傳說。」巴波駁道：「秋霜夢焉確有其人，不過現今要找到他，自然要多花費一番功夫。」

「就算確有其人，據『百曉經』所載，他是千年前的人了，豈得存活迄今？」

「他是否還活著，他本人是真或假，百韜兄不妨親自去探查。我只能告訴你：找得到昀泉葉氏的傳人，就找得到秋霜夢焉。」

流雲飄蹤半狐疑地，向巴波致謝後，與蘇境離一同離開了霜月閣。兩人在歸途半路話別，各奔東西。流雲飄蹤迎著曙光，往雲樓去。當雲樓高聳的牌樓映入眼前，他還發現一個小身影，徘徊門外，貌似不得其道而入，正是那貓神少年。

流雲飄蹤一時欣喜不已，即刻下馬，呼喚貓神道：「你怎麼在這裡？」

貓神吃了一驚，猛地回頭，一時竟說不上話。這時他身旁出現另一男子，有著修長身形，身背字軸，倦容滿面仍帶著笑意，問候道：「久違了，副樓主。」

流雲遇到久未謀面的故人，驚喜之餘，猛力拍他的肩膀，只吐得出一句問候的話：「墨塵！還有誰來？」

「還有內人，在裡頭歇息。這孩子似乎是星夜自流雲府趕來，想見汝一面，吾數度邀他入室，卻被婉拒。」

貓神怯生生的答道：「那個，您說我隨時可以來兵府，所以……可是他們說您到這裡來……」

「哈哈哈，失敬失敬，讓你久等了。來，貓神，我介紹你給大家認識。」

流雲飄蹤邊說著，邊招呼貓神同入雲樓，儼然視他為兵府的一分子了。至於這位貓神少年，將和兵府上下、甚至與全江湖交織、激盪出甚麼樣的故事，這又是後話了。

和平暗影十八

立春前夕

雲樓締約大宴後，立春將近，市集上下紛紛擾攘，忙著備妥年貨迎新春，叫賣聲連綿成章，鋪陳出一片旺盛的喜氣。

就在這樣的氣氛下，某天，晨曦初露時分，在昀泉四司姬落腳的客棧外，有一身影，獨自兀立屋外竹叢間，仿佛和微風搖曳的竹子融合成一體。

「哇。」

只見那身影乍似聞風未動，瞬即，發出兩支梅花鏢，快的好靜，快的不偏不倚，刺入十步外的竹幹三分。

「哇。」

他忽地一個騰空翻身，眼光所未及處，信手又打出兩支梅花鏢，又是正中竹心。

「啪。」

接著他朝空一鏢，瞄向客棧屋頂的某個身影。那是個身穿夜行衣、面罩黑紗的可人，氣定神閒，以雙指接下暗器，翩然翻身而下，盈盈笑著請安道：「晨安，祁護衛。」

祁護衛淡然問道：「這麼晚才回來？」

「我不熟這兒的路嘛。」

「其他人呢？」

「正睡著呢。」

女子揭開面紗，原來是昀泉司姬古琰。她看了一眼梅花鏢命中處，讚嘆道：「護衛的梅花鏢，每次看著都漂亮！花開見血，例無虛發。聲先於形，形先於意，心有殺意，敵已身亡。」

祁護衛笑道：「妳別菲薄自己，昀泉公認的絕世鳳顏。」

「我不過是個逢節祭酒時，隨侍在側的小司姬。況且，我的功夫還不到家。」古琰說著，忽然想到了甚麼，神色乍時忿然不已：「那個臭老頭，想不到他的內力這麼強！下次非要他好看不可！」

「我們這次隨宗主回鄉省親，不是專程來搞事的。妳們當晚這樣亂來，豈不是令宗主為難？」祁護衛告誡道：「就算要搞事，也先打量一下彼此的高下，要打，就得打得贏。妳也該看得出，那老頭已經手下留情了，假如他們真要打，看妳們怎麼收拾？」

祁護衛看古琰撇過頭去，嘟囔著不發一語，換個話題又問：「說到這，聽說有隻賊貓想偷咱們的信物？而妳們竟然給他溜了？」

「是日月哥哥的意思嘛！而且，現在聽說那隻小賊貓躲進流雲兵府了，不好找出他來。」

「日月終究在十二氏外，妳們禮遇他也罷，但無須凡事聽他。」祁護衛沉聲道：「雖說咱們昀泉人不犯我，我不犯人，然而初一有仇，我們絕不留到初二。管那賊貓躲進流雲府還是陰曹地府，敢動咱們的主意，便休得放過他。」

「哇！」

說完，祁護衛身形一動，又一記梅花鏢脫手而出，命中遠方一叢竹幹，其勢之銳，竟使竹子攔腰而斷。

「說我們不該聽從日月哥哥，那你呢？」古琰駁問道：「昀泉祁氏，十二氏公認的百年望族，到了咱們這一代，又出了你，昀泉武功最高的『過客殺手』祁影。咱們四司姬可是一致、一向都服你的，可是你卻情願順從那墨家人！」

「小古，我說過很多次了，」祁影打斷古琰的話，答道：「當今的昀泉宗主，我祁氏所認可的宗主，就是墨柘宗主和冰兒，就算他們在十二氏之外也一樣。」

「你為什麼不去爭？」古琰急急問道：「爹爹久經亂事，心疲了。若是你來爭宗主，當今尚留在汕陵的氏族們，絕不會有任何異議。」

「別說了。」

祁影肅起面容，示意古琰將這話題打住，古琰即便滿腹的不服氣，也只得把話悶在心裡。她看著攔腰折倒的竹叢，又道：「護衛的梅花鏢，假如排進『百曉經』裡，肯定是暗器第一！」

「還不夠。這樣的鏢，要殺他還差遠的很。」

「所以你假想的目標還是他呀？」

「當然，令我蒙羞之人。」

話未說完，祁影雙鏢齊發，雙雙命中目標。

他忿恨道：「說什麼『例無虛發』？都是虛話！唯有他，我就是取不下他的命門。他彷彿能看得出我的招式，看得穿我的每一記攻勢。或快、或慢，都在他意料之中。」

祁影又發一鏢，這一記氣勢之兇猛，竟切斷成排竹林。竹幹「啪啦啦啦」應聲垮然，錯落而倒，當場一片狼藉。

「秋霜夢焉。」

祁影長舒一氣，望向遠方，眼神陰霾似天頂蔽日的層層浮雲。

「他的功力，到底有多深？」

不知不覺，日將升中。祁影收起梅花鏢，又問古琰：「妳沒帶東西回來？」

古琰笑而不答，祁影又囑咐道：「算了，記得把借妳的那套夜行衣洗好了還我。真是，取人性命，竟然沒有夜行衣？」

「臨時起意，準備不周嘛！」古琰諾了一聲，伸了個懶腰問道：「話說，我們什麼時候才要走啊？」

「待宗主省親完，我們便回汕陵。估計還要兩三天。」祁影思忖道：「貌似，他們還要見個甚麼久違的至親好友？」

此刻，城內市集人聲正鼎沸，整座城都蘇醒了過來。立春將近，家家戶戶忙著辦年貨、迎新年。捕快們此時也沒閒著，為的卻不是什麼好事情。從這天清晨起，他們在城外五里的某家大宅周圍，拉起了查案的封條，閒雜人等一概嚴拒入內。這裡發生了兇案，一夜間，十名大漢在這宅子裡死於非命。查案的補快們看著現場，私私議論：「假如這真的不是自殺，這手法，恐怕非一人所為。」

「諸位捕快大人，當真做如此想？」

一高大身影越過封鎖線，昂然一揖而立，他是衙門人皆敬之，別名「天馬」的雲樓名探項陽軒。項陽軒看著放下的十具屍體，嘆道：「一夜之間，不，更準確的說，是從四更天打更前，更夫看見一道神祕身影潛入，到打更後的半個時辰之間，惡名滿天下的十人大盜『飛鷹會』，就這麼懸於屋內大樑，遭縊殺而亡，且十人身上竟無他傷，看來更像是集體自盡。然而，顯然他們都沒有自殺的理由。」

「天馬兄，敢情你有其他高見？」

「當然，話說諸位大人應該注意這十個惡徒很久了。」項陽軒又道：「他們以這宅子為基地，作惡多端，就在三天前，才又犯下一樁錢莊搶劫殺人的大案。可惜，就在我早已掌握住線報，正要來個人贓俱獲時，卻來了個無名高手，搶先我們一步。」

「所以，你以為作案的高手只有一人？」

「現場看來，再無其他人駐足、打鬥的痕跡。這一點，諸位大人想必也認同。」

「但，一個人是辦不到這些事的。」

「辦得到的。」項陽軒道：「的確，這些惡徒好歹也是群高手，但就是有人辦得到，能一次絞殺十名高手，懸上大樑示眾，而且，」

項陽軒看著散落宅子四周數十只巨大空箱子，續嘆道：「還有那份閒致，將這宅子的贓物一掃而空，揚長而去。顯然，此人的武功驚人，且與對方功力的差距甚大。」

「若真是一個人就辦得到，那他絕非泛泛之輩。」

指揮現場的捕快頭目，神情躊躇，言有所指。項陽軒便問：「大人想到什麼？直說無妨。」

話問得如此明白，捕快頭目也不再支吾，坦然以告：「兇手怕是六大幫裡的高人，才辦得到。最有可能的，就是罪淵的『貪婪之蝶』。」

「若真是『貪婪之蝶』，手法只怕會更加不堪。」項陽軒道：「江湖之大，高人之多，高手又何只限於六大幫內？在敝幫幾天前的晚宴上，我就又遇到了這樣的高手。對吧，神醫老哥？」

「連你也跟風喊什麼神醫？見外！」

大宅內無聲無息的多了另一道高大身影，取下斗笠，正是項陽軒口中的神醫，倚不伐。此時他以驗屍官身分，細細端詳十具屍身。喃喃回應項陽軒道：「說到那晚，那姑娘確實厲害。倚某很久沒使上三成力道應敵過了，而且，這還只是接下她一招，繼續打下去，勝負難料。說起來，能絞殺這十個熊武大漢的人物，也是厲害。」

「所以我們想的嫌疑犯，應該是同一個人？」

「應該是。」

「這樣一來，事情就好辦啦！」項陽軒道：「我知道那些昀泉人的落腳處，咱們這就去找人。」

「我說天馬賢弟，問題還沒解決啊！」

「怎麼說呢？」

「首先，僅憑咱們的推斷之詞，如何教人承認犯行？」倚不伐環望四周，說道：「其次，就算她能憑一己之力絞殺十個惡徒，她也沒辦法在半個時辰內，隻身將這宅子裡的所有贓物統統搬回落腳處啊！那可是起碼值七萬兩的官銀和珠寶纓絡，極其顯目，而且總重達上百石不止。」

「這，說得也是。」

「所以，兩位大俠，行兇的嫌犯應該不只一人。」捕快頭目歸結道：「就算是能隻身絞殺十人的高手，也需要多位人手相助，才能在半個時辰內搬空這個賊窟。我等便雙管齊下，一組人馬調查昨晚是否有其他可疑人影，另一組人馬追蹤贓物的下落。」

查案的方向就這麼商議完畢，一行人步出凶案大宅後，項陽軒喟然嘆道：「這群惡霸剛犯下的錢莊大案，鉅額贓款足以令他們逍遙終生。他們在被殺前，想必正額手相慶，以為自己運勢正好吧？」

「所以，當好運來臨時，也請注意自身周圍。」

一道細微的感慨，引起眾人的注意。項陽軒和倚不伐環望四顧，想找出聲音的來源。

「因為，厄運可能已經在你身邊，而你卻渾然不知。」

宅子外牆的角落，有一抹淺灰色的身影。項陽軒快步追至，但人早已不見蹤跡。

「神祕兮兮的，誰呢？」

「別管他了。」倚不伐道：「咱們不是還有約？等了十六年啦！」

「確實，不過，我還要先去見夏老闆一面。」

項陽軒口中的夏老闆，正是疾風鏢局的大當家「銀月刀」夏宸。他們相約在市集新落成的酒樓，這酒樓先前曾接待昀泉一班貴客，留下的慘況尚未修復完畢。店小二花了一番功夫去騰出一張桌子，招待四個來客：除了項陽軒和夏宸外，還有疾風鏢局二當家神疾風，以及某位不請自來的道家奇人，人稱「黃袍將軍」的蘇境離。三人對蘇境離突然的來訪皆感訝異，然而見蘇境離氣度翩翩，談笑自若如故人相遇，竟無生澀之感，不知不覺，四人便卸下彼此心防，暢談不已。

夏宸為彼此斟一杯酒，敬蘇境離道：「久聞蘇家觀歷代高人輩出，今天終於得見『烈陽劍法』的真傳人。」

「前輩過獎，在下一介山野閒散人，初入江湖，還請諸位前輩多多指教。」

蘇敬離對夏宸的恭維遜謝一番，而項陽軒早聽聞蘇境離冒名闖霜嶽的大膽之舉，他既驚訝又佩服的心情，在言語相談間表露無遺。酒過數巡，話題談到蘇境離身上，聽他娓娓道來自己的經歷。原來，蘇境離自家中族人因霜嶽案之故，將他藏匿到龍虎山後，他一度與山下斷了往來，而輾轉得知施府獲赦，在霜嶽案全身而退的消息，已是一年過後。

「坦白說，重獲施府的消息後，我也曾下山過，想重返施府與家人相聚。」蘇境離舉杯笑道：「可惜，我不配當施家的人。在山下苦候了一年，不得其門而入，方知自己只是妄想。我獨自返回龍虎山，原本打算就這麼待在蘇家觀，直到終老。」

神疾風問：「既然如此，道兄這回下山又是為了什麼？」

「為了很多，也想過很多。」蘇境離回答：「龍虎山，終究是邊陲偏荒。我還是想在有生之年，在中原闖出一番名堂，而不是像以往的蘇家傳人，避世道觀，死抱著一套『烈陽劍法』自珍，終不得入中原大雅之堂。」

項陽軒勸道：「令兄如今繼承家主大位，你何不再試著重新入主施府，輔佐令兄呢？想來令兄也很器重你，連家傳的金烏劍都能借給你了。」

「回不去了。」蘇境離道：「家兄不是我認識的家兄，而施府，也不是當年的施府了。金烏寶劍早已奉還，家兄得寶劍，我得劍鞘，彼此分際的提示，再明顯不過了。既然如此，我再強待家中，不過是埋下衝突的根種。」

蘇境離又道：「回家既然蕭索無趣，不如把心一橫，索性不去依賴施府的名勢，一切靠自己來。」

另外三人對蘇境離的志向表示稱許，接著又聊了許多中原民情，夏宸和神疾風是運鏢老手，對朝廷體制、各地顯要、乃至四方風土和道路險阻，知之甚詳，這正是疾風鏢局的鏢車馳騁四方而不墜的本錢。蘇境離頻向兩人殷殷請教這些中原的地理知識。一開始，夏、神兩人深喜蘇境離求知若渴的態度，知無不言，然而當問題愈來愈深入，甚至涉及鏢局營運的機密時，兩人察覺到蘇境離的動機並不單純，態度漸趨有禮淡漠，不願多談。蘇境離注意到氣氛有異，便自行收棚，隨意再聊些街坊趣聞瑣事後，欣然話別而散。

蘇境離自忖這場飯局收獲甚豐，兼以天氣正好，雲開見日，朗朗晴空下，可望穿遠方巍峨山陵的殘冬景色，此景令蘇境離心境舒爽，決定在市集多溜達一會。正觀望時，他看見貓神少年，便揮手向貓神招呼致意。

原來貓神投靠流雲兵府後，自請擔任雜役一職。這天，他被大管家派了趟差，要上市集採購年貨。貓神手上抓著採購年貨的單子，他不識字，單子上面畫滿只有他看得懂的塗鴉。他畏生生的張望市集，神情滿是困惑：這片他理應再熟悉不過的地盤，為何不過幾天，竟然變得如此陌生？

蘇境離見了貓神惶惶然的模樣，心生憐憫，便陪著他繞市集一圈，買齊了清單上列示的東西。蘇境離代為作主，雇個臨時挑夫，將貨物挑去流雲兵府，他則拉著貓神到茶肆，由他作東，請貓神吃頓午茶。貓神為了這趟派差，折騰了一個上午，早餓壞了，也顧不得眼前這俊朗慷慨的大善人來路不明，逕自啃著兩塊免錢燒餅，啃得滿嘴芝麻屑，含糊著和蘇境離閒聊一番。

蘇境離饒富興趣的看著貓神，顯然他在兵府的這段日子，有將容貌經過一番打理，乾淨清爽許多，並突顯他原本就勻緻的五官臉龐，令人看了好生喜歡。蘇境離極為好奇：何以堂堂兵府家主流雲飄蹤，竟會對這麼個孩子如此看重？他設法探問貓神的過去，以及他在流雲府的日子，然而貓神的回答多有所保留，蘇境離在一問一答間，所獲甚微，又輾轉換了幾個話題試探著，最後，談到了彼此的未來。

「老實說，我還是不習慣。」貓神坦然道：「我喜歡跟著流雲老大，老大家的人對我都很好，可我還是過慣一個人的日子，不喜歡別人動用關係來壓我，也不想攀關係去求個發達。」

「出門在外，靠的就是關係。沒有人為你牽線引薦，你要如何一展長才，令天下盡知？」蘇境離追問：「我以為，你聽了我的勸，接受百韜策侯的邀請，足證你不甘於活在邊緣。如今又說這種話，顯然你看世事還不夠透徹。」

「我是不想就這樣活了一生，可是就沒有別的辦法出人頭地嗎？」貓神駁道：「我也可以偷偷練出一個神功，然後打倒一個蓋世高手，揚名江湖，這樣人們就會來投靠我，我就不用去巴結攀關係啦！」

蘇境離聽了直覺得可笑，正想要罵一句「天真！」卻隨即心念一動，想到一個點子。

「要這樣揚名江湖，也不是辦不到的事。」蘇境離提議道：「有一個人，只要你真的能找到他，甚至不必以命相搏，全江湖的高手，甚至你的流雲策侯主子，都會對你刮目相看。」

「真的？誰啊？」

「秋霜夢焉。你可聽過他？」

貓神茫然搖頭。蘇境離又道：「江湖第一奇書『百曉經』記載，秋霜夢焉是飲過不老仙泉的江湖人，與一只雪貂精結髮為夫妻，離群隱居千年之久。人們相傳，若是擒得秋霜夢焉，就能知曉不老仙泉的祕密。但是，近百年來，從沒有人能生擒他。」

「他搞不好早就掛了！誰能活那麼久啊？而且，既然誰也沒看過他，我隨便抓一個傻子來冒充這個秋什麼焉的，不就得了嗎？」

「你以為沒人想過這個餿主意？這種淺薄的騙局，三兩下就會被識破了。」

「又沒人看過他，誰能作證啊？」

「我見過。」

貓神蹙起眉頭，一副難以置信的神情。蘇境離悄聲道：「十五年前，我見過他一面。當然，那時我還不知道，他就是秋霜夢焉，我也未能從他口中問出任何昀泉仙境的祕密。但，再讓我見他一次，我一定會認出他來。」

貓神正要說話，忽然又止住口、蹦直身子警戒。蘇境離尚不及問：「怎麼回事？」

「哇哇！」

只見貓神突然向後一倒，連番慘叫：「哇啊啊！」遠處打來兩發梅花鏢，射入磚牆三分，離貓神只有一步的差距。

蘇境離倏地起身，轉頭喝問：「誰？」

「道士，與你無關。」

祁影現身茶肆門口，茶老闆和客人驚惶奔逃。祁影漠然凝視著跌坐地上的貓神，道：「諸位莫慌，我只取他性命。」

說完，祁影信手又來一記梅花鏢，直取貓神面門。然而暗器發出的同時，貓神就已搶先倒爬十數尺，一個翻滾躲到一旁，飛鏢擊失了目標，「哇」的一聲，打入地下五寸。

祁影連失兩招，怒得滿臉通紅，斥道：「好個靈活的小賊！看招！」

說罷，他揮起如蟬翼般輕薄的雙匕首，一個墊步，逼上貓神眼前。貓神臉色慘白，心知自己逃不過這一招，眼看那薄的看似透光的銳刃，就要劃開貓神的咽喉！

這時，一旁卻飛來一卷十數尺長的字軸，像一道屏風隔開了祁影和貓神。祁影一個遲疑，露了破綻。他匕首一閃，劃開了字軸，卻不見貓神蹤影，原來貓神一溜烟逃到窗邊，躲在一名蒼髮男子的後方。

那保命的字軸正是蒼髮男子所打出，他是雲樓四奇，墨塵。墨塵對祁影笑道：「昀泉祁氏的後人，這孩子是吾墨家的客人，看在令宗主的情分上，請暫且放過他吧！」

祁影神情陰鬱憤然，卻不得不收手。臨走前，留下一句話給貓神道：「好好活著，你的命是我的。」

貓神就這樣逃過一場劫難，他向墨塵再三道謝，倉皇間正要辭別，卻被墨塵留住。墨塵道：「吾正好要找汝家主子，談談明早迎接貴客洗塵一事。和吾一起走吧！難保那殺手不會中途折返偷襲汝，請汝為吾帶路，一路上，吾也好照應汝。」

墨塵雇了一輛馬車，邀貓神同行。蘇境離目送兩人離開茶肆後，心裡還念念不忘那場須臾間的死鬥。

「看來百韜策侯沒看錯人，」他喃喃道：「能活過剛才那三記殺招的，確實是難得之才。」

馬車一路顛簸，晃得貓神搖搖欲睡，不一會，頭便斜倚在車窗邊。墨塵也不叫醒他，凝望窗外市景出神。

「墨塵前輩？可否問你一件事？」

墨塵聞聲一驚，猛地轉頭，正迎著神貓的炯炯雙眼。

「汝是……神貓？」

「你知道我？」神貓笑道：「一定是流雲老大告訴你的，對吧？晚輩神貓，想請問你秋霜夢焉的事。」

不知不覺，天近黃昏，還在市集內晃蕩的蘇境離，意欲找間客棧，卻驚覺市集周遭的客棧卻都已客滿，無處落腳。無可奈何下，他決定往出城去碰碰運氣，就在城北五里外，發現一幢宅院，樓高二層，門外佇立一人觀望落日冬景出神，竟是項陽軒！

蘇境離驚喜交織，趕忙上前道明來意。項陽軒大方邀他入室，室內另有三人，正是倚不伐，和明教弟子陸浩宇、風潔綾。

「這裡是傲寒神教的傳教堂，也是教徒行腳的休息處。」項陽軒為投宿的貴客們解釋道：「平常我和不伐哥也會睡這裡，不過我們明早要去拜訪久違的故友，早早便會辭行。歡迎三位貴客今晚安住歇息，這裡房間多，想住多久都行。」

蘇境離嘆道：「傳聞來自北兕之境，傳愛世間的傲寒神教，今晚終得一窺其貌。然而更想不到的是，原來兩位兄台都是教友。」

「算是有緣吧！」倚不伐道：「倚某當年行醫四方，受北方奇俠『劍奇白龍海』襄助甚多，倚某念其恩惠，拜為義父。不過，倚某算不上虔誠的教徒，平常還是過自己的日子。」

「我是從年幼時，就隨身服侍白龍主人，為他照顧馬匹。」項陽軒笑道：「不是我誇口，我照料的馬兒，吃得壯跑得遠，所以白龍主人認養的兄弟姊妹們都叫我『天馬』。」

風潔綾笑出聲，溫婉一揖拜謝道：「原來如此，我等明教的東歸弟子，願與諸多不同信仰的教友和平相處。請各位先進多多指教。」

「指教不敢當，倚某樂與諸位切磋，劍法飲酒都可。」

「原來遇到酒友了，酒神助我！」

陸浩宇拍掌大笑，掏出腰間酒囊遞給倚不伐，就這樣在傳教堂飲酒閒談，不到二更天，但見倚不伐和陸浩宇兩人便喝空了三罈佳釀，陸浩宇乘著酒興，不成調的高歌道：「杯底莫常空～路邊的銀子不要撿～」

風潔綾笑道：「師兄喝醉了，唱什麼歪歌？什麼路邊的銀子？」

「師妹，夜半三更的有人灑銀子，妳忘了嗎？」

倚不伐原已醉臥塌上，聽到這話矍然而起，朗聲問道：「什麼人夜半灑銀子？」

風潔綾吃了一驚，解釋道：「我們師兄妹昨晚借宿他處，不知幾時打更前，聽見有丟石子的聲音。原來是個身穿夜行衣的怪人，四處大拋銀子，距離遠近不一，還引出好幾戶人家出來撿銀子呢！」

「一定是她！」倚不伐一拍大腿，喝道：「怪不得整間房子的贓物能在半個時辰內不翼而飛，她不是搬走贓物，而是就地丟光贓物！歸結起來，她根本不曾帶走任何東西，只是要故布疑陣！」

說到這裡，項陽軒也聽明白了。他猶疑道：「可是，不伐老哥，她行事如此大膽，竟然沒有人察覺？」

「該是有人發現，起碼，打更的更夫一定會看到她。」倚不伐想了一會，道：「但是，這些目擊者想必也撿走不少贓款，就怕一旦出面作證，到手的銀子也會被追討回去，乾脆就裝作一無所知，這才是人性常理。」

「那兇手為何這麼做？這樣她什麼都得不到啊？」

「或許她一開始，就沒打算得到什麼。」倚不伐道：「天馬老弟，你要接受，就是會有人不為了利益而行兇殺人。這可是江湖。」

「那，咱們要去搜捕她嗎？」

倚不伐躊躇半晌道：「就算想通了謎團，僅憑咱們的推斷之詞，還是無從令嫌犯就範。況且，死者也不是什麼好東西，對捕快而言，也許他們更感謝嫌犯為他們解決了『飛鷹會』這批惡人吧！再者，現在追討錢莊的失物才是首要之急，逮捕兇犯倒是其次了。」

話說到此，倚不伐嘆道：「所以，咱們也就算了吧！」

項陽軒一嘆而頷首附議，並向借宿的眾人致歉後，就這麼離開傳教堂。風潔綾也攙扶陸浩宇回房歇息，傳教堂獨留蘇境離一人，細細啜飲留著餘溫的酒，思索著一件事：

項陽軒和倚不伐，專程明早要去接見一位故友；白天，夏宸和神疾風離席前，似乎也提到明早有位許久未見的朋友；雲樓墨塵和兵府策侯，今晚也要討論明早迎接嘉賓一事。

如果，他們各方人馬明早要迎接的是同一個人？那會是什麼人物？

蘇境離不得其解，聳聳肩，將杯底殘酒一飲而盡。

到了夜半亥時，流雲兵府仍然燈火通明。墨塵於傍晚來訪流雲府，令流雲飄蹤欣喜不已，臨時擺開一桌海鮮酒席款待故人。是夜，兩人於房內對飲言歡，談著數年來在雲樓的種種往事。

談著談著，墨塵忽然感慨：「明早的約定，坦白說，吾有些不安。」

流雲飄蹤問道：「有什麼不安的？」

墨塵反問：「已經這麼多年了，對方當真會赴約嗎？」

流雲飄蹤一時也不敢擔保，唯有寬慰墨塵道：「她們都是信守承諾的江湖高人，就算無法親自赴約，也必定有所表示。」

「副樓主所言甚是。不，該稱呼汝為策侯大人。」

「隨你怎麼稱呼都好。」流雲飄蹤笑道：「雲樓的副樓主、兵府的策侯都好，我依然是我。」

墨塵會心一笑致謝，又欣喜道：「真期待明天早點到來，瓜兒也企盼這一刻很久了。」

「說到這，你可真是雲樓第一幸運兒。」流雲飄蹤又道：「當年一馬當先，迎娶美嬌娘而歸，結髮十餘年來，夫妻倆感情愈來愈濃不說，膝下更是兒女徒弟滿堂。如今墨家可是江湖屬一屬二的望族，甚至家父談到你時，不但誇你不止，還直嘆說我不如你呢！」

雖知流雲飄蹤說的是玩笑話，墨塵仍聽得心驚，趕忙辯解：「副樓主快別這麼說，論當今江湖第一高手，非百韜雄略莫屬！往昔樓主勸勉汝，當立凌空之志，位在眾人之上，汝確實是做到了啊！」

「是啊，確實是做到了。」流雲飄蹤欲言又止，改問道：「話說，墨塵你的孩子們近來可好？他們可也是一時之江湖英傑呢！」

「觀汎和柘兒，確實不用吾擔憂。」墨塵嘆道：「唯獨冰兒，年少氣盛，自恃有兄長撐腰，總是四處招惹麻煩，著實令吾傷透心神。」

「兒女自有各自的福分運氣，且別太過為此勞心。話說，令郎竟能收服昀泉十二氏，以外人身分當上昀泉宗主，足以證明他們的修為，可都不輸給我們這群父執輩。」

「為人父者，其他的尚在其次，吾且願他們知禮義、懂進退，這就夠了。」

流雲飄蹤笑而不語，推開窗戶，看兵府上下忙著張燈結彩，喜氣洋洋連綿成片。

「今年過節好熱鬧！」墨塵欣賞窗外燈火，笑道：「令吾想到當年新婚時，費了吾多少心思。」

「是啊！」流雲飄蹤感慨道：「真快，已經十六年了。」

和平暗影十九

羈絆

小年夜前的清晨，任雲歌獨自走到一處偏僻的竹廬。竹廬位在城外一座小丘的芒草坡之間，造訪的貴客之多，將芒草踏出一條蹊徑。

竹廬的主人親自招待來客，倒了杯熱酒，遞給任雲歌暖暖身子。主人行事極其神祕，披一件連身斗篷，頸子上掛一只陰陽魚的太極圓，戴一副玉白面具，盤坐在蓆子上。

「吾之法眼，可觀透陰陽二界。」主人的聲音聽來玄妙，無從辨識其年歲和身分。他問任雲歌道：「你想找亡故的朋友嗎？」

「不是。」

「那是魂歸九泉的親人嗎？」

「也不是。」任雲歌反問：「我聽說，找得到昀泉葉氏的傳人，就找得到秋霜夢焉。是嗎？葉非墨？」

竹廬的一角放了只炭爐，仍噗噗作響的煮著酒。竹廬之主長歎一聲，為自己也斟了一杯熱酒，凝視酒面玉潤的波紋。

徐久，他說：「任公子，我惟一能透露的是，我不能透露秋霜夢焉的下落。這是昀泉自家的事，他根本無須涉入這百年糾葛。」

「但，還有另外一個無辜的小姑娘，就因為她的姓，不得不承擔這糾葛。你同為昀泉後代，一定明白這是何其沉重的負荷。」

葉非墨端詳任雲歌一會，說：「給我看看錦囊。」

任雲歌遞出一只精緻的錦囊，袋口繫了一個複雜無解之結。葉非墨接過錦囊，熟練地撥弄繩結，翻弄間，三兩下打開袋口的死結，倒出錦囊裡一枚形狀奇怪的小金片。

葉非墨道：「這是重家的東西沒錯。」又對任雲歌道：「公子還是帶著這鑰匙請回吧！百年來，咱們代代昀泉人就是背著這詛咒活過來的。說句不中聽的，命運自有定數，能活的，就是活得下來。」

任雲歌見此事不成，怏怏辭別。歸途上，他遇到了等候多時的太歲。太歲獨坐一塊大石頭上，兀自磨著一塊粗木，任雲歌見著他，不待問候，苦笑而道：「真如前輩您所料，這件事沒這麼簡單可成，只怕還有得磨呢！」

太歲緩緩一笑，手中的粗木塊已磨出個雛形，這次是顆光滑圓潤的鵝卵。他收起工作，安慰任雲歌道：「公子別介懷，俗話說：『說一場媒，吃十三隻半雞』，好事總要多磨，磨得到好時候，必有厚報。」

年關將近，雲樓樓主凌雲雁亦不得清閒，枯坐案牘，有著成堆的帳冊待他理清。他身旁有一助手，年輕幹練，幫眾們戲稱之「算珠在手，閻王發愁」的帳務主簿，軒轅緋月。

「這個月的赤字，五萬兩。」

「還是赤字？」凌雲雁問：「承包戶部配發的醒神黑茶採購金，可扣除在赤字之外了？」

「早扣除了。五萬赤字包括人事薪餉和節敬透支二萬兩、雲樓兵府締約花費三萬兩。」

「織機可斷線，人不能斷炊。這薪餉和節敬，就從下個月預支吧！」凌雲雁又問：「可是，締約大宴的酒席錢不是早核銷了？哪裡多來這三萬兩？」

「為慶賀兩幫締約，雲樓特製三萬只七彩鯉魚旗，分派各城分部懸掛示慶。」軒轅緋月反問道：「這不是您核可的開支嗎？」

「我沒核可過這筆項目。」凌雲雁心裡明白了七、八分，捏著眉心，既苦惱又好笑。

年關將近，即便在看似脫離塵囂的無心門，弟子們也為了籌措過年東道而忙碌著。夏靈薇指揮弟子們打理一切，儼然以女主人自居，又問：「你們劍仙師叔呢？」

「在這！」

無始劍仙此刻方從不夜賭城歸來，高舉的一疊銀票正是他徹夜的戰果。他得意道：「宿願得償，從那賭城第一鉅富手上淨賺一萬銀子！來來，大家吃紅！」

弟子們欽羨的看著劍仙手上的銀票，然而懾於夏靈薇那雙不慍而殺意四射的雙眸，沒有人敢上前討彩。無始劍仙討了個沒趣，改而奚落夏靈薇，笑問道：「看妳管上官管的這麼緊，不怕他透不過氣來？」

「師叔你才要當心自己。」夏靈薇不甘示弱，反唇相譏道：「贏個幾萬銀子就這麼招搖，不怕和飛鷹會一樣下場？你可聽說了？飛鷹會十人大盜，在一夜間死於非命。」

「我還聽說了，他們那七萬兩贓款不翼而飛。」無始劍仙道：「不管兇手是誰，起碼他身上已背了七萬兩的債，而且，還是江湖第一大錢莊的債！」

「一次絞殺飛鷹會十名高手，有這等功力，區區一家錢莊又何所懼？」

「當然有所懼，一文錢逼死英雄，五兩銀使鬼推磨！」無始劍仙笑道：「闖蕩江湖，錢財不可少。我也真想幹他一票，將那七萬兩的銀子一掃而空。」

「該不會就是師叔你幹的吧？」夏靈薇笑問：「那銀票該不會並非彩金，而是贓款吧？」

無始劍仙嘿嘿一笑，反問：「妳說呢？嗯？」

「所以，是你滅了飛鷹會？」

聽到這把陌生的聲音，無心門上下幫眾俱轉過頭去。但見山門下，站了一位颯爽女劍俠，年紀輕輕，青衣飄然，披肩長髮，如卷雲隨風飛揚，凜然雙眸，足見其英姿煥發。

無始劍仙稍微收斂起剛才的戲謔神色，問道：「請問姑娘芳名？有何貴幹？」

「柳青澐，來討個公道。」女俠又問一遍：「是你滅了飛鷹會？」

「不是。」無始劍仙道：「雲曦迴雁樓的天馬神探，正承辦此案，妳可以找他打聽。」

柳青澐一揖謝過，轉身離開。夏靈薇悄悄問道：「師叔，這麼做好嗎？來者看似不善，就這麼推給項陽軒？」

「別擔心那個老實神探。」無始劍仙笑道：「那傢伙的長處不少，特別是福大、命大、嘴巴也大。我看這位小俠女是個認真的孩子，並無惡意，只要從那神探知無不言的口中套到一點消息，肯定絕不會再為難他。」

夏靈薇半信半疑間，無始劍仙又自言自語道：「那孩子資質確實不錯，能跟著我好好練一年的劍，至少能打遍半個江湖。」

夏靈薇調侃他道：「咦？我以為師叔您不收徒的。」

「我不收會坑人的徒弟。」無始劍仙一本正色反譏道：「如果性情認真，不會坑師傅或騎到師傅頭上，不會倒攀上師傅做伴侶的，就另當別論。」

夏靈薇討個沒趣，轉而遷怒其他看戲的弟子：「去忙啊！」

年關將近，馳名江湖的疾風鏢局更是業務繁重，天未亮，夏宸和神疾風兩大當家便出門訪客應酬，鏢局其餘人等，不論男女上下，或清點財貨鏢物、或埋首案陳卷宗，再不然便是四處擦肩奔走，沒一個安閒的。

在這擾攘時分，鏢局新任三當家，珞巴，將上半副身子伏貼在一張烏木辦事桌上，睜著半睡無神的眼四處飄移，哈了好長一口氣。有個下人見了，不禁苦笑道：「三當家，您可振作點，鏢局討生活不容易吶！咱們在臨湘一帶的生意，已經被那新來的『百轉輪陳紹』搶走不少，虧咱們以往費不少勁，才和臨湘的敖太守打通關係。倘若其他地方的生意也如此，那該怎辦？」

此時，門口忽然傳來訪客聲，竟是蘇境離登門造訪鏢局。珞巴招呼貴客入廳，聽蘇境離說了好些恭維話，便進入正題，問到來意。

蘇境離請託道：「我想請貴鏢局，幫我找個人。」

「鏢局只管運鏢護鏢喔，而且，你要找誰呢？」珞巴半開玩笑的問道：「該不會是秋霜夢焉吧？」

蘇境離一笑，反問道：「珞三當家，妳怎麼會這麼想？」

「因為這三個月來，已經有四、五個道士拜託過本鏢局一樣的事了。」珞巴將身子往椅背一靠，又道：「我真不懂，人家過著自己的生活，也不招誰惹誰，為什麼你們這些道家人就非要嘗到他的鮮血不可？就算他真的是喝過昀泉水的千年不死身，又如何？」

珞巴感慨道：「想修得正果，不是應該先求諸自己修為嗎？為什麼非要去求得他人的鮮血，妄想靠外在的丹藥力量，一步成仙呢？」

「三當家說的好。但是，我要找的不是秋霜夢焉，而是另一個人。」蘇境離頓了一會，又道：「一個我掛念了十六年的人。」

珞巴注視著蘇境離，聽他娓娓道來：原來蘇境離年少時，浪蕩不羈成性，意外的令一位姑娘有了身孕。正值此時，施老元帥遭逢霜獄案，蘇境離在宗族長老的安排下，被迫前往龍虎山，男女兩方就此分離，再無往來。

「一年後，我曾短暫下山，除了試著重返施府，也為了找到那對母子，然而，兩者俱無所獲。我心灰意冷地回到龍虎山，曾打算就此拋棄塵世舊情，專注於求道。可是，」

蘇境離長吁一氣，繼續說：「我錯了。在山上虛度這麼多年，我才明白自己終究放不下塵世。現在要找到那孩子，著實不容易，畢竟過了十六年，人事皆非，甚至連那孩子健在與否都不得而知。」

珞巴為蘇境離的故事感到動容，一改剛才的態度，笑著寬慰蘇境離道：「放心，做人要有信心。我就在中原找到了我的家人，你也一定找得到他們。」

話雖如此，兩人心知肚明，要在茫茫中原尋找一個毫無特徵或線索的少年少女，絕非易事。但是珞巴仍向蘇境離問了些當年在施府的往事、孩子母親的特徵等等，並承諾他：「只要有任何消息，我一定馬上告訴你。」

送蘇境離出門一陣子後，疾風鏢局又迎來另一批貴客，他們是一群雲樓幫眾，為首兩人是『臨淵雅少』臨光，和『迷魂玄女』雨紛飛。雨紛飛懷裡還抱著一位約莫兩歲的小女娃，沉靜地睜著一雙大眼睛，張望鏢局四周，胸前掛一只血紅的雞血石墜子，狀似鮮肝，當作平安符用。

臨光領著一干人等向珞巴問好，開門見山道：「好久不見了，珞巴！我來向師傅拜個早年，並想商情貴鏢局，要點人馬和三當家您一用，陪我們護送這孩子到溫王府。」

說完，臨光介紹起那女娃的來歷：她名叫夜繁，是溫王府的外女。話說那溫王府本姓喻氏，族史淵源長久，無奈近百年來的數代繼承人皆不長壽，族人又幾度為了遺產內鬥不已，導致家族衰微。如今當家的正是江湖人稱「溫侯太子」喻玖少主，儘管他力圖振作，可是除了那王侯的光環和名義上冊封的領地外，喻家幾乎一無所有，想在朝廷或江湖上與諸多望族並列，可謂難上之難。

「喻家族勢正弱，不過這溫王的頭銜和領地，還是會吸引來不少煩人的蒼蠅。」臨光解釋道：「可是，蒼蠅畢竟是蒼蠅。所以啦，我想多找些人手助勢，看能不能就這樣嚇退那些可能來鬧事的麻煩傢伙，畢竟大過年的，能不見血，我也不想開打。可惜我雲樓能調動的人力就這麼多了，因此我這來拜託師傅，商情貴鏢局和珞三當家，助我等一臂之力。」

「夏大當家和神二當家都不在此，不過既然是臨光老祖開口，我一定盡量幫忙囉！只是說呢……」

珞巴掃過這批雲樓幫眾一眼，困惑地問臨光道：「溫王府離這兒也不過十里路啊？而您帶的這群護送人馬，加上鏢局能撥動的人手，這隊伍可不下三十人喔！是有多少的煩人蒼蠅，需要您這樣大費周章？」

臨光搔搔頭，笑道：「據我所知，這可能鬧事的，人數恐怕不少，而且來歷挺……麻煩。」

說到這，臨光聲音一沉，問道：「『全形一心宗』，三當家妳一定聽過吧？」

珞巴一聽到「全形一心宗」的名號，頓時大皺眉頭。

「就是這幾個月來，那一群老在市集上喊著『全智全能，全形而上』，吵得大家不得安寧的神棍混混？」

「就是他們。」

珞巴又問：「那，他們自個去市集嚷嚷就好，幹嘛為難這位小夜繁？」

「這個嘛，」臨光掩住嘴，「聽說是他們為首的『鐵拳教主』向一心，看上了夜繁的家世，企圖搶親。」

「搶親？」珞巴忿然道：「差勁！禽獸！丟人現眼！竟然想染指這麼個小女娃？」

「繁兒確實年幼，可她好歹也有著王侯血統。」臨光道：「這全形一心宗，為首的一心三兄弟，從前在江湖可是頗負惡名的淫徒，可他們不知怎的，近年來風頭正順，廣收信徒，聲勢極旺。這個向一心大概在名利雙收之餘，也想攬些世族大家的身分來沾光吧？族勢正弱的喻家子女，正是最適合的下手對象。」

「那孩子的雙親呢？就這麼順了這壞蛋的意？」

「喻溫侯當然嚴詞拒絕！但憑喻家的力量，還嚇不退這個聲勢正旺的教主。」臨光道：「可嘆！曾經叱吒一時的喻氏王侯，如今衰疲到連這麼個土豪劣紳也莫可奈何。」

臨光望著兩旁的雲樓幫眾，又道：「還好，這些一心宗信徒，大多是不黯武功的凡俗人等，但願憑咱們的人數氣勢，甚至毋需見到血光，就足夠嚇退他們。」

「對！別怕，小夜繁，有神龍姐姐保護妳，妳一定可以平安回家！」

珞巴從雨紛飛手中接過小夜繁，緊抱住她，親暱摩蹭著臉頰不放。雨紛飛則悄聲問臨光道：「前輩，誠如您所說，那些惡徒不過是一群匹夫，其實憑我等的功力，就足以嚇阻他們，又何必牽動疾風鏢局和珞三當家？」

「妳說的沒錯，如果只是群烏合之眾，靠我們就夠打發走了。」臨光側過身，面對雨紛飛悄悄答道：「我擔心的是，劫匪的背後另有其人，倘若真的是『他』，白龍和五芒又不在這，屆時就要仰仗珞巴出面了。」

於是，珞巴清點一批鏢局人馬，連同雲樓一夥幫眾，浩浩蕩蕩往溫王府前進。出城不久，一行人遠遠就望見另一批搖頭晃腦、不整不齊的隊伍，人數約莫一、二十人，前頭兩人舉著大紅的囍字牌，另外兩人扛了頂空轎子，後頭的人馬或提大紅燈籠、或挑著沉沉的擔子，或簇擁著中間一騎渾身上下紅得俗氣的「新郎倌」。那新郎倌正是自稱「鐵拳教主」的向一心，一副垂涎而笑的扁臉，像張熱騰騰的芝麻大餅掛在石頭上。

向一心遠指著襁褓中的小夜繁，唱大戲般的扯開嗓子嚷道：「啊呀！我的美嬌娘就在那兒！弟兄們！快迎她來！全形而上的神明庇佑！厚賜我等全能神力！」

「全形而上！全能神力！」

這群烏合之眾大喊一聲，紛紛拋下行頭，一湧向前。雲樓疾風一眾人見對方來意不善，迅速擺出四重金鎖陣，將臨光、雨紛飛、珞巴和夜繁四人團團護住。不料，雲樓一方跳出個亂髮漢子，擅自破陣而出，衝向搶親的隊伍大喝道：「邪教一心宗!!!看我『無影半形』泰然教訓你們!!!」

只見這熱血漢子泰然一夫當先，將搶親的隊形衝散一個大洞，直取馬上的向一心！向一心既不閃也不避，掄起雙拳，就這樣和泰然以拳相見，左勾右直，彼此拳拳到肉，竟然都打不到對方的要害上！兩人就這麼從馬上亂打到馬下，打得血汗四濺，不分勝負！護送隊伍的陣形因此大亂，一迎上搶親人潮，兩方人馬就這麼撞在一起，護送一方見到穿紅色的就揪起領子扭打，搶親一夥則抓著扁擔棍棒，逢人瞎揮。現場一片混仗，顧不得彼此，打得天昏地暗，戰得全無章法！

臨光坐鎮後方，見狀慨然而笑道：「哎呀呀，結果還是打起來了。」說完，他打個手勢，下令「全速突破，毋須戀戰」，隨即與雨紛飛、珞巴，三騎輕鬆越馳過陣，雲樓、疾風幫眾亦迅速收勢，連打帶走，將這群烏合之眾甩在後方。搶親徒眾毫無武功根基，徒然追打、撲抱住護送隊伍，卻又一個個被輕易扳倒在地，絲毫奈何不了這些江湖中人。

臨光匆匆一瞥散落的聘禮，笑道：「想不到這個土教主，對迎娶的行頭挺講究。不過，還是比不上當年墨塵的誠意。」

＊　＊　＊

那是十六年前，霜嶽大典後，雲曦迴雁樓迎來三件喜事。其一是冬至大典時，雲樓諸人護駕有功，盡有封賞；其二是新建的雲樓竣工落成；其三，便是墨塵的喜事，終於有了結果。男方這邊，由凌雲雁權充主婚人，向西邊府遞上庚帖，女方西邊府上下念在雲樓樓主的面子，又想到墨塵乃由悟能大師親授「穹蒼」傳承，兼以西邊大人本身亦頗為欣賞墨塵，於是欣然收下庚帖，首肯此事，並商定在元宵節當日，赴秋水西邊府邸娶親。

迎娶前一晚，「三妖」臨光、水中月、傲天，偕同一批雲樓高手，齊聚禧城的墨家宅院。墨家管家肅客入座，頻頻致歉道：「下人們招待不周，懇請見諒。」臨光看墨家原本幾近頹圮的屋舍已修繕一新，又新雇了管家和僕役，知道他的近況確實好過的多，不禁欣慰一笑。

墨塵一家上下為了迎接未來的女主人，籌劃將近半年來準備聘禮，共有四六得二十四樣：大餅、禮餅、米香餅、禮香、禮炮、禮燭、排香、祖紙、龍鳳砲、糖仔路、福眼、米、聘金、金飾、禮品、衣裙、冬瓜糖、黑糖、冰糖、桔餅、好酒二十四瓶、麵線六束、閹雞母鴨豬隻、伴頭花。

翌日清晨，男方人馬從禧城鳴炮起行，遠赴百里外的秋水迎娶。行至半路，臨光對墨塵道：「其實，你本來可以更早些迎美嬌娘回來。」

「吾明白前輩的意思。」墨塵道：「倘若吾變通些，毋須堅持全套聘禮，或是，毋須堅持這聘禮聘金和行裝盡皆求諸吾之資金，不假他人襄助，這喜事，必能早些作結。」

墨塵看著臨光，又道：「然而，此乃吾之終生大事，關乎吾此生惟愛之人，吾欲示諸江湖，憑吾己身，便足以照顧瓜兒一世。」

說完，墨塵自覺言之浮誇，不禁一陣窘笑，臨光和水中月也跟著笑了。墨塵又道：「可惜，這份聘金，仍是沾了諸位前輩的光。因樓主和副樓主護駕有功，朝廷愛屋及烏，賞及吾等一干幫眾，吾的籌資，方得如此順利。」

「話不能這麼說。」水中月慰解道：「你在冬至當日坐鎮一方，維持治安，自然有一份功勞。而且，那天瓜兒在彼處受困於土匪偷襲，還多虧你趕去救她出來呢！你當然有資格拿這一份賞金。」

「話說，瓜兒姐姐看起來可愛，個性也是挺強的。」傲天道：「墨塵兄，身為丈夫，當心給瓜兒姐姐騎到頭上去，成了美嬌娘的御下坐騎哦！」

「毋須煩憂，傲天。」墨塵笑道：「吾用盡一生，用上一世，愛她、疼她、惜她，又何須懼她費心御吾？」

墨塵說的真誠，傲天等人聽得動容。歡笑聲中，百里迢迢長途，亦如半尺之遙。宛如不過須臾間，一行人已遙見秋水波光，於是取出禮炮待鳴，靜候女方家屬迎接。

＊　＊　＊

「前輩、臨光前輩！」

雨紛飛將臨光從往事喚回，急促道：「那些徒黨，不太對勁！」

臨光回頭一看，原本已七零八落，散倒在一里半之外的鐵拳教徒們，忽然在須臾間爬起，像是失了魂似的，眼神渙散，口齒垂涎「喀喀」作響，渾身更散發著若有似無的幾縷黑氣，黑氣宛若戲偶上的絲線，懸掛起教徒們癱軟的身軀擺動著。

臨光見狀，心頭一凜，大喊：「是邪龍魂附體！大家小心！」

剛喊完，徒眾一聲聲尖喊，像餓虎瘋狼般撲了上來！那速度之快，三兩步竟然就追上一里半外的護送隊。幾個落後的幫眾逃之不及，就這麼被成群的瘋狂信徒給壓制，信徒或撩起尖爪，或張開血口，眼看就要把幫眾們給撕成碎塊！臨光將小夜繁托付給珞巴，立馬和雨紛飛趕回後方，持緄帶、拔長劍，及時殺退這一波狂暴信徒，救出人來。

然而，雲樓一夥人還不及喘口氣，來了更多的教眾，同樣瘋狂的洶湧衝上。臨光朝前隊的珞巴大喊道：「三當家！麻煩先帶孩子走！我們押後！」

說完，臨光、雨紛飛和雲樓眾人，絲毫再不敢大意，提氣聚神，準備迎戰發狂群眾。他們不再是剛才那群宛如稚童的烏合之眾，其力量、速度、兇性，迴然是完全不同的人——或許不能再稱之為人，而可說是魔了！

然而，臨光心知：這些群眾只是受了邪術附體控制而不能自己。這令臨光左右為難，不敢也不願痛下殺手。他試圖僅以三成功力迎戰，和雨紛飛的落雨劍法、雲樓幫眾的刀光陣合為一波防線，奢想如此便能驅離這些入魔之人，怎奈這群喪心失智的徒眾愈殺愈狂，漸漸逼得臨光等人快招架不住，不得不以真劍殺戮，企求止戰。

這時，忽然兩道身影從天際輕盈降下，拔刀抽劍，加入援護的一方。正是疾風鏢局的兩大當家，夏宸和神疾風！二人強勢馳援，令後方的刀光防禦更加密實，總算扳回了局面。然而敵人的狂攻依舊猛烈，毫無疲軟之勢。

此刻，眾人聽到喊聲，竟是珞巴和鏢局人馬折返助陣。珞巴見後方戰況告急，一怒而高聲吼道：

「住手！」

天際彷彿炸出一道足以貫破肺腑的沉亮巨響，隨著巨響，不遠處的山麓竟被轟出一陣土煙，炸缺了一個大坑！這道不應屬於人間萬物的巨響，震得臨光一眾盡皆踉蹌數步，也震攝了入魔的徒眾們。徒眾們踉蹌一怔，隨即氣力盡失，癱軟不能再起。

臨光等人解了危，先謝過夏宸、珞巴一行人，隨即會師直奔溫王府。眼看溫王府邸已入諸人眼簾，卻又橫出一隊伏兵，擋住眾人去路。這伏兵不同於剛才的一心眾，個個散發銳利而沉靜的殺氣，為首的大漢身背長槍，渾身更是散發黑色怨氣，但他的面容卻像是重傷未癒，氣血衰疲，臉色慘白，惟那雙狠戾的眼神依舊。他正是惡人黨首，「罪淵閣」的十二羽。

此時，臉上血跡斑斑、狼狽的向一心從後頭趕上。十二羽遠遠見了，揮槍一指，槍尖滲出一縷黑煙飄越臨光等人，就要纏上向一心的身子，嚇得他「咿咿」尖叫，連滾帶爬的逃離。十二羽趕走了向一心，手指珞巴懷裡的嬰孩道：「珞巴，把那孩子交給我。」

「休想！」珞巴將懷裡的小夜緊抱得更緊，怒斥十二羽道：「你肯定沒安好心眼！」

「我不會傷她，她將是我羽家軍重要的棋子。」十二羽冷道：「我答應過義父，絕不傷害家人，別逼我食言。還有你們，臨光大前輩，念在曾為雲樓中人，我不想與諸位為敵，但我非要那孩子不可。」

「受人之託，我們也不能卻步。」臨光同樣冷酷道：「即便我也不想與你為敵，但視情況來看，我似乎不得不與你一戰。」

「你要與之一戰的，可不會是我。」

十二羽信手一揮，身後冒出上百人，舉棍荷鋤，見其衣著打扮，盡是普通村民，然而身上竟皆散發同樣的黑色邪氣。

「看來剛才那一小群傻蛋，就已讓諸位吃足苦頭。那，這些呢？」十二羽做作地長吁一氣，問道：「你們當真下得了手？」

臨光和夏宸緊抿雙唇，他們倆知道，這將會是更殘酷的一場惡戰！

「十二羽，你還想不透嗎？」珞巴嘶聲問道：「難道罪淵帶給你的教訓，還不夠嗎？堂堂羽家軍，淪落到今天要靠邪術來要脅人，不覺得悲哀嗎？你會落到這樣的田地，難道你還不知道為什麼嗎？」

「我會淪落至此，僅因力不如人，僅此而已。」十二羽淡然答道：「力不如人，就去求更強的力量，扳回一城，就是這麼簡單。」

「你這是令白龍老爹蒙羞！還有漣漪乾娘，若她在九泉之下知道你這副模樣，她會怎麼想？」

「別在我面前提起他們的名字！」十二羽叱道：「把那孩子交給我！其他的妳都不用管！我不對家人出手，這是我最後底限！」

「羽哥哥，那看在家人的分上，請你放過小繁兒好嗎？」

忽然一道嬌媚聲音傳來，竟是昀泉司姬，容纆，她的身後還跟著其他三位司姬，以及暗影護衛祁影。這時，羽家殘軍的側翼也出現一批人，原來是雲樓中人，同為龍家子弟的倚不伐和五芒星。五芒星動了動手指，那縷縷控制村民的黑色邪氣，隨即消散無蹤，村民們恢復神智，見到江湖中人如此陣仗，慌忙四散奔逃而去。

十二羽頓失一張底牌，忿恨之際，赫然又兩道赤紅身影頓現，原來是明教子弟陸浩宇和風潔綾，挺身相助臨光一行人。陸浩宇抽出兩把扁槳似的武器，風潔綾亦舉起雙輪刃，道：「看來，這裡需要人手制裁惡徒。」

四面圍困下，神情狼狽不堪的十二羽，又驚見容纆神色自若的從珞巴手中接過小夜繁，小夜繁竟笑出聲道：「嬤、嬤！」

容纆蹭蹭小夜繁的臉頰，逗得娃兒咯咯笑。她解釋道：「說來話長，總之呢，因為咱們容家和喻家的關係，我有個視如己出的少主孩兒，還有這孩兒親生的，我的親孫女。」

她隨即求十二羽道：「羽哥哥身是惡道，但心念家人。看在小夜繁也算是你的家人，羽哥哥，請收手罷！」

雲樓、疾風一眾，見十二羽大勢已去，自發地讓出一條路來，給對手一道去路。十二羽喟然一嘆，領著羽家殘軍撤離。離開前，只見他單獨押後，背對眾人時，忽地沉聲一喝：

「別以為這樣就罷了！」

他猛然回頭，狼顧眾人，眼中冒出紅色燄氣，用不同的聲音朗聲喊道：「終有一天，眾羽歸一，我將以龍魔天令之姿，令地獄降臨世間！」

語罷，十二羽轉頭離去，須臾不見蹤影。眾人彼此道謝稱慶時，容繾迎上臨光，冷笑問道：「前輩，護送小繁兒回家這事，何不一開始就找我們昀泉？難道，您怕欠我們昀泉一個人情，會丟了面子嗎？」

臨光勉強嘴角一咧，抱揖謝過昀泉一眾，這樁護送的任務總算是順利告終。疾風鏢局一夥人先行告辭，倚不伐為答謝陸、風二人相助，特邀兩位明教子弟至白龍宅邸作客。

在溫王府邸，少主喻玖抱起久違的小夜繁，兜起圈子，笑開了懷。臨光和雨紛飛見此光景，亦會心相視一笑，這一笑，化去了路途中的諸多挫折煩悶。

「家人啊！」

返回雲樓的路途上，臨光突然嘆道：「說起來，明天就是約好的重聚時刻呢！」

「臨光前輩，聽起來，明天是您等重要的日子。」雨紛飛問：「您應允我跟著同行，當真方便嗎？」

「當然方便，我也想介紹妳給幾位許久未見的朋友認識認識呢！」

雨紛飛喜滋滋的紅了她勻緻的臉龐，謝過臨光：「多謝大前輩成全。」

「話說，我也忍妳很久了。」

臨光忽然肅起一張臉盯著她看，令雨紛飛忙問道：「大前輩？敢問晚輩何事得罪您？」

「別再大前輩、大前輩的叫了。」臨光見到雨紛飛神色驚惶，不禁噗嗤一聲，笑道：「把我好好的一個人，又叫老了十歲似的。既然妳也同我一樣拜了夏師傅，叫我師兄就好啦！」

「是，恭敬不如從命。」雨紛飛鬆了一口氣，馬上改口燦笑道：「師兄！」

臨光也笑了，笑完，又嘆道：「小雨點兒，妳真的愈來愈像她了。」

雨紛飛試探地問：「水中月前輩？」

臨光不作答，垂了雙眸，喃喃低吟道：「辭鄉多年歸，故鄉人事非。」

此刻，流雲飄蹤佇立在某間小寺前，小寺簡僕無華，僅在外牆刷上淡淡一層白漆，而前門一道青苔石徑，兩旁的芒草已長了有半個人高。他站在那裡足足兩個時辰，卻始終不出聲，也不踏入寺內，直到他身後傳來一道熟悉的嗓音：

「嘿，小四！」

* * *

小年夜前晚，市集過了二更天依舊燈火通明。撫家蘿蔔攤忙得不可開交，老闆娘撫岑招呼生意之餘，不忘了熱切問候久違的朋友：

「好久不見啦！貓神小子！」

貓神少年，其實現在是神貓，趁隙溜出兵府，找撫岑打聽消息。可惜撫岑對他的請求愛莫能助，但為了不讓這孩子失望，撫岑指點他另一條迷津。

對比於擾攘市集，小年夜前的衙門幽暗冷清，衙門外算來第四間屋子的琉璃堂京報攤，是惟一還亮著燈火的地方。神貓平生從未曾來過這裡，嚥了口口水，鼓足勇氣敲開了門。

一個淺灰髮色的僕從上前應門，問明來意後，便引領神貓進到內室。內室書卷滿陳設，左圖右史，京報攤的老闆娘坐鎮其間。

「我是沐琉華，」風姿綽約的老闆娘微微一哂，親切問候神貓道：「聽說，你要找秋霜夢焉？」

和平暗影二十

執手相伴

年末時節，溫王府當家的親生女夜繁，被近來竄起的一心宗給盯上，意欲搶親攀故。是故，溫王府先將夜繁藏匿水都苑多日，並求助雲樓保護。雲樓樓主凌雲雁便派了雨紛飛和項陽軒，祕密到水都苑，將夜繁暗中接回雲樓保護，雨紛飛和項陽軒在水都一帶，經過幾番周折，終於平安帶上襁褓中的小夜繁，星夜奔波，於小年夜前兩天重返雲樓。然而幾經討論後，臨光等人決議將小夜繁護送回溫王府，眾人約在隔日啟程，並找上疾風鏢局的珞巴同行。

然而於此同時，還有另一組臨光尚不知情的人馬，一夥三兄弟，選在護送隊啟程的同一天，悄悄駕著一具沉重的車子，行到溫王府外的某處山腳下。駕車的大哥停下馬匹，小心探望四周，深怕被人發現似的。二哥解下轡頭，迅速掀開覆蓋車上的布巾，露出一具烏沉發亮，重達數百斤的落地開花大砲！

兩人取出有頭顱般大小的彈丸和火藥包，熟練地調整砲口方位，裝填大砲，然後喊道：

「預備，開火！」

兩人隻手摀住耳朵，點燃引信。霎時間，砲口炸出一陣火光，一道足以貫破肺腑的沉亮巨響，那是不應屬於人間萬物的巨響，震波傳達數里之外，震得兄弟倆連連踉蹌，並將不遠處的山麓就這麼炸出一個舉目可見的大坑！

「好欸！大哥！咱娘親的好東西。」二哥得意道：「以西夷第一大城，阿姆斯特朗為名，旋風噴射巨砲！」

「確實如此，汝等娘親的好兒子。」

墨塵不知何時現出身影，氣極而笑，瞪著他的孩子們。

「觀汎，柘兒，汝等私自試砲，可曾先徵詢過娘親同意？」

墨家兄弟的長子墨觀汎，見父親發怒，緊張得不能言語；二子墨柘一脈輕鬆，笑嘻嘻道：「爹爹別急，咱們自然有徵得娘的同意囉！不信，您大可自行問她。」

墨塵緊抿住嘴，他心知瓜兒屆時肯定會袒護自己的孩子們，於是長嘆一氣，就這麼不了了之，改而問道：「冰兒呢？」

墨塵口中的冰兒，正是墨家么子，墨冰。此刻他正噤聲匿蹤，悄悄接近在一旁守護墨家人的昀泉諸眾。墨冰看準了祁影身後的影子，蹲身蓄勢，靜待時機。然後，動如脫出虎掌的狡兔，單腳一跨，就要踏在祁影的影子上。

「踩到了！」

墨冰正歡呼時，發現自己踩了個空，祁影先行一步，身形挪騰到三步外，面對墨冰而笑。墨冰笑容頓失，扳起了臉，一個伏虎躍衝，一而再次的撲向前方影子，祁影卻彷彿早料算墨冰的每一招，時而蹬後閃躲，時而側身迴避，他每一步都踏得輕盈，時機剛好，距離剛好，恰恰好就是讓墨冰踩不到他的影子。

最後，祁影停下步伐，負手而立，招呼墨冰而笑。墨冰深感大辱，卻又不得不嚥下這口氣，用力蹬上祁影的影子後，氣得連連跺腳，直壞嚷道：「臭影子！笨蛋影！笨蛋影……」

「別氣了，我們的小宗主。來，柳家的糖葫蘆哦！」

司姬繆箏見狀，遞上一串糖葫蘆到墨冰眼前安慰他。墨冰委屈巴巴地嘟起嘴來，一把搶過糖葫蘆舔著。末淵拿出一只手絹為墨冰擦汗，容縉手拖著腮看戲，邊問一旁的古琰道：「我說古琰，妳半夜竟然特麼的背著我們，溜出去尋樂子？」

「說什麼尋樂子？真難聽。」

「以一打十，不是尋樂子？那不然要說找漢子麼？」

「古姊姊終於要找個漢子嫁了？」

「夠了！妳們幾個！」古琰窘怒地打斷小司姬們的調侃，問祁影喊道：「我們什麼時候動身啊？」

「等宗主試砲完畢，我們就走。」祁影蹲下身子為墨冰整衣衫，看墨冰心神不寧，問道：「怎麼了？」

「那裡好像很熱鬧？」

墨冰遙指著溫王府邸，吵著要祁影陪他去看個究竟。昀泉諸眾拗不過這位小宗主，呼擁著往溫王府的方向去，正好遇上臨光一行人和羽家殘軍對峙中。四司姬一向與羽家交好，情比兄妹，容纔就這麼出面勸退十二羽，化解僵局。

昀泉諸人回頭見墨家父子，么子墨冰一聲歡呼，蹦跳著攀上墨塵的臂膀，撒嬌道：「爹，再說一次你們結親的故事。」墨塵一笑，嘴上念說：「冰兒你也不小了，還一副娃兒脾氣！」心思則回到十六年前的那晚。

＊　＊　＊

墨塵猶記得迎娶那天，正好是元宵夜，自禧城到秋水，無處不是張燈結彩。陪同男方的一行人備妥聘禮行儀，就這麼在談笑間，抵達秋水西邊府邸，鳴炮示慶，靜候女方家屬出迎。

不一會，炮竹聲間，一班女眾以西邊一顆瓜的師妹夏靈薇為先，迎納男方家屬入內。劍奇白龍海受墨塵所託，以媒人名義，按古禮一一介紹男方來客，除了臨光、水中月、傲天外，還有「傲寒神教」伴侶：漣漪，領著白龍家的義子女如十二羽、媛寰等人，此外，雲樓諸多高人如凌雲雁、流雲飄蹤、「白玉虎狸」曲無異、「雲樓右使」五芒星、「鬧境閑隱」

涼空居士、二幫長老堯兒、神醫倚不伐、暗部太歲、雲樓四奇上官楓、蕭寒、周天策，以及墨家胞妹墨語清、墨塵新認的義子木仁石、義女蔚秋，盡皆列席。

女方這兒，則有無心門和天風浩蕩一班高人，包括上官風雅、無始劍仙、上官風雅的弟子靈稀、灵蝶、椮午夷、夏靈薇等人，而天風浩蕩則以幫主「山有木兮卿有意」為首，偕同江湖第一畫師唐廿、書生劍客黃天行、浪蕩刀客曲夜風等人入場。甚至疾風鏢局的夏宸、神疾風和珞巴三人，以及久未在江湖露面的四大密探之一，萌逼兒、和人稱「不夜浪子」的洛智兒，也盡皆現身，加上西邊府上下諸多親屬要人，兩方喜迎準新郎墨塵，互道祝福。

「新娘登場～～！」

「山有木兮卿有意」貌似這天已經喝了不少酒，乘著醉紅的腮子，攙扶新娘見客。滿身盛裝的西邊一顆瓜，華麗出場。她穿一身喜紅嫁衣，繡上金色的展翅凰紋，頭戴珠玉赤鳳冠，待她那與生父同樣重要的師傅，為她蓋上頭紗。

新娘西邊一顆瓜按古禮，一一為男方賓客奉上甜茶，劍奇白龍海以媒人身分，朗聲句句祝福：「甜茶新娘親手捧，敬母舅頭一人！」「茶杯捧懸懸，子孫中狀元！」在場諸眾彼此盡皆熟視，惟男女兩方都怕失了禮數，是故矜持不敢大意。木仁石一時緊張，見甜茶杯一來，伸手接了就要一仰而盡，臨光不禁開口笑問：「好個兒子！小石頭，喝你娘親的甜茶對嗎？」頓時眾人一陣哄笑，氣氛頓時輕鬆熱鬧起來。

收起茶杯和紅包後，新娘面外坐上高椅，雙腳放在矮椅上，待新郎墨塵挽手，互戴相定終生的戒指。

「踏海角，行天涯，」墨塵凝望西邊一顆瓜，道：「執手相伴，莫論幾多年華。」這準新郎就這麼在眾人歡呼祝福聲中，緩緩攙扶準新娘起身，準備拜堂。這時，忽地一班女俠出面，接過瓜兒，擋住墨塵。

墨塵笑道：「是伴娘給吾的考驗嗎？來！多少人吾都不怕！」

曲無異抹上一弧惡作劇的笑意，大喊：「搶新娘！」

一聲令下，埋伏已久的槮午夷竄出，撲抱住新娘直跑，新娘就這麼配合著給拐走，笑看墨塵從後追上。忽然灵蝶橫出，一把接過西邊一顆瓜，抱在一起騰躍空中，笑對墨塵喊道：「瓜兒是我的，偏不給你！」曲無異身旁的大白虎彷彿有靈性似的，待灵蝶輕巧落地時，便將新娘托在背上奔躍。待墨塵就要追上時，大白虎甩身佇足，埋伏在旁的夏靈薇正好挽住新娘的手，轉折方向，跑給墨塵繼續追，緊接著唐廿、水中月、臨光等人，陸續接過新娘，最後臨光大喝一聲，用綑帶將新娘抛到半天高，墨塵見狀便提氣聚神，一躍而上半空中！

＊　＊　＊

「爹、爹？娘親不在。」

墨塵父子自溫王府回到家時，已是正午。而覲汎驚覺到家母似乎不在家，墨塵納悶道：

「小年夜前，她是會到哪去？」

父子議論間，家僕遞上一紙未密封的信，道是夫人的留言。墨塵一把拿來看了，蹙眉氣急道：「造次！這回真的造次！」隨即快馬加鞭，趕往九劍山莊。

原來一個月前，市集忽然廣傳一紙英雄帖：九劍山莊莊主邀請江湖各大高手，於小年夜前的正午，赴山莊齊論武學，技高一籌者，莊主便有厚賞，這厚賞不是它物，正是早應毀滅的「鳳霞金冠」！

這張英雄帖實在太過可疑，所以諸多江湖高手並不將它當成一回事。然而光憑「鳳霞金冠」這名字，仍舊吸引不少江湖中人，於約定之日大駕光臨九劍山莊，西邊一顆瓜就是其中之一。當她登堂入室，九劍山莊的大廳頓時靜默。她依舊是嬌小身軀、雪白髮髻上插了一只珠玉髮簪，眼神清亮無所懼。挺身諸多惡形大漢之間，她是如此不起眼，卻又如此耀眼。

「諸位！」大廳中閃現一道翩翩身影，顯然是山莊的主人。他喊道：「歡迎蒞臨九劍山莊！在論武大會開始前，本莊主特準備了上等美酒佳餚，請諸位壯士盡情享用！」

賓客們一陣陣鼓譟歡呼，便全無顧忌地大口喝酒、大口吃肉。西邊一顆瓜無心進食，細細觀察四周人物，就這麼給她發現一個極其熟悉的人。

「嫣兒？」西邊一顆瓜悄悄地貼近她的愛徒，噓聲問：「好久不見，先前妳說和五芒星去水都，怎麼就這樣不見蹤影？」

「在春水村發生了一些事，」嫣兒眨眨眼，道：「總之，現在沒事了。今天我和師娘一樣，是想來查個究竟。」

「但現在看來，這就是一場鬧劇。」西邊一顆瓜環顧四周，但見山莊四周戒備寬鬆、裡頭人物的武功和腦袋貌似都不甚高明，除了那莊主，神情深沉，獨坐上位啜飲著葡萄酒，靜觀眾賓客，不知打的什麼主意。

好菜盡上桌，酒過三巡後，莊主又朗聲道：「諸位壯士既然都吃飽了，還走得動的，敬請登樓上論武會場！」說完，他又補上一句：「前提是，還走得動的。」

說完，現場一陣哄笑，紛紛道：「莊主說笑了，咱們好手好腳當然走得動！」

沒想到，此話剛出，就有幾個大漢忽然翻了白眼，扼住咽喉，倒地不起！接著，諸多酒足飯飽的賓客陸續中毒倒地，偌大的廳堂，頓時宛如成了靈堂，包括莊主在內，剩下六個人還站著，除了西邊一顆瓜和嫣兒外，還有不知何時混入的判官太歲、一個腰繫雙刀的獨眼客、以及一個手抓著呢軟兔偶的少年。

「太歲君、岳濤先生、和夏小悠兄弟，」西邊一顆瓜向還站著的三位欠身一禮，問候道：「沒想到你們也來了。」

「我來一探究竟，但顯然我這次判斷錯誤。」太歲說著，便走出廳堂道：「這裡沒什麼重要的，我走了，各位請保重。」

「我來吃免錢的飯菜，可是這菜真難吃，」年紀和行事一向成謎的夏小悠，嘟囔著說：「我也要走了。」

「等一下！」

忽然一個孩子站在門口，擋住夏小悠。他的身子比夏小悠還矮了一截，手持鐵鏟和炒鍋叉腰，瞪著夏小悠，臉上毫無懼色。

那孩子道：「菜是我張羅的，你敢批評，就要評得我心服。」

「難吃就是難吃，不信你自己吃，吃了你就會心服。」

「菜裡動過手腳，我幹嘛吃？」

「哼！你也知道菜裡頭有動手腳，還敢上給我們吃？」

「我不只知道菜有動手腳，酒也是。」

語畢，九劍莊主忽然臉色慘白，頭上猛冒冷汗，「哐啷」一聲，癱軟倒地不起。

西邊一顆瓜吃了一驚，但見那孩子凝視九劍莊主，冷道：「我不知道他打什麼主意，但是他原本打算毒死你們全部，不過，我看得出姐姐妳不隨便喝酒，就私下盡可能換了菜，並改在酒裡下毒。可是這只是蒙汗藥，只能毒昏他們三個時辰。」他又轉向西邊一顆瓜，道：「莊主私藏的寶貝就在三樓廂房，這一路上的機關我都料理好了，妳盡管去拿。快點，趁這些客人還不能動。」

「可是，」西邊一顆瓜困惑道：「你是誰？」

「我不改名不換姓，就叫青合凡。」

「那你為什麼要幫我？」

青合凡一陣臉紅，道：「因為，姊姊妳是好人。妳或許忘了為我做過什麼，我卻記得很清楚。」

西邊一顆瓜蹙眉而笑問：「我確實忘了曾做過什麼事，可是你又因此知道我一定是好人？」

「我就是知道！」青合凡催促道：「快上去吧！時間不多了。」

「慢著。」

獨眼岳濤緩緩步向往二樓的台階，擋住西邊一顆瓜的去路，他抽出雙刀，刃光各異，一者肅殺似秋色，一者溫穆如春曦，又說道：「余無心珍寶，惟欲尋真正高手，一較高下。說起來，還得感謝小兄弟，清理了這班廢才，省卻余一番力氣。」

他刀刃指向西邊一顆瓜，顯然將她當作對手了。一旁的嫣兒正要拔劍，卻被西邊一顆瓜制止。

「他的目標是我。」西邊一顆瓜道：「妳保護合凡先走，我來應付。」

西邊一顆瓜抽出長劍，一蹬刺前！岳濤屈身閃過這一突刺，橫刀反殺，也被西邊一顆瓜從容避過。兩人互鬥不相上下，且打且走，就這麼打上三樓，撞破板門和紙窗，衝入廂房裡。

岳濤一個翻滾起身，舉刀朗笑道：「東瀛上等玄鐵、劍仙上等鑄工、雲樓上等劍法！想不到墨夫人除了仰賴奇兵武器外，論劍也是上等！」

「這可是當年師叔送我的大喜之禮，當然上等！」

西邊一顆瓜一個翻身，又是三道劍光奇襲岳濤，岳濤邊舞起雙刀再戰，邊自問道：「可是，似乎就是缺了什麼？」

正說著，岳濤忽地身形一閃，看準西邊一顆瓜側防空虛，橫刀一砍，西邊一顆瓜吃了一驚，慌忙屈身收劍，以鞘護體。刀刃砍在鞘上，隨著清亮一聲，西邊一顆瓜就被擊飛一尺，撞上邊牆，勉強起身。正待她重整態勢，岳濤卻長歎一氣，收起了雙刀，道聲「得罪」。

「余明白了，墨夫人的劍法到底缺了什麼。」他說：「此乃雙人劍訣，招式重在佳偶搭檔，互為表裡、同心聯擊，才能展現最大威力。如今墨夫人孤劍應敵，威力自然頓失。」

語罷，他背向西邊一顆瓜道：「余志在一睹上等武功，並非要分個勝負。但願他日，有緣一見西塵情意訣，雙劍合璧，雖敗亦無悔，至於今日之戰，可否到此為止罷？」

西邊一顆瓜收劍行禮道：「那多謝了，順便可以讓個路嗎？」

「還不行。」岳濤嘴裡說休戰，人擋在樓梯口不離開。他反問：「難道妳沒聽見嗎？」

樓梯遠遠的另一端，可聽見不下二十人的聲響，個個攜刀帶劍，奔上三樓，顯然絕無善意。西邊一顆瓜驚問：「還不到那孩子說的三個時辰啊？樓下的人，毒是怎麼解的？」

「毒是我解的。」

兩人轉身，見廂房西窗邊潛入一名陌生人，長鬚寬袍，一副隱士樣。那人笑道：「我來得晚，見到大廳的人全被毒倒，那主人勉強起身，允諾給我一萬兩，要我救他們。」

「老兄這是自找麻煩，」岳濤惡狠狠道：「你以為九劍莊主仗著人多勢眾，會真心付你一萬兩？」

「我知道他不會這麼做，所以我順道拿樣擔保品。」那人樂呵呵的，高舉手上一袋沉甸甸的金玉錦囊，隨即一翻從窗口躍下三樓，逃之夭夭。

岳濤逮之不及，怒喝：「留下姓名！」

那人一聲長嘯悠揚風中，答道：「欲問平生何所求？山巔一寺一壺酒！」

岳濤眼見已追不上那人，轉而專心思索如何對付樓下上來的追兵，道：「墨夫人，余來開路，或可直下一樓，殺出重圍。」

「何必這麼麻煩？」

西邊一顆瓜朝窗外一望，笑了笑，竟縱身一躍，從三樓跳下！

此刻墨塵正好趕到山莊下，遙見西邊一顆瓜躍出三樓窗口，宛如一尾銀色飛魚滑翔在耀眼日光中，他大喝一聲，自馬背一蹬，一躍而上半空中！

墨塵就這麼恰好，半空中穩穩接住了他的妻子，雙臂一把將她抱在懷裡，墊個三兩步，完美落地。西邊一顆瓜滿足又放心地依偎在墨塵懷中，嬌柔道：「夫君，又接到我囉！」

「當然了，娘子。」墨塵笑道：「十六年前，吾接住汝。不管再幾次，吾都接得住汝。」

岳濤在三樓看了，大嘆「只羨鴛鴦不羨仙」之際，迎上了追殺來的九劍莊主和諸多江湖惡漢。他本應效法西邊一顆瓜，以輕功躍出重圍，然而重兵包圍下，他另有一番心思。

「余說他人自找麻煩，」岳濤又抽出雙刀，冷自嘲道：「看來，余才是。」

墨塵抱著結縭多年的美嬌娘上馬回家，路上，他有好些責備的、抱怨的話，一看懷裡娘子眨巴眨巴的雙眼，什麼都給吞回肚子裡。一回到家，墨塵又匆匆去赴流雲府的約。西邊一顆瓜為了墨家兄弟們今天幹的好事，假意訓了一頓後，便拉著視同愛女的嫣兒入閨房，想聽她這幾天所發生的事。

「我在春水村遇到了，算是好事吧！」說著，嫣兒紅了眼眶，又道：「而且，遇到一些好人。師娘，妳可聽說過青鳥居士，和蘇家道士的傳人？」

「蘇家傳人依稀聽說過，有個什麼『黃袍將軍』的名號。怎麼？妳見到他？」

「嗯。」嫣兒臉上飛過一抹紅暈。

西邊一顆瓜何其機警，立刻察覺事有蹊蹺，但是一想到感情事，外人介入務求謹慎，所以勉強按耐自己，簡單道：「既然是好事，有機會也讓師娘、師傅一同瞧瞧他，嗯？」

嫣兒躊躇一會，問：「師傅可會為難他？」

「說什麼為難？」西邊一顆瓜笑道：「有人想要妳，當然要先過妳師傅這關，這是江湖規矩！別擔心，只要他接得住妳師傅十成功力的一招，妳師傅自然應允。當年他也是這麼接下妳灵蝶師姨、上官師祖各一招，才把我娶回家呢！」

「嗯，」嫣兒笑道：「當年妳們大喜之日，好熱鬧！」

「可不是？」西邊一顆瓜道：「妳師傅可費了不少功夫過關，總算能帶著我一同拜堂，還特地請來空虛禪師出面主持哩！」當她回味起當年事，仍不時竊喜而笑。

＊　＊　＊

那天，墨塵和西邊一顆瓜這對新人，過了伴娘那一關，雙雙赴新房廳堂，依禮拜別他們的至親和師長。接著一夥人紛紛簇擁他們入洞房，一進洞房，立刻高喊：「炸洞房！」

喊罷，炮竹四響，不知是哪個好事仁兄，真將炮竹丟進新房裡炸開來！一時間劈啪大作，塵硝瀰漫，鬧得新人小倆口又氣惱又好笑，親友們哄鬧間，齊祝新人「願二人鶼鰈情深，同舟共濟，白頭偕老！」

拜過堂鬧過洞房，兩方家屬一同到「阿房春熙」續歡，酒菜川流不斷，觥籌亦不曾停。待新人雙雙蒞臨，眾人把酒言歡祝賀，愈夜愈縱情談笑，尺度也愈來愈放縱。墨塵心歡，狂飲數巡，乘著酒興一把摟住新娘，深深一吻後舉杯，高喊：「今天，這裡就是我們的江湖！」

眾人齊舉杯喝采。歡愉間，但見上官風雅仍秉持冷靜，舉杯啜飲，靜靜回顧一年間發生的種種。自五絕分離、霜嶽奇謀以來，苦也好、悲也好，如杯中醇醪，經歷了時間醞釀，但聞其益發芳香。見愛徒終有歸宿，感慨之際，他神情有些疲憊，有些釋然，但在內心似乎又有一小部分，意欲在江湖再次一展宏圖之意。

這時，他與大弟子靈稀四目交會，彼此心生默契，悄悄一先一後步出「阿房春熙」。三更天晚，在屋外零星燈火下，上官風雅端視靈稀，靈稀不發一語，整肅衣冠，徑自跪行弟子大禮。

上官風雅嘆道：「所以，你終於做了決定？」

「是，」靈稀答道：「徒兒打算離開師門，歷練四方。」

「這樣也好。」上官風雅垂首道：「你的人生，不只在江湖裡。為師希望你，謹記這些日子所見所學，莫忘初衷。」

「謝師傅教誨！」靈稀一磕頭後，又道：「徒兒還有一事相求。」

「不對。」

靈稀抬起頭來，滿面困惑。上官風雅笑道：「我知道你要問什麼，但你問的人不對。毋須問我，也不該問我。當事人在此，你當直接求她才是。」

上官風雅指著靈稀背後的灵蝶。靈稀會意，再次叩首，便起身迎向灵蝶，道：「師妹，我要離開了。」

「連你也要離開我了。」灵蝶紅了眼眶，語氣有些哽咽。

「跟我走？」

灵蝶吃了一驚，任由靈稀挽起她的雙手不放，慌亂得不能言語。

「蝶，看著我。」

灵蝶生硬回過臉來，臉上似乎有百般表情疊合在一起，既羞且嗔，惶恐欣喜交織，而更多的是依戀不捨之意。最後，她羞怯地點了點頭，算是給了答案。靈稀神色激動得不能言語，上官風雅見狀，知趣地悄悄轉身，回到「阿房春熙」，坐回原本的席位。

此時酒席節目稍歇，有了七分醉意的無始劍仙趁著空檔，湊到上官風雅身旁問道：「都走了？」

上官風雅舉杯凝視，對而無言。無始劍仙又道：「所以我才不收徒！省得這些瑣瑣碎碎的揪心事。只能說佩服你，弟子來了又走，你依舊澹然以對，一如既往。」說到此，他舉杯側視而笑道：「來，敬一個好師傅。」

上官風雅淺笑以對，回敬無始劍仙，仰頭一飲而盡。待五更天明，他動身至約一里外的驛站，見靈稀、灵蝶二人已備妥行囊，雇了一匹好馬，正要啟程。兩人見了師傅，雙雙一揖，行最後的弟子拜別禮。

「多謝師傅這些年的栽培，我和蝶兒要離開了。」

「別急著走，」上官風雅笑道：「你們還欠他們一個交代。」

上官風雅指的，正是他背後現身的一行人，包括西邊一顆瓜、槮午夷、夏靈薇、山有木兮卿有意、凌雲雁、傲天、水中月、臨光、墨塵、流雲飄蹤……等諸多江湖中人，彷彿心有靈犀似的，齊赴驛站告別。

西邊一顆瓜二話不說，逕自上前擁抱灵蝶，嗚咽道：「師姐，別忘了我們！」

接著，山有木兮卿有意一把鼻涕、一把眼淚地抱住灵蝶，其他同門師妹們也相繼與她抱別。而霜月三妖、雲樓諸人，乃至無心門、天風浩蕩一班高人，一一向靈稀、灵蝶話別。到了啟程時刻，靈稀終要辭行，他抱起灵蝶上馬，告別眾人道：「十六年內，必定歸來！」

＊＊＊

就這樣，十六年過了。

先是不知何人收到的一封消息，說是要與當年驛站話別的眾人，訂於小年夜當日會面。

於是，一班江湖中人相約小年夜重聚，在「阿房春熙」靜候久違的朋友。

流雲飄蹤偕同傲天，在當日清晨造訪「阿房春熙」，迎接的是山有木兮卿有意，她風華依舊動人，張開雙臂歡迎嘉賓們。當時已經有不少流雲熟識的舊人在裡頭，然而，也有些人不在裡頭。

臨光和雨紛飛騰了兩個位子給流雲飄蹤和傲天。傲天環顧四周，看見墨塵夫婦偕同子女和愛徒嫣兒、雲樓樓主凌雲雁和雲樓諸多要人、五絕中人上官風雅和無始劍仙、傲天的「親妹妹」夏靈薇、傲寒神使劍奇白龍海；另外還有曲無異，懷抱一隻新生的小白虎珍愛不已；她身旁有位坤道士，束起一把唐髮，負劍悠然佇立，正是「夢仙觀」丹木源；其他還有幾位各大幫會中人，三三兩兩，言不及義的閒談著。

流雲飄蹤張望一會，道：「十二羽不在。」

「不只是他，」傲天道：「也沒見到天行大哥和夜風二哥。」

「他們淡出江湖事已久了，有沒有收到這消息都不知道。」臨光為兩位斟酒，自顧自喃喃道：「不知『他』會不會來？我想不會。可惜，當年他們幾個，同為上官風雅的徒弟們，感情都很好的。」

傲天別過頭不發一語，仰頭飲盡杯酒。流雲飄蹤慨然，用傲天聽不到的音量悄聲道：「那時，如果我謹慎點，不至於讓『他』殺了……」

「別說了，」臨光打斷流雲飄蹤的話，接道：「那不單是你一個人的責任。」

流雲飄蹤循其言，舉杯敬之。臨光回敬道：「分分合合，天下如此，人生亦然。要活得愉快點，就要學會看淡。」

流雲飄蹤勉強一笑，這時倚不伐持酒杯來敬，道：「大前輩所言甚是，乾娘地下有知，想必也希望我們學會看淡。過去種種再怎麼沉重，且隨杯中物，一口吞進肚子裡為妙。」

此話一出，諸人不禁噗笑出聲。談笑間，流雲飄蹤仰頭飲盡杯中美酒，陳釀入口，初覺苦澀刺喉難忍，含在舌間，徐徐入喉，逐漸感覺口鼻盈滿酒香，精神頓覺舒爽。流雲飄蹤又斟滿一杯酒，起身而敬在場諸俠，

「敬江湖！」眾人聞之，皆紛紛稱善。

約莫午時初過，「阿房春熙」大門又開，一夥人起身笑迎：「終於盼到你了！」

江湖〈和平暗影〉完

敬請期待《江湖：二部曲》

幕後花絮

＊　＊　＊

這麼說啦～我在江湖已經被當成骨灰級老前輩了，不過正史小說上我卻是年輕人哈哈。我在這邊也是感謝各位能夠看到這一些刺激精彩的文筆上我們的生動活潑，也謝謝作者的絞盡腦汁。

希望有機會在江湖遇到買下這些書的讀者們，我們一起打拼下一個屬於我們的江湖世界吧～

堯兒筆

＊　＊　＊

哈囉大家好，我是香鰻魚蓋飯，我很高興可以參與到江湖小說的一部分。

其實我覺得我的戲份可以多一些，但是無奈於現實生活有許多要忙碌的東西，所以也就這麼離場了。

江湖是一個非常自由的遊戲，而站長也致力於各種改善與新功能，如果讀者喜歡這個世界，歡迎大家一起來江湖同歡。

也許不久的將來，香鰻魚蓋飯會再次重新加入於這個亂世，到時候會掀起什麼風潮呢？

香鰻魚蓋飯筆

＊　＊　＊

絕世神功終將歸於塵土；一曲之後，唯有妳我長相廝守。絕世神功終將歸於塵土；但我與你的故事將會傳承。

蘇境離筆

＊　＊　＊

喵！（就一個字，幕後花絮）

神貓筆

＊　＊　＊

汪！（也是一個字，幕後花絮）

貓神筆

＊　＊　＊

撫摸著手中剛完成的筆，長兩寸，其面光滑可鑒，太歲心想，就取名兩寸筆吧。

來到江湖，見到許多初入後輩，想著許多美好，期盼化身正義大俠。

但，江湖險惡，非所願均能實現。

恍若迷失其中，但終有所失落。

你，在這混亂之中，能否持續保持完整初心？

當你面對恩怨情仇，身邊的人逐一離去，甚至在你面前被擊殺，你會選擇忍隱或是報仇血恨？

能力若是不足，你是否願意低調忍耐，直到超越對方的那刻，憤而上前，一刀擊殺？或灰心喪志，就此消失在這江湖之中？

所謂正義與邪惡，在你眼中，是什麼樣子？你將如何選擇與開創自己的道路？

世事無絕對，願你在江湖之中，保持初心，不迷失自己。

倘若有一天，你開始感到徬徨，江湖野史裡的太歲前傳會是你的好選擇。

太歲筆

＊　＊　＊

闖蕩江湖至此，過了多少春去秋來，自許的路沒有始終如一，雖說和自己的初衷大相逕庭，但也一往無悔。

初出江湖的我不喜言語，曾經認為我只是一個人，也只會一個人，江湖路險，我只相信自己的劍，但這條路上卻出乎意料的『熱鬧』，受到樓主賞識加入群英，身無大志的我有了揮劍的目標。

然出乎意料，蒙面遭重創，大漠遇襲歷經死劫，至此藉酒消沉兀自沉淪，多虧一群夥伴不離不棄給予支稱護持，方能找回初心，武道重修。

志同道合的夥伴，一同改組群英建成雲樓，那夜情景依舊在心中洶湧澎湃，江湖路上第一次，激起雄心大志的豪邁！

一切現在憶起都彌足珍貴，這期間也經歷了許多事，至友的反目，摯友的死燃起復仇的心……

太多太多的故事，很難一一細說，但只要記得，譜出自己最經典的故事，沒浪費，沒遺憾，沒白活，沒白死，如此足矣！

流雲飄蹤筆

＊＊＊

不語兄弟何處可尋見
只知天際翔行大雁志
不知虛榮見過雲飛心
敢問情感可在深處動
不敢答只互相忘彼此
可敢自相望著此江湖
心倦親答不能不忘卻
嘴吻劍心思念江湖浪
中故事故人夢細細答
勿淚洗面枕濕眼眶紅
擾夢疲夢語問你何在

劍奇白龍海筆

＊　＊　＊

「我是清流」在這混沌江湖中，若要先認識我，請先記住這句。若有認真看過正史的各位，一定知道西邊世家吧，喵的瞬間，我就變成大小姐了～江湖就是如此其妙，不用太刻意的塑造個人形象就能因為與大家的互動，而被描述出來，謝謝辛苦的藍筆！

江湖上因為傲寒神教而興起江湖中腐界的興起，我只是個負責推崇的小角色，能到這麼壯大，也是欣慰。

江湖最盛大的婚禮中，再次謝謝參與的各位，讓我和墨塵永生難忘！

沒有在這遇見你們，我不會相信這世界上有這麼多人愛靜靜？

我知道打的這些段落有些不順暢，只因這些江湖日子中的重大事件實在太多，也希望江湖的萌新或是準備踏入的萌新「不要被遊戲玩，要學著玩遊戲」

謝謝各位，無我無心，雲樓有基，群英永存！

西邊一顆瓜筆

＊　＊　＊

江湖是一個很有趣的地方唷，歡迎各位一起加入！好，廣告結束，再來就是私人時間！

樓主、流雲你們真是擂台戰的超級好戰友，臨光、傲天有你們一起轉世太好啦，無異、丹丹我們是鯉魚旗的好夥伴，師父我在這裡看到我了嗎，白龍、安寧你們的野史太讚啦，不伐你家酒窖上次我去看被搬空了，天策你家神祕禮物還有馭夫祕笈都讚讚的，小巴、緋月、數字醬是超可愛的百獸隊隊員，涼空的咖啡真好喝，太歲、天行有空來臨湘老人院泡茶阿，墨塵有空歡迎回晨曦團呀，西瓜水都苑要垮啦，禪師有空來雲樓坐，好啦字數剩下不多不能一一點名了，題外話，我身上的明明就是這是香囊不是臭臭包！前一世也沒因為洗頭染黃洛水！對了，不能忘記最後表白，我最愛江湖的各位了！

雨紛飛筆

＊＊＊

「月盈風霜麗倩影，露拂曦光漫憶景」，大家好，這裡是水中月，在剛來這個遊戲時還是人不多的狀態，在這裡慢慢認識了許許多多的玩家，慢慢地成長，與大家經歷了各式各樣的故事，笑過、鬧過、瘋過，體會到了這個江湖真正的恩怨情仇，角色活得出色，活得精采，如同煙火般綻放，就算未來結束了，但回憶都留存在心中，而正史也記錄了下了曾經得精采，許許多多對這江湖的體悟只能化為短短的感謝，感謝站長讓我們有江湖玩，感謝小乙給了我這個設定這麼棒的角色，感謝這裡所有玩家陪我一同經歷的回憶，感謝還是或是曾經是的所有雲樓夥伴的陪伴，也真要說有幸來到江湖，並且至今依然無悔留下來。

水中月筆

＊　＊　＊

初入就命喪黃泉，各位前輩，晚輩冤枉啊！頭在哪裡？還我頭來！

滿月筆

＊　＊　＊

〔江湖訊息〕霧非霧正準備使用——新手修煉指南——已暗中蓄勁……霧非霧看準對方命門死角！此招完全命中要害，使得殺傷力倍增十倍！〔江湖訊息〕霧非霧抱拳道，「各位前輩安好，我是萌新，請多指教。」，並微笑向正在閱讀此書的你。

霧非霧筆

＊　＊　＊

哎呀！小姑娘、小夥子們你們好啊，嬸子家的蘿蔔又脆又甜喔！只在早上的市場賣，要得請趁早啊～下午嬸子要去隔壁那婆娘家當褓母、晚上又回雲樓掃地當廚娘，嬸子好忙呀！

哎？要問嬸子八卦？年輕人，嬸子跟你說，行走江湖知道越少活越久、功力太高也沒啥好事情，學學嬸子，沒事就吃胖自己，啥麼壞人來，看嬸子一肚子撞飛他！還有閒暇時間就到處串門子，扯感情，大魔頭一來咋辦？扯開喉嚨喊大俠救命啊！那交情跟你夠好的義士還是面子過不去的大俠，都會撩起袖子來幫你的啦！嬸子再教你們一件事～做人啊要懂得感謝，謝謝站長、小乙正妹作者以及一起打殺冒險過的江湖朋友們，這個江湖有你們真好！真的很好！

撫岑筆

* * *

食飯糰，望月皚，犬聲低嗚泣，夏夜花香來。

百年過，妻子逝，無盡漫長生，幸得師門伴。

滿星空，天浩大，湘城別，物人非，何容我？唯雲樓。

尋傳承，撿小兒，同肝遊，奈天時不合，只嘆緣未至。

低頭酌，瞥街角，見狂魔，灌黑飲。轉身走，做未瞧。

倚緋牆，笑看曲丹舉數旗，流雁盤空怒滅獸，巴龍抱果同心叫。

抬首，晨光乍現——

旭日初昇，曦曌四方，緄帶舞，妖華冽，鋒芒刺，目盲，只聞一聲：「我才不愛坐人肩膀。」

文采不佳，上面那段自嗨可能只有我懂，有疑問歡迎到遊戲來詢問>_>

小說能爭取到的戲份不多，只得花絮的地方寫個人野史，刷一下臉，從初入江湖至今，江湖二百多日，識得俠士已過百人，雖曾怒過仍不曾恨過何人，謝有諸君的陪伴。

臨光筆

＊＊＊

大家好，我是巴波，也就是小說中的「國師」。

我玩江湖也約有三年餘了，資歷應該算是不淺（哈哈），算是一款令我耳目一新的遊戲，從獨特的聊天結合RPG，到特殊的聊天關鍵字系統，更進階的還有角色扮演玩法，異於現今市面上主流的許多線上遊戲，十分具有特色。

在此先感謝站長藍雲，除了用心的經營外，架站十八年來雖有放棄過但仍持續堅持下去，最終完成了心中的江湖夢；再來是感謝辛苦的乙寸筆，遊走江湖間，將大家的故事包裝成精采的武俠小說；最後也要謝謝江湖上的各位，沒有大家的演出，就沒有現在的江湖小說。

最後祝福江湖能夠長長久久、人氣興盛，小說也能一章一章持續下去，共同譜出屬於江湖人的故事！

巴波筆

＊　＊　＊

各位哥哥姐姐阿姨叔叔阿公阿嬤曾阿公曾阿嬤大家好！（鞠躬

首先謝謝正史大家對我的愛戴，不管是要搶婚還是要保護我的都嗷嗷來到江湖一個多月，結識了許多有緣人，獲得需多珍貴的回憶！

多謝你們，也多謝站長跟作者女神！江湖因你們而偉大！

最後就讓小夜繁我給大家一個大大的擁抱吧！（燦笑伸出小手

夜繁筆

＊　＊　＊

江湖裡，有師門，夏宸臨光水中月；有兄弟，寒三角四少；有神獸，緋曲巴丹；還有花蝶芍臣墨冰，這些姐姐更多嫣兒萌洛十二星星寧寧等朋友們

你們就是我的江湖

江湖來來去去，我也沒玩了，但記憶，不會逝去，會一直存在，在每個我想起的瞬間，從未遠走

不管多少人離去，總會有新血補充，一如我們當初，這、就是命運的力量，由不得你不信

我們一起，共同敍寫著名叫江湖的故事

「風雨飄搖江湖路，道險阻，危樓誰來扶？心存傲氣不為奴，行不孤，願化擎天柱。」的雄心

「月下誰獨醉，桃花紛飛情不歸；伊人自憔悴，低泣一曲相思淚」的情愁

「傲睨雲臺高鬱蒼，血脈金眸現妖芒，笑迎紅塵不平路，天涯相隨此鐵槍。」的個性與故事

我是傲天，很高興有機會，讓你認識我

傲天筆

＊　＊　＊

大家好！這裡是米亞神君，雖然還沒正式登場，但是想講講米亞的角色定位，米亞神君

是反派的定位，嘿……還有米亞不是武功很強的人，別擔心他的實力不是武功，有些非常討厭反派的讀者，先別急著離開，這裡想跟你們說幾句你們有沒有想過，沒有反派的江湖會是什麼樣子嗎？

不要認為說反派就是罪大惡極之人，可是你們有真正去理解他們為什麼會這樣嗎？其實有時候從我們（反派）的角度看正派，他們才是反派，為什麼我會這樣說呢？因為反派殺人錯在反派，為何正派殺反派就是正當行為？因為他們殺人是有原因的？

那另外講一下其實米亞為什麼會成為反派，因為他的人被人誤殺了……那對方只給了他一句話「只不過是誤殺而已」，旁邊的人都站在對方邊上，反而來指責米亞，如果你站在米亞的立場你會怎麼想？（乙筆我沒有劇透喔！）（被打）

米亞神君筆

＊＊＊

……拼了一個月的戲份只出現了一行字……

……各位讀者……藍雲是我綁架的www

百輪轉陳紹筆

＊＊＊

當初是在一個與畢業論文奮鬥的夜晚中，偶然於臉書看到江湖RPG的廣告，便開始了闖蕩江湖的旅程。不知為何，以前對文字遊戲不感興趣的我，卻一股腦地栽進這江湖世界，還險些荒廢了課業。長孫封宇這一角色在最初的構想上僅有精通音律這一項人設，然而，在經歷過數場線上歌會之後，拜江湖各位前輩及好友們的賞識，有了「歌神」這一稱呼，最終也得以以「歌伶」的身分於小說中登場（和平暗影五），雖然戲分不多，但每每看到自己的角色被寫進小說，總會有股莫名的感動。

江湖發展至今已歷經十八載，而我有幸在最後關頭趕上小說的出版，感謝半年來各位前輩及好友們的陪伴。

長孫封宇筆

＊＊＊

大家好，我是出現在楔子篇的愈安。

雖然我和阿堯好像是師兄弟的關係，實際上他是我師傅的同窗喔～

我也感謝作者把我寫出來，不過我實際上的人設是師傅的拖油瓶，半斤八兩的。還好作者沒有把我寫成這樣，也是不幸中的萬幸？

如果想看到帥氣的霜月閣代理人徒弟愈安的話，歡迎來到江湖RPG。霜月閣歡迎你的加入～

愈安筆

＊　＊　＊

回頭思索過去這段漫長的江湖歲月，恍惚間，彷彿時光倒流，所有熟悉的畫面，又再度湧上心頭。

我一直相信文字具有撼動人心的力量，而在江湖這種以文字交流為主的世界裡，有喜有樂，自然也有怒有悲。可能無法盡如人意，但我相信這些都是可貴的經歷。哪怕是再怎麼爛的回憶，多年以後回想起來，或許會覺得是一段意義非凡的日子。

一路走來，感情最深的就是最初總在深夜長談的晨曦夥伴們，以及一起玩遊戲並肩廝殺的隊友們。也感謝其他願意把我當朋友的江湖人。而無論再怎麼堅定的友誼，終究也會有說再見的一天。希望以後無論是誰先離開，都能瀟灑的揮揮手，帶著這段美好的江湖歲月，大步向前。

凌雲雁筆

與其相濡以沫，不如相忘於江湖！

＊　＊　＊

《容縋，正史後的大小事》

一、

（接到正史劇本一口一個老娘的容縋）

容縋：作、作者大人……

作者大人：一句話，演、不演？

（委屈巴巴的在正史上囂張）

二、

（剛和日月、神貓對完戲）

作者大人：今天就到這邊，你們辛苦了。

眾人：大家辛苦了——

日月：這年頭還得真的吃春藥……司姬，可以快點給我解藥嗎——

容縋：為什麼需要解藥？撐過去，加油——（純良笑容）

即便是正史下的日月，也依然快快樂樂的被綁和餵春藥。

諸位安好，這裡容纏。

性別女，年十五，喜歡的食物是……

咳，離題了。

就來說說特質吧。

小女子自認快意恩仇。

可若有錯處，容纏平時有多囂張，低頭就會有謙卑。

期諸位來到江湖和我們一起暢遊。

容纏筆

＊　＊　＊

大家好，我是日月，稱號雷皇。

基本我就是一個平時個性和善、行為優雅的美少年，所以其實常被當成女子（刪除線），然後待人極好，所以才會有正史上的那些事情，咳咳咳咳……

不過如果誰敢傷害我的朋友，我絕對會追殺你！

不過雖然看起來很文靜柔弱，但是本皇的武器可是一丈長的重劍喔！其實原先是拿雙劍的……不過那就是另一段故事了。

至於稱號為什麼叫雷皇嗎？

因為本皇用劍凌厲如雷加上有皇室血統，故江湖人稱雷皇。

想更進一步認識本皇嗎？日月在江湖等你到來！然後如果想知道背景，可以到江湖野史裡一探究竟，如果日月有記得寫的話。（被打死

註：一丈大約等於一點七公尺，日月身高約略一點八。

日月筆

＊　＊　＊

各位安好，這裡是沐琉華，很幸運能發掘這款與眾不同的遊戲，我的角色設定是一個書店老闆，為什麼在江湖上要當一個書店老闆呢？別期待什麼神奇的答案，因為我也不知道。單純是因為喜歡看書，然後當初新進時暫用的頭貼是拿著筆和書卷的小花蘿罷了，因為這個突發奇想，我成為了全江湖第一個，也是唯一一個書店老闆。

很高興能在這裡認識朋友，江湖就是一個社會，人與人之間的溝通很重要，作為一個書

店老闆，並不想參與這個社會的紛擾與爭鬥，只願能待在我小小的天地，以一個旁觀者的角度，笑看所有生生死死，來來去去。

沐琉華筆

《尋人啟示》

湖中荷似槳，畔上草如絲。
梨花已落湖，君心可曾念？
安能絕所織，早日還一心。
皓月蹤未有，歸人思心切。

＊　＊　＊

出入江湖的時候，是剛歷經喪母之痛的時候在這裡遇到很多的朋友開導，讓自己慢慢地走出傷痛……

真心謝謝你們當初的開導與安慰，或許因為現實的因素無法常在線上與大家相聚……但是在心中依舊感謝著你們謝謝……

黃天行筆

＊　＊　＊

諸君安好，在下墨塵。

某日百無賴聊之際，在茫茫網海中，偶然踏進了江湖。在這裡，遇見了許多人，也交了許多朋友，豐富了自己的人生，在許多不得成眠的夜晚，往往是江湖上的好友們陪吾渡過。

這裡，沒有華麗的畫面，沒有動人的音效，但有著由汝自己所走出來的，屬於自己的故事。

希望有緣與汝快意於江湖。

江湖浩大，幸甚有汝！

墨塵筆

＊　＊　＊

「各位——」黑眼紅瞳的男子坐在樹梢上，右手翻閱著一本巴掌大小的書。「我是五……哎呀！」

上。

視線飄向旁邊的五芒星時不住發出一聲驚歎，只見有個女孩正以巧妙的姿勢倒掛在樹梢上。

「小心呢，媛嬛。」

「哼哼……本姑娘的身手可沒這麼差勁！」

媛嬛哼哼，腳一蹬，整個身子穩穩地坐回樹梢上。她在驚嘆自己怎麼這麼厲害時，並沒有瞧見胳膊被黑色的光芒給攙扶著。

他苦笑，隨後再次將臉轉向了看不見的鏡頭。

「總之，我在江湖經歷了很多。

「遭遇到不少事件，結交到了不少朋友——甚至與某位有情緣的俠客變成情侶。正史相當精彩，且每個角色都確有其人，我們希望你喜歡這本書。」

語畢。

而他的身後除了媛嬛以外，還有一位長髮及腰，面帶調皮笑意的女孩。

五芒星筆

＊　＊　＊

諸位好！吾乃墨塵和西邊一顆瓜的兒子，更是比大哥石頭還帥的存在。吾十六歲了，身旁也有許多小姐姐要抱吾，就證明了吾比大哥受歡迎。這些年，孤獨客退休了，但還是有許多的事。像是吾有妹妹！這就是大事！還有爹爹常常也頭痛娘親到處抱呀抱，娘親這樣很可愛呀！而流雲叔叔還是不接受靜靜姐姐的婚約，還不斷懸賞靜姐姐的人頭……白龍叔叔帶著漣漪阿姨的骨灰罈四處遊山玩水，月光姊姊們也越來越美，外公也找到了靈魂伴侶，對了，吾想到了，流雲叔叔不接受靜靜，一定是在等待樓主凌叔叔對他坦白什麼吧！叔叔真是的，有愛就要大聲說阿！像吾愛家裡的寵物們，還有哥哥愛吾妹，天下五絕互相愛！嗯？汝說吾怎麼懂這麼多，娘親都在睡前跟我們講睡前故事呀~

墨觀汎筆

＊＊＊

傳聞江湖有一運鏢護駕開運神獸，居於雲曦迴雁樓，下有一小祭品日月。喜捏傲天臉頰肉。每日以鯉魚旗飄揚江湖為己任，以示對凌雲雁樓主之忠誠。江湖老祖臨光、玄女雨紛飛同為插旗忠誠盟友。年少誤交搞事損友柴犬周公丹木源，與神龍珞巴、雲樓冥王軒轅緋月同為雲樓護樓神獸。初入江湖誤交帥氣好閨密劍奇白龍海（昧著良心寫下），自此受樓主傳承屠龍劍法，領悟斷龍骨之祕技。長年受江湖男神流雲飄蹤之霸凌，深知歌神嗓音下的腹黑內在，江湖常見兩人互相傷害，戲稱流雲胖刺蝟。

歡迎初入江湖者加入雲樓，一起揮舞鯉魚旗！

曲無異筆

＊　＊　＊

墨柘－煒離－木仁石：人性的反覆無常，就好似江湖中的油鹽醬醋，少了任何一味都會讓一道好菜變調。

墨燕絕筆

＊　＊　＊

阿彌陀佛眾施主好

貧僧來到江湖也是有一段時日了，縱然出現的不多就是了。從楔子到完結一段段的故事記錄著那麼久以來的點點滴滴。現實中那段水深火熱的日子抽空開啟江湖跟眾施主們隨意聊聊估計是最輕鬆的時候了。不管是樓主、流雲、墨塵、西瓜、山幫主，月光姊妹花，無異施主、堯施主、傲施主、四司姬等還有許許多多的人們多謝你們。總而言之迢迢江湖，甚幸有你。

空虛禪師筆

＊＊＊

雖然已經加入江湖已經一段時間了，不過和其他前輩們比起來還是一個小新人。
能夠出現在正史實在是很高興，希望之後還能繼續活躍。
最後來一句出場台詞
當好運來臨時，也請注意自身周圍。因為，厄運可能已經在你身邊，而你卻渾然不知。

秋霜夢焉筆

＊＊＊

劍氣奔騰雕龍人，兒女情長孫滿堂。
緣以墨客眷年華，歲月流年似塵埃。
西眉南臉人稱羨，邊客流傳腐都瓜。
墨香話語盡文采，迴清倒影轉風雲。
傲然聖氣伴雲遊，翱遊天際青天飛。
華陀在世顯神威，天醫之術唯他也。
飄渺雲煙任潛蹤，能歌擅曲餘繞梁。

凌步青雲登高望，雁歸回巢萬眾心。
水影浮光望明月，雨落紛香沁心脾。
臨淵情義朧光斬，蜚語紅娘代牽線。
木石俱灰成骨墓，死灰不滅又新生。
寒秋嫣語化丹楓，諾予聖門盡護守。

嫣兒筆

＊　＊　＊

各位安好呀，這邊是柳青澐阿澐。
原先其實沒想到自己會上正史，當在看到小小描述的先是驚訝，然後再來就是慌忙了。
「等等，我才露臉一次，花絮要怎麼寫！」
差不多就是這個感覺。XD
最後想想，阿澐就來感謝站長大人給我們這些玩家機會可以把自己曾經發生過的事情紀錄下來留作紀念。
也希望大家會喜歡我們的故事唷。

柳青澐筆

＊＊＊

哈嘍哈嘍這裡是古琰——

真的非常開心自己能夠在江湖小說裡頭露臉，雖然個性似乎不那麼討喜。XD

其實一開始接觸江湖的時候還不知道可以被寫進小說，後來知道的時候也沒有多在意，不過等到自己上了正史才發現原來這麼有成就感。

現在的我也會努力爭取繼續在文章中露面，各位敬請期待之後古琰和其他前輩少俠們編織出來的故事吧！

古琰筆

＊＊＊

各位正在看這本書的讀者捧油你們好（揮手

我叫喻玖，是個清流（被江湖眾人圍毆

加入了江湖大概半年多了吧，這段期間不管現實還是遊戲裡都經歷了非常多事，從孤身一人到有了一個師父，再到後來有了家人。還記得一開始完全不敢說話的小萌新玩到現在滿嘴幹話XDD

江湖這個遊戲讓我最喜歡的地方是：你永遠不知道哪個消失很久的前輩會突然回來和你一起聊天，而剛加入的小新人也有可能是某個大前輩。在這裡，我們相遇、相識，我們或許曾經因為江湖裡的發生的大小事哭過笑過。但無論如何，悲歡離合，且行，且惜。

（天啦前面那麼感性的畫風肯定不是我！

最後我要來說個事：我家女鵝兒砸娘親爹爹都超可愛！23333（比心

喻玖筆

＊＊＊

「我是全江湖最帥的天馬！」

身為平凡人，接觸了江湖，成了讓我變得不平凡的契機。能夠想像一位平凡的上班族，另一個身分是帥氣十足、風流倜儻的大俠嗎？江湖迷人的地方，在於它「凡走過必留下痕跡」，現實裡，不會擁有一本訴說自己的故事的偉人傳記，所經歷的事不會被他人知曉，可是在江湖，我們以另一個身分存在著，並且看到自己的故事被記錄下來，那些經歷過的種種，全部存留於文字之中，超酷的，不是嗎？所以說，江湖是一本活的小說，只要我們還在江湖的一天，我們的故事將會持續下去。

「天邊曙光初蔪露，馬蹄聲近停雲樓。行遊江湖識知音，空留酒杯齊遨遊。」

我是項陽軒。天馬行於空，江湖任你天馬行空。

項陽軒筆

＊　＊　＊

正在看著盒飯的人～泥好哇（歪頭

盒飯有很多好吃的蛤蜊跟糖糖，只有乖乖的人可以拿嗷～唔啦？泥要做什麼？不可以挖一口！泥走開呀啊！欺負盒飯飯的人都會吃到沒吐沙的蛤蜊嗚哇啊啊啊（大哭

雖然盒飯的年紀跟戲份都只有一點點，還是想要祝福所有玩家和讀者都身體健康、一切平安嗷！要天天開心哇！

青合凡筆

＊　＊　＊

各位安安——我是末翎。同古琰、繆筝、容繾三人為江湖上四司姬。

咳、由於本人性子懶所以僅在小說中出現短短幾個片段，但看到當下還是很開心很有成就感的，尤其是當下看到友人與自己的故事被書寫成文，意義絕不同於看單純的小說。

曾有前輩同我說，江湖也是一種人生。在上方和不同性格、來自各地的人接觸很有意思，聊天搞事放狗仔，修煉升等打山賊，多方面的玩法不同的看法交織，這是我覺得江湖最有趣的地方。

至於確切來說到底發生過哪些事？小說中一看便可知的，敬請期待嗟。當然，也歡迎加入江湖哦！

末翎筆

＊＊＊

大家好哇，我是繆箏。

因緣際會下接觸這個遊戲後也已經有了數個月，過程中認識到不少人，還留下許多難以忘懷的回憶。

嗯……再來就是我對於自己能出現在這部小說中感到十分愉快，雖然只有寥寥幾個鏡頭。或許現在要開始刷存在爭取更多露面機會了。（失笑）

最後呢，希望諸位能夠期待未來更多關於江湖的小説，讓其中的各個角色為您帶來更多精彩的故事，或許有一天能夠看見我在文章中活的風生水起？

繆箏筆

＊＊＊

現實生活中的我，是個汲汲營營於事業、凡事講求效率、每日與業績人事等壓力拼搏的傢伙，簡稱社畜。

跟我在遊戲中的角色「四眼狐狸鄭亦邪」相反，我活得並不從容、更不灑脱；所以在我達不到遊戲中自我設定的等級要求時，焦躁的我讓這個「不爭氣」的四眼狐狸鄭亦邪退隱了，就這麼一秒，點下滑鼠，沒了。

後不後悔？當然，隔天我就後悔了，當我發現自己對這個角色是有感情的，而他再也回不來了的時候。

雖然後來我又創了個「四眼狐狸」的角色，但再也不會是原來那個鄭亦邪了。

幸好，之前的狐狸攢了些戲份，感謝作者乙寸筆大大的妙筆生花，讓四眼狐狸能夠在江湖的故事裡復活。

也感謝所有江湖裡記得狐狸的前輩好友兄弟知己們，大家的故事都好精彩；所以「江湖」這本小說，無論之後四眼狐狸還會不會出現，都值得買！

四眼狐狸筆

＊　＊　＊

江湖水甚淵，莫敢窺其影。
聞曾客二存，世代群俠眾。
無波面靜晰，底隱潮洶湧。
潔清透盡底，鼓自濁泥渾。
欺天罔地行，信義寥無剩。
樸純樂業期，霎變猶如夢。
刀光劍影窮，戰險危兵盡。
其心善正直，俱萬神皆正。
然存惡念邪，便惡心邪境。
人煙所至及，盛滿江湖景。

失眠首次踏入這江湖。
這充滿咖啡因的江湖。
話題可深可廣多紓壓。
熟悉的晨曦總最對味。
健力進修內心要堅定。
培養習慣求勝要決心。
光陰流逝像江河湍急。
人口激增如野火壓境。
蒙面神出鬼沒的惡夢。
數百字花絮死線逼近。
聽首金針菇文思泉湧。
蕙蘭賢隱心法定基礎。
萍隱劍法藏頭需悟性。
萍隱志紀名利是非竭。
萍蓮特產咖啡最美味。
官府唯一收購最滯銷。

感謝乙寸筆賦予靈魂～
感恩藍雲雲支撐江湖～

涼空筆

＊　＊　＊

狂野的南方紅朱雀香鰻魚蓋飯（軒轅尚）
知性的北方綠玄武上官風雅
撩亂的西方紫白虎無始劍仙
深沉的東方藍青龍暗滅沁殤
甲味的中原黃麒麟悟能大師
各位好我們是五孬戰隊
GOGO POWEER江湖
我是上官風雅，五孬代表
歡迎各位來到江湖這個世界，請多指教。

上官風雅筆

＊＊＊

各位好，在下是江湖上最帥的帥哥夏宸，比我稍微不帥一點的超級帥哥是我家大徒弟臨光，最美的美女是我家二徒弟水中月，最可愛最愛撒嬌的是我家三徒弟傲天！同時在下也是開疾風鏢局的老闆，而神疾風和珞巴永遠是在下最好的朋友也是鏢局裡最好的運鏢搭檔。

嗯……還有很多朋友就不一一列出了，很開心能在江湖上認識你們一同笑過哭過瘋狂過，不管以後會如何這些都將是我們最珍貴的共同回憶！

藍雲站長非常感謝你，這十幾年來江湖有你的堅持才能走到今天這一步，也多虧了江湖這個平台，才有機會讓我能夠認識許多的朋友，由衷感謝也請繼續加油努力！

最後希望在小說裡面能跟徒弟們有更多的接觸，以上！

夏宸筆

＊＊＊

嘿~通通不准動！把大鏢留下來！大鏢是我的!!誰都不准搶!!!

各位好，在下是帥氣的阿神，是專門負責鏢局生意的，有任何護鏢需求請找疾風鏢局保證使命必達！

P.S珞珞～阿神很想很想你～你趕快回來吧！珞珞不在阿神很寂寞～！

神疾風筆

＊　＊　＊

恭喜江湖小說終於走向實體出版囉～站長和主筆大大都辛苦吶。

不過我這邊很想向主筆下挑戰書：如果你有辦法把御夫也寫進小說裡，就算你有本事囉哈哈哈（讀者看不懂這段話，也沒關係喔XD）

周天策筆

＊　＊　＊

啾啾啾大家好，童話故事總是說抓到青鳥等於抓到幸福，但真的是幸福嗎？還是另一個惡夢的開始？

青鳥筆

＊　＊　＊

有人的地方就有江湖。

江湖對我來說一直都是一個五味雜陳的地方。

一開始的瘋狂歡笑，一天二十四小時有二十小時在這裡嗨。當時的市集整日都充斥著歡聲笑語，好不熱鬧。

但接著，前輩們一個個都走了，再也見不到那些熟悉的面孔，新人們則一批批來，左一聲前輩又一聲姐姐，不善與人相處的我好不容易和前輩們逐漸混熟，卻又得立刻開始適應新的人群。

我很幸運，在故事即將進入正傳前開始活躍，並於和平暗影一首次登場。夏靈薇這個幾乎站在江湖關係譜正中央的名字也經歷了不少風風雨雨。

開學後的我漸漸的沒了時間，七月分進入會考準備期更是徹底消失在江湖。

感謝可愛的筆者小乙還記得我，在最後一篇給了我如此之多的戲份。也希望各位會喜歡這個故事，多多支持我們的萌乙筆哦~最後偷偷喊一句：藍筆萬歲！

夏靈薇筆

＊　＊　＊

在靜謐的夜晚，一道人影走在昀泉仙宗內四處巡視，一身夜行衣裝扮，頭頂似乎還戴著帽子，連髮型都看不出，而性別也無從推敲得知，手上也被黑色手套所遮住。此人身上最醒目的地方，大概是腰間掛著的香囊，繡了粉色的梅花標誌，及飄在空氣中的淡淡梅花香。

他就是影子，目前身為昀泉仙宗的暗衛，僅以保護宗主為主。個性亦正亦邪，原本是個憑自己心情好壞、好惡而保護或殺人的殺手，遇上墨冰之後，則收斂不少。與調皮搗蛋的宗主相處久了，心情好時，也偶爾會捉弄古琰及他的徒弟柳青澐。

祁影筆

＊　＊　＊

基於隨性亂玩的想法，拿下戲份榜卻又不寫角色設定，導致角色性別雖然是選擇男，與墨柘關係輸入為兄弟，但是聊天時總是兄妹相稱，於是在小說中，就成到處惹事的兄妹檔其中一員了。（乙寸筆按：小說裡幫你改回帥氣的少俠兄弟囉！）

所以，事實證明：遊戲中角色設定重要，扮演更重要，給作者的角色設定最重要。因為隨時有個作者分身觀察著玩家聊天時的用語，及事件，加上作者的想像力，總結之後寫入小說。

這是一個人人可以參與的江湖，歡迎新夥伴加入，一起被作者寫歪～

墨冰筆

國家圖書館出版品預行編目資料

江湖：首部曲／乙寸筆主筆；江湖全體玩家共同創作. --初版.--高雄市：江湖創作團隊，2018.12

面；　公分.——（江湖正史；01）

ISBN 978-986-97116-0-9（平裝）

857.7　　107018782

江湖正史（01）

江湖：首部曲

作　　者　乙寸筆主筆／江湖全體玩家共同創作
校　　對　乙寸筆
出版發行　江湖創作團隊
　　　　　電郵：swiven@ms39.hinet.net
設計編印　白象文化事業有限公司
　　　　　專案主編：黃麗穎　經紀人：張輝潭
經銷代理　白象文化事業有限公司
　　　　　412台中市大里區科技路1號8樓之2（台中軟體園區）
　　　　　出版專線：（04）2496-5995　傳真：（04）2496-9901
　　　　　401台中市東區和平街228巷44號（經銷部）
　　　　　購書專線：（04）2220-8589　傳真：（04）2220-8505
印　　刷　基盛印刷工場
初版一刷　2018年12月
定　　價　350元

ISBN 978-986-97116-0-9
9 789869 711609　NT$350